GÉNIAL,
MA MÈRE EST MORTE !

www.editions-jclattes.fr

Jennette McCurdy

GÉNIAL, MA MÈRE EST MORTE !

Traduit de l'anglais (États-Unis)
par Corinne Daniellot

JC Lattès

Titre de l'édition originale
I'M GLAD MY MOM DIED
Publiée par Simon & Schuster
1230 Avenue of the Americas
New York, NY 10020.

Maquette de couverture : Florine Synoradzki
Couverture : © Faye Orlove
Photographie de couverture : © Koury Angelo

Cette édition est publiée avec l'accord de Simon & Schuster, Inc., New York.

ISBN : 978-2-7096-7198-9

Première édition février 2024.

Pour Marcus, Dustin et Scottie.

Prologue

C'est étrange ce réflexe qu'on a face à un proche dans le coma, d'annoncer une grande nouvelle pour essayer de le réveiller. Comme si c'était juste par ennui profond qu'il s'était assoupi.

Maman est à l'hôpital, en soins intensifs. Le médecin lui a donné quarante-huit heures. Papy, Mamie et Papa se sont éclipsés dans la salle d'attente pour appeler la famille et acheter de quoi grignoter au distributeur automatique – pour Mamie, le stress s'affronte avec des gâteaux au beurre de cacahuète.

Je suis dans la chambre avec mes trois grands frères, Marcus (le plus responsable), Dustin (le plus intelligent) et Scott (le plus sensible), devant le corps minuscule de Maman, et j'achève de nettoyer soigneusement les croûtes de ses yeux avec un gant. Le défilé peut commencer.

— Maman, lui murmure Marcus-le-responsable à l'oreille, je vais revenir m'installer en Californie.

Nous guettons une réaction. Rien. Dustin-l'intelligent s'avance.

— Maman, euh… Kate et moi, on va se marier.

Nouveau moment de suspense. Toujours rien.

C'est désormais au tour de Scott-le-sensible.

— Maman…

Mais je n'écoute pas ce qu'il raconte, car je suis trop occupée à répéter dans ma tête ma propre tentative pour réveiller Maman.

Ça y est, à moi de jouer. J'attends que les autres soient partis se chercher quelque chose à manger puis, enfin seule avec elle, je m'assois sur une chaise en plastique grinçante, et je souris. Je vais sortir le grand jeu. Un mariage et un déménagement, c'est de la rigolade à côté de ce que j'ai à lui annoncer. Ma nouvelle comptera plus que tout pour elle, j'en suis sûre.

— Maman, je suis… hyper mince, en ce moment. Ça y est, je suis descendue à 40 kilos.

Ma mère n'a plus très longtemps à vivre mais, à mes yeux, s'il y a une chose capable de la sortir du coma, c'est le fait que j'aie enfin atteint l'objectif de poids qu'elle m'a fixé : 40 kilos – il faut dire que depuis son hospitalisation il y a quelques jours, l'angoisse et le chagrin ont boosté mon anorexie comme jamais. Je suis tellement certaine que ça va fonctionner que je me cale confortablement dans ma chaise, les jambes croisées. Toute fière, j'attends qu'elle ouvre les yeux. J'attends. Et j'attends.

Mais ses paupières restent immobiles. Je ne comprends pas. Si cette annonce ne suffit pas à la ranimer, rien n'y parviendra. Et si rien ne peut la ranimer, ça veut dire qu'elle va vraiment mourir. Et si elle meurt vraiment, qu'est-ce que je vais bien pouvoir faire ? Mon seul but dans la vie a toujours été de rendre Maman heureuse, d'être la personne qu'elle veut que je sois. Qu'est-ce que je vais devenir ?

AVANT

1.

Nous sommes fin juin, mais le cadeau posé devant moi est emballé dans du papier spécial Noël. Il nous en reste des tonnes parce qu'en décembre, Papy a acheté un lot de douze rouleaux au magasin de gros, alors que Maman l'avait prévenu dix mille fois que c'était une fausse bonne affaire.

Je m'applique à ne pas le déchirer parce que je sais que Maman aime garder un morceau de l'emballage de chaque cadeau et, si je l'abîme, ça n'ira pas – elle préfère qu'il soit intact. D'après Dustin, Maman est une collectionneuse maladive, mais elle, elle dit qu'elle cherche simplement à préserver nos souvenirs. Alors je m'applique.

Tout le monde me regarde. Il y a Mamie, avec sa permanente bouffante et son petit nez, qui m'observe intensément – dès qu'il y a un cadeau à l'horizon, elle tient à savoir d'où il vient, combien il coûte, s'il était en promotion. Des informations capitales, pour elle.

Papy, lui, mitraille la scène. Je déteste les photos mais il en raffole, et il n'y a pas plus têtu qu'un grand-père qui aime quelque chose. Par exemple, Maman lui répète tout le temps qu'il ne devrait pas engloutir un bol entier de glace à la vanille tous les soirs parce que c'est mauvais pour son cœur. Il le sait, mais il s'en contrefiche. Il continue de manger sa glace avant d'aller se coucher et là, il continue de me prendre en photo. Je l'aime trop pour lui en vouloir.

Papa aussi est là, à moitié assoupi, comme d'habitude. Régulièrement, Maman lui flanque un coup de coude et lui murmure qu'il doit avoir des problèmes de thyroïde, alors Papa grommelle « Ma thyroïde va très bien » avant de se remettre à somnoler cinq secondes plus tard. Mes parents ont deux manières de communiquer : ce type de dialogue tendu, et d'énormes disputes où ils se hurlent dessus. Je préfère encore les dialogues tendus.

Marcus, Dustin et Scottie sont là aussi. Je les aime chacun pour des raisons différentes : Marcus, parce qu'il est responsable et digne de confiance. J'imagine que c'est normal, après tout, il est presque adulte (il a quinze ans). Sauf qu'à y réfléchir, je ne connais pas beaucoup d'adultes qui dégagent une telle impression de stabilité.

J'aime Dustin même si, la majorité du temps, il me fait sentir que je lui casse les pieds. J'aime qu'il soit doué en dessin, en histoire et en géographie – moi, je suis nulle dans les trois. Pourtant, quand je lui fais part de mon admiration, il me traite de fayote. Je ne sais pas exactement ce que ça signifie mais, à son ton, je devine que ce n'est pas un compliment. Il n'empêche qu'au fond, je suis sûre que ça lui fait plaisir.

J'aime Scottie parce qu'il est nostalgique. J'ai appris ce mot dans le vocabulaire illustré que Maman nous fait étudier – elle nous fait l'école à la maison – et maintenant, je m'efforce de l'utiliser une fois par jour pour ne pas l'oublier. « Nostalgique : qui regrette le passé ». À neuf ans, mon frère n'a pas beaucoup de passé, mais la définition lui correspond parfaitement. Il pleure après Noël et après Halloween, à la fin d'une fête d'anniversaire et parfois, à la fin d'une journée ordinaire. Il pleure parce qu'il est triste que ce soit déjà terminé, alors il se morfond. « Se morfondre » aussi, je l'ai appris dans notre livre.

Enfin, il y a Maman. Maman… Elle est si belle. Elle, elle vous dirait le contraire – d'ailleurs, elle passe une heure à se coiffer et se maquiller le matin, même si elle compte seulement aller à l'épicerie. Je ne comprends pas pourquoi, elle est bien mieux sans tous ces trucs, plus naturelle. On voit mieux sa peau, ses yeux… On la voit mieux, elle. Mais elle préfère se cacher : étaler de la crème sur ses joues, se colorier le ras des cils avec un crayon noir, se badigeonner de liquide beige et rajouter plein de poudre par-dessus ; se faire des coiffures compliquées ; porter constamment des talons de dix centimètres parce qu'elle prétend qu'1,50 mètre, pour une adulte, « ça ne va pas ». Moi, je préfère quand elle n'utilise rien de tout ça, mais peu importe. Sous ces artifices, je parviens encore à voir la personne qu'elle est. Celle que je trouve si belle.

Maman me regarde et je la regarde – c'est comme ça, entre elle et moi. Nous sommes toujours connectées. Liées. Nous ne faisons qu'une. Elle me sourit d'un air de dire « Allez, accélère », alors j'obéis. J'accélère et je finis d'ouvrir le paquet. Toujours en m'appliquant pour ne pas l'abîmer.

Je suis instantanément déçue – pour ne pas dire horrifiée – quand je découvre le cadeau de mes six ans. Oui, j'aime bien *Les Razmoket*, mais sur cet ensemble short et t-shirt, il y a Angelica (le personnage que j'aime le moins) entourée de marguerites (je déteste les dessins de fleurs sur les vêtements). Pire, il y a des froufrous sur les ourlets des manches et des jambes, et si je devais faire un classement des trucs qui représentent l'opposé de ma personnalité, les froufrous seraient sur la première marche du podium.

— Génial ! je m'écrie avec entrain. C'est le meilleur cadeau de toute ma vie !

J'arbore mon plus beau sourire forcé. Maman ne remarque rien, elle croit que je suis comblée. Elle me dit de vite me changer pour ma fête d'anniversaire et commence déjà à retirer mon pyjama – ou plutôt, à l'arracher. En tout cas, je n'ai pas l'impression qu'elle s'applique pour ne pas l'abîmer.

Deux heures plus tard, me voilà au parc municipal d'Eastgate, vêtue de ma nouvelle tenue affreuse et entourée de mes amis – ou plutôt, des seuls autres enfants de mon âge que je connaisse, c'est-à-dire mes camarades du cours d'éveil religieux à l'église. Il y a Carly Reitzel, avec son serre-tête en zigzag, Madison Thomer, qui a un défaut d'élocution que je trouve trop trop cool, et Trent Paige qui, comme d'habitude, parle de son sujet de prédilection… la couleur rose. Il ne parle jamais d'autre chose, au grand désarroi de ses parents. (Au début, je ne voyais pas pourquoi les adultes s'inquiétaient autant de cette obsession, mais j'ai fini par comprendre : ils pensent que Trent est gay. Or nous, on est mormons. Apparemment, on n'a pas le droit d'être à la fois gay et mormon.)

On apporte le gâteau et les glaces ; je suis surexcitée. Deux longues semaines que j'attends ce moment, depuis que j'ai eu l'idée du vœu que j'allais faire en soufflant mes bougies. Ce vœu, c'est la seule chose que je maîtrise en ce monde, mon seul moyen de contrôler ce qui m'entoure, et je ne compte pas laisser passer ma chance. Je vais m'assurer qu'il soit utile.

Tout le monde entonne « Joyeux anniversaire » en chantant faux. Madison, Trent et Carly ajoutent des « cha-cha-cha ! » à la fin de chaque phrase. Ça m'énerve. Je suis sûre qu'ils ont l'impression d'être super originaux, mais ils dénaturent la chanson. Pourquoi ne pas simplement l'apprécier telle qu'elle est ?

Je regarde Maman dans les yeux pour qu'elle sache qu'elle est la personne la plus importante ici. Elle, elle ne fait pas des « cha-cha-cha ». Elle vaut mieux que ça. Elle m'adresse un de ses grands sourires qui lui froncent le nez, de ceux qui me promettent que tout ira bien, et je lui souris en retour. Je m'efforce d'enregistrer chaque détail de cet instant. Mes yeux s'emplissent de larmes.

Quand j'avais deux ans, on a diagnostiqué à Maman un cancer du sein de stade 4. Je ne me rappelle pas grand-chose de cette période, en dehors d'une poignée d'images et de sensations.

Comme la fois où Maman, qui finissait de tricoter une grande couverture verte et blanche, m'a expliqué que je pourrais la garder avec moi quand elle serait à l'hôpital. J'ai tout de suite détesté cette couverture, ou peut-être la façon dont Maman me la donnait, ou ce que j'ai ressenti quand elle m'a dit ça ; je ne suis plus sûre de ce que j'ai détesté mais, à cet instant, j'étais contrariée.

Je me revois aussi main dans la main avec mon papy un après-midi, probablement dans le jardin de l'hôpital. Nous devions cueillir des pissenlits pour Maman mais, à la place, j'ai choisi des mauvaises herbes marron, grandes et sèches comme des petits bâtons, parce que je les préférais. Maman les a gardées des années dans un gobelet en plastique Crayola sur notre meuble télé, « en souvenir ». Peut-être que c'est d'elle que Scottie tient son côté nostalgique ?

Je me souviens également de ce jour où, assise sur la vieille moquette bleue d'un préfabriqué attenant à l'église, j'ai regardé deux jeunes et beaux missionnaires poser les mains sur la tête chauve de Maman. Autour d'eux, le reste de la famille était là, installé en cercle sur des chaises pliantes en métal. Un des missionnaires a consacré l'huile d'olive pour qu'elle soit bénite – enfin, je crois –, puis l'a versée sur le crâne de Maman, qui est devenu encore plus brillant. L'autre missionnaire a alors entonné une prière et a demandé que la vie de Maman se prolonge si telle était la volonté de Dieu. À ce moment-là, Mamie a bondi de sa chaise en s'écriant :

— Et même s'il n'est pas d'accord, qu'il fasse quelque chose, bon Dieu !

Ça a perturbé le Saint-Esprit et le missionnaire a dû recommencer depuis le début.

Je me rappelle à peine ces événements, mais peu importe : chez les McCurdy, ils sont évoqués si souvent qu'il n'est pas nécessaire d'y avoir assisté pour qu'ils se gravent à jamais dans votre mémoire.

Maman ne se prive pas de raconter l'histoire de son cancer – la chimiothérapie, les rayons, la greffe de moelle osseuse, la mastectomie, l'implant mammaire, la gravité du stade 4, et tout ça à trente-cinq ans à peine ! – à qui veut l'entendre, que ce soit un membre de notre congrégation, un voisin ou un inconnu croisé au supermarché. Même si ce qu'elle relate est affreusement triste, il est clair qu'elle en tire une grande fierté. Cette épreuve est devenue sa raison d'être, à croire que le destin de Debra McCurdy était de contracter un cancer et d'y survivre afin de pouvoir témoigner de son expérience auprès des gens, qu'ils le veuillent ou non. Et autant de fois qu'elle le jugera nécessaire.

Maman évoque son cancer comme la plupart des gens évoquent leurs souvenirs de vacances. Elle va jusqu'à organiser un visionnage hebdomadaire d'un film qu'elle a réalisé au caméscope peu après avoir reçu son diagnostic. Tous les dimanches, après l'église, elle demande à un des garçons de mettre la cassette – elle ne sait pas se servir du magnétoscope.

— Allez, tout le monde, chut ! Chut ! On regarde et on se réjouit tous ensemble que Maman soit toujours là.

Maman a beau affirmer que le but est de se réjouir, il y a quelque chose dans ce rituel qui me dérange. Je vois bien qu'il met mes frères extrêmement mal à l'aise ; moi aussi, d'ailleurs. Je crois qu'aucun d'entre nous n'a envie de se replonger dans ces images de notre mère chauve, triste et mourante, mais il ne nous viendrait pas à l'idée de protester.

La vidéo démarre : à l'écran, nous sommes tous les quatre installés sur le canapé autour de Maman qui nous chante une berceuse. Et, tout comme la vidéo nous montre les mêmes scènes d'une semaine sur l'autre, Maman nous gratifie chaque fois des mêmes commentaires. Systématiquement, elle observe que la peine est « trop dure à supporter pour Marcus », qui doit parfois s'éclipser dans le couloir pour se ressaisir. À sa manière de le dire, on comprend que c'est le plus beau des compliments : la détresse de Marcus face à la maladie de sa mère prouve qu'il est un fils extraordinaire. Ensuite, elle explique que moi, je suis une « vraie enquiquineuse », mais elle prononce « enquiquineuse » avec un tel fiel dans la voix qu'on dirait un gros mot. Elle ajoute qu'elle n'arrive pas à croire que j'aie continué à chanter « Vive le vent » en boucle et à tue-tête alors que tout le monde était si affecté. Non, elle n'en revient toujours pas. Comment pouvais-je me montrer aussi enthousiaste dans un climat si tragique ? J'avais deux ans.

Non que l'âge constitue une excuse : tous les dimanches, quand je revois cette idiote sans cœur à l'écran, une terrible culpabilité m'étreint. Quelle imbécile ! Comment ai-je pu ne pas comprendre ce dont Maman avait besoin à ce moment-là ? Il était pourtant évident qu'elle voulait que nous soyons tous graves, que nous vivions cette situation comme un véritable enfer, que nous soyons dévastés. Elle avait besoin que, sans elle, nous ne soyons plus rien.

Je sais que, lorsqu'on entend l'histoire du cancer de ma mère pour la première fois, les termes techniques peuvent choquer – chimio, rayons, greffe de moelle osseuse. Mais pour moi, ces termes demeurent abstraits.

Ce qui est bien concret, en revanche, c'est l'atmosphère générale qui règne chez les McCurdy. Pour la décrire au mieux, je dirais que, d'aussi loin que je me souvienne, la maison entière semble retenir son souffle, comme si nous étions tous en permanence sur le qui-vive, dans l'attente d'une rechute. Entre la plongée hebdomadaire dans les images de la maladie et les visites de contrôle régulières chez les spécialistes, l'ambiance est pesante. La fragilité de la vie de Maman occupe une place centrale dans mon existence.

Et ce jour-là, au parc, je pense pouvoir agir contre cette fragilité grâce à mon vœu.

Enfin, les invités finissent de chanter « Joyeux anniversaire ». L'heure est venue. Mon grand moment. Je ferme les yeux, je prends une profonde inspiration et pense très fort :

Je souhaite que Maman reste en vie encore un an.

2.

— Encore une rangée et ce sera terminé, me dit Maman.

Elle est occupée à me faire une coiffure qu'elle adore et que je déteste : elle torsade mes mèches de cheveux une par une et les fixe avec de minuscules pinces papillon qui s'agrippent douloureusement à mon cuir chevelu. Je serais plus à l'aise avec une simple queue de cheval, mais comme Maman me trouve plus jolie avec cette coiffure, ce sera pinces papillon.

— D'accord, Maman ! je réponds, assise sur la cuvette des toilettes, en balançant les jambes.

Bonne idée, le coup des jambes. Très crédible.

Le téléphone sonne.

— Zut ! s'exclame Maman.

Elle ouvre la porte de la salle de bains et se penche aussi loin que possible pour décrocher le combiné du mur de la cuisine – et ce, sans lâcher la mèche qu'elle était en train de torsader, de sorte que mon corps entier se retrouve penché comme celui de Maman.

— Allô ?… Mmh mmh… Mmh mmh… QUOI ? Neuf heures ? Au plus tôt ? Super, les enfants vont donc passer une ÉNIÈME SOIRÉE sans voir leur PÈRE. Bravo, Mark, j'espère que tu es fier de toi.

Et elle raccroche brutalement.

— C'était ton père.

— J'avais deviné.

— Cet homme, Nettie, je te jure. Parfois, je...

Elle s'interrompt et prend une grande inspiration nerveuse.

— Parfois, tu quoi ?

— Tu sais, j'aurais pu épouser un médecin, un avocat, ou même...

— ... un chef indien, je complète.

Il s'agit d'une de ses phrases fétiches. Un jour, j'ai voulu savoir quel chef indien l'avait demandée en mariage et elle m'a expliqué que c'était une expression, une manière de dire qu'elle aurait pu avoir n'importe quel homme dans sa jeunesse, avant d'avoir des enfants, avant que les grossesses ne la rendent moins désirable. Je lui ai dit que j'étais désolée. Elle m'a répondu que ce n'était pas grave, qu'elle préférait de loin m'avoir moi plutôt qu'un homme, et elle m'a fait un bisou sur le front. Après coup, elle a ajouté qu'en revanche, elle était bien sortie plusieurs fois avec un médecin, « un grand roux, très à l'aise financièrement ».

Dans la salle de bains, elle se concentre à nouveau sur les pinces dans mes cheveux.

— J'aurais pu épouser un producteur, aussi. Quelqu'un dans le cinéma ou la musique. Figure-toi qu'un jour, Quincy Jones en personne s'est retourné sur moi dans la rue ! Tu vois, Nettie, non seulement j'aurais pu épouser n'importe lequel de ces types, mais j'aurais dû. J'étais vouée à faire de grandes choses. La gloire et la fortune me tendaient les bras. Tu sais que je rêvais d'être actrice...

— ... mais Papy et Mamie t'en ont empêchée, je récite.

— ... mais Papy et Mamie m'en ont empêchée, exactement.

Je me demande pourquoi ils ont fait ça, mais garde le silence. Depuis le temps, je sais qu'il vaut mieux éviter de poser certaines questions, celles qui entrent un peu trop dans les détails. Je laisse donc Maman me donner les informations qu'elle choisit de livrer, et je l'écoute en m'efforçant d'avoir pile la réaction qu'elle attend.

— Aïe !

— Mince, je t'ai pincé l'oreille ?

— Oui, mais ça va.

— Désolée, je ne vois pas bien, de ce côté-là.

Maman me frotte l'oreille et aussitôt, je n'ai plus mal.

— Je veux t'offrir la vie que je n'ai pas pu avoir, Nettie. La vie que je méritais. Celle que mes parents m'ont refusée.

— D'accord, je réponds, un peu nerveuse.

— Je pense que tu devrais devenir actrice. Tu serais parfaite. Les blondinettes aux yeux bleus, ils en raffolent, là-bas.

— Là-bas où ?

— À Hollywood.

— Mais c'est loin, Hollywood, non ?

— Une heure et demie en voiture. Bon, il faut prendre l'autoroute et je ne sais pas conduire sur les voies rapides, mais je peux apprendre. C'est un sacrifice que je suis prête à faire pour toi, Nettie. Parce que je ne suis pas comme mes parents. Moi, je ne veux que le meilleur pour toi. Tu le sais, n'est-ce pas ?

— Oui.

Sans lâcher ma mèche de cheveux, Maman se poste alors face à moi et me regarde droit dans les yeux – elle se met toujours en scène quand elle veut me signifier qu'on vit un moment marquant.

— Alors qu'est-ce que tu en dis ? Tu veux devenir comédienne ? Tu veux être la petite actrice à sa maman ?

Il n'existe qu'une seule bonne réponse.

3.

Je ne suis pas prête. Je sais que je ne suis pas prête. Le garçon juste avant moi descend de scène avec insouciance, ce qui m'étonne. Il n'a pas l'air inquiet du tout, au contraire, il a l'air très à l'aise, et il va s'asseoir à côté de la quinzaine d'enfants qui ont déjà récité leur monologue et qui patientent sur une rangée de chaises pliantes en métal.

J'examine la pièce sans âme aux murs blancs nus et je tripote nerveusement la feuille dans ma main. C'est mon tour. Je me suis mise exprès en dernier pour pouvoir répéter plus longtemps, et je n'aurais pas dû : maintenant, j'ai le trac, et il augmente à chaque minute. Je n'ai jamais ressenti un tel stress. J'ai mal au ventre, j'ai envie de vomir.

— À toi, Jennette, m'interpelle l'homme brun avec une queue de cheval et une barbichette qui va sceller mon destin.

Je monte docilement sur scène. Là, je pose la feuille par terre pour faire les grands gestes que Maman m'a appris et je commence mon monologue, le texte d'une publicité pour des desserts à la gélatine.

Au début, j'ai la voix qui tremble. Elle résonne très fort dans ma tête alors j'essaie de l'ignorer, mais c'est encore pire. J'arbore un large sourire et je croise les doigts pour que Monsieur Barbichette ne remarque rien. Enfin, arrive la dernière réplique.

— … Parce que les Jell-O, c'est trop rigolo !

Je pouffe après la phrase, pile comme Maman me l'a expliqué, « fais-leur quelque chose d'aigu et de très mignon, avec un plissement de nez à la fin », mais je me sens vraiment ridicule. J'espère que le rire n'a pas sonné trop faux.

Barbichette toussote. Pas bon signe. Il me suggère de recommencer.

— Mais cette fois, détends-toi, fais comme si tu parlais à une copine. Oh, et évite tous ces gestes avec tes mains.

J'hésite. C'est Maman qui me les a montrés, ces gestes. Quand je retournerai dans la salle d'attente, si je lui dis que je ne les ai pas faits, elle ne sera pas contente. Mais si je lui dis que l'agent ne m'a pas sélectionnée, elle le sera encore moins.

Je récite une deuxième fois mon monologue, sans les gestes, et ça me semble un peu mieux, mais je sens bien que Barbichette n'est pas convaincu. Je l'ai déçu. Je m'en veux.

Après mon passage, Barbichette appelle neuf noms, dont le mien, et indique aux cinq derniers enfants qu'ils peuvent s'en aller. Seule une d'entre eux semble avoir saisi qu'ils n'étaient pas pris – les quatre autres sortent en gambadant comme si on leur avait promis une glace. Je suis embêtée pour elle, mais très contente pour moi. Je fais partie des Élus.

Barbichette nous annonce que l'agence Academy Kids souhaite nous représenter en tant qu'acteurs de figuration, ce qui signifie qu'on apparaîtrait en arrière-plan dans des films ou des séries. À son air faussement enjoué, je comprends qu'il essaie de faire passer une mauvaise nouvelle pour une bonne. Puis il nous propose d'aller prévenir nos mamans dans la salle d'attente.

Alors qu'on s'exécute, il fait signe à trois enfants de rester. Je traîne un peu afin d'entendre ce qui va arriver à ces Élus parmi les Élus. Barbichette leur explique qu'ils ont été sélectionnés pour être des acteurs de « rôles », avec des répliques. Leur monologue était si réussi qu'Academy Kids a décidé de ne pas les considérer uniquement comme des éléments de décor mais comme de véritables ACTEURS, des comédiens jugés dignes de prendre la parole.

Une sensation désagréable enfle en moi, mélange de jalousie, d'humiliation et de désenchantement. Pourquoi je ne suis pas assez douée pour avoir le droit de parler, moi aussi ?

Je rejoins Maman dans la salle d'attente. Elle fait les comptes, pour la quatrième fois cette semaine. Je lui annonce que j'ai été choisie pour de la figuration et elle semble ravie – sûrement parce qu'elle ignore qu'il existe un échelon supérieur que je n'ai pas gravi. Je croise les doigts pour que personne ne lui dise.

Maman commence à remplir les formulaires qu'on lui a donnés. De la pointe de son stylo, elle me désigne l'endroit où je dois signer, à côté de sa signature à elle sous la mention « Tuteur légal ».

— Qu'est-ce que ça dit ? je demande.

— Le contrat explique que l'agence va toucher 20 % de tes revenus et nous, 80 %. 15 % de ces 80 % iront automatiquement sur un compte d'épargne spécial pour les enfants acteurs. Tu y auras accès dès ta majorité. La plupart des parents ne laissent que ces 15 % à leurs enfants mais, toi, tu as de la chance. Maman ne va rien te prendre, en dehors de mon salaire et de nos frais.

— Qu'est-ce que c'est, des frais ?

— C'est pas bientôt fini, toutes ces questions ? Tu ne me fais pas confiance, ou quoi ?

Je m'empresse de signer.

Barbichette sort de la salle d'audition pour faire ses retours à chacun des parents, et il vient nous voir en premier. Il explique à Maman que j'ai un potentiel intéressant pour des rôles parlants d'ici quelque temps.

— Pourquoi pas dès maintenant ?

— Eh bien, pendant son monologue, je l'ai sentie nerveuse. Elle me semble très timide.

— Oui, elle est timide, mais elle y travaille. Ça va lui passer.

Barbichette se gratte le bras. Il a un tatouage qui représente un arbre. Il prend une grande inspiration, comme s'il s'apprêtait à annoncer quelque chose qui le met mal à l'aise.

— Pour que Jennette s'épanouisse dans ce métier, il est important qu'elle ait *envie* de jouer la comédie.

— Évidemment qu'elle en a envie ! affirme Maman en signant la page suivante. C'est ce qu'elle désire plus que tout au monde.

Non, c'est ce que Maman désire plus que tout au monde. Moi, je viens de passer une journée stressante pendant laquelle je ne me suis pas amusée une seconde et, si on me laissait le choix, je ne m'infligerais plus jamais une telle expérience. D'un autre côté, ce que je désire plus que tout au monde, c'est faire plaisir à Maman, alors, au fond, elle a raison.

Barbichette me sourit avec une expression un peu abattue qui m'échappe. Ça me frustre : je n'aime pas quand les adultes font des têtes ou des bruits que je ne comprends pas. J'ai l'impression de rater des informations importantes.

— Bonne chance, conclut-il à mon attention.

Puis il tourne les talons.

4.

Le vendredi qui suit mon audition pour Academy Kids, Maman me réveille à 3 h du matin pour ma première journée de figuration dans une série qui s'appelle *X-Files*. Je ne suis convoquée qu'à 5 h, mais Maman veut partir tôt pour garder de la marge – elle ne conduit jamais sur l'autoroute et elle est inquiète.

— Tu as vu ? J'affronte mes peurs pour toi ! déclare-t-elle tandis qu'on s'installe dans notre monospace Ford Windstar de 1999.

Nous arrivons aux studios de la 20th Century Fox avec une heure d'avance, alors, pour s'occuper, on arpente les allées. Il fait encore nuit. Quand on tombe sur la fresque géante représentant Luke Skywalker qui combat Dark Vador, sur la façade d'un bâtiment, Maman pousse un cri de joie, dégaine son appareil photo jetable et m'immortalise devant. Je suis gênée, j'ai l'impression qu'on n'est pas du tout à notre place.

À cinq heures moins le quart, Maman estime qu'on peut aller se présenter à l'entrée. L'assistant de production, un petit chauve, nous dit qu'on est encore trop en avance mais qu'on peut passer au catering des figurants en attendant.

Le catering, c'est génial. Sous une tente à côté du tournage, on a dressé un buffet avec tout ce qu'il faut pour le petit-déjeuner : céréales, bonbons, cafetières, pichets de jus d'orange et même des plateaux en argent remplis de pancakes, gaufres, œufs brouillés et bacon.

— Et c'est gratuit ! s'extasie Maman.

Elle entreprend aussitôt d'emballer des viennoiseries dans des serviettes pour les fourrer dans son immense sac à main en skaï – elle les donnera à mes frères, ce soir.

J'aperçois des œufs entiers sur une assiette. Maman me dit que ce sont des œufs durs. J'en prends un et elle me montre comment le faire rouler sur la table pour fissurer la coquille et enlever les petits bouts. Je mets du sel, du poivre et je prends une grosse bouchée. J'adore. Je mets aussi la main sur un sachet de biscuits apéritifs. Ça commence à me plaire, cet endroit.

Le temps que je finisse, les autres figurants sont arrivés. On nous rassemble.

Nous sommes trente enfants à suivre l'assistant de production chauve jusqu'au plateau de tournage et, sur le seuil, je reste bouche bée. Sous un très haut plafond quadrillé de mâts métalliques qui soutiennent des centaines de projecteurs, je découvre un lieu qui fourmille de gens affairés. Certains ont des outils à la ceinture et d'autres un bloc-notes à la main, d'autres encore chuchotent des ordres dans des talkies-walkies. Il règne là une odeur de bois neuf et un vacarme de coups de marteau et de sonneries intempestives. Ce bouillonnement d'activité a quelque chose de magique.

À notre arrivée, le réalisateur – un petit homme aux cheveux châtains mi-longs qu'il cale derrière ses oreilles – nous présente le décor tout en parlant avec animation puis il nous examine, moi et les vingt-neuf autres. Très enthousiaste, il nous explique qu'on va jouer des enfants enfermés dans une chambre à gaz qui vont mourir asphyxiés. J'acquiesce et je m'efforce de graver chaque mot dans ma mémoire, « chambre à gaz », « mourir asphyxiés », afin de pouvoir tout répéter diligemment à Maman sur le chemin du retour.

Le réalisateur nous indique où nous placer. Je me retrouve au fond, derrière la masse informe des mini-figurants, mais l'homme réclame que les plus petits se placent devant, alors je m'exécute. Puis il nous désigne un par un en nous demandant de lui montrer un air « vraiment, vraiment mort de peur ». Je suis la neuvième ou dixième et, après ma prestation, il ordonne au caméraman à côté de lui de « faire un gros plan » sur mon visage. Je ne comprends pas tout, mais je crois que c'est positif parce qu'en même temps, il m'a adressé un clin d'œil.

— Maintenant, recommence, s'écrie le réalisateur. Encore plus morte de peur !

J'écarquille les yeux en priant pour qu'il soit satisfait, et on dirait que oui, parce qu'il me tapote le dos et conclut :

— C'est dans la boîte, on enchaîne !

Le reste de la journée consiste à alterner travail de tournage et activités scolaires – à notre âge, c'est obligatoire. Comme Maman me fait l'école à la maison, elle a sélectionné les leçons du jour et a rassemblé une petite liasse de feuilles d'exercices. Dans la salle de classe, la fille de douze ans assise à côté de moi me fiche régulièrement des coups de coude en me chuchotant qu'on n'est pas obligés de faire nos devoirs si on n'en a pas envie, parce qu'on n'est que des figurants et que les enseignants engagés par le studio ne surveillent que les vrais acteurs. Je fais de mon mieux pour l'ignorer et je m'occupe de noircir ma page sur les capitales des États. Après environ une demi-heure d'étude, l'assistant de production vient nous chercher et nous ramène sur le plateau pour refaire la scène. La même scène. Toute la journée.

Je ne comprends pas pourquoi il faut la rejouer autant de fois et je devine que mes questions ne seraient pas bien accueillies, mais je remarque qu'à chaque fois que nous revenons, la caméra a changé de place. J'imagine qu'il y a un rapport.

Le moment que je préfère, c'est quand on va d'un bâtiment à l'autre, parce que je peux apercevoir Maman lorsqu'on croise le « coin des parents de la figu », un petit préfabriqué où ils sont tous entassés. Je fais coucou à Maman, qui ne manque jamais de me remarquer : même plongée dans sa lecture, elle se redresse, referme le magazine en marquant sa page d'un doigt et lève le pouce avec un grand sourire. On est tellement connectées, elle et moi.

À la fin, je suis épuisée. Je viens de passer huit heures et demie à rester plantée sur le plateau, à travailler dans la salle de classe ou à marcher de l'un à l'autre, huit heures et demie à obéir aux instructions, à supporter des sonneries tonitruantes et à inhaler de la fumée – on a installé une machine à fumée pour rendre la chambre à gaz plus crédible. La journée a été longue et je ne me suis pas particulièrement amusée. En revanche, j'ai bien aimé l'œuf dur.

— Vous deviez mourir asphyxiés ! répète Maman, extatique, pendant que je lui raconte ma journée sur le chemin du retour. Et tu as été filmée en GROS PLAN ! Ces crétins d'Academy Kids vont bien être obligés de reconnaître ton talent. Je te parie qu'une fois que ce sera passé à la télé, ils te supplieront à genoux d'accepter des rôles parlants. À genoux !

Aux anges, elle pianote sur le volant. Elle a l'air si heureux, à cet instant précis. J'essaie de toutes mes forces de m'imprégner de son expression. J'aimerais la voir comme ça plus souvent.

— Tu vas devenir une star, Nettie. J'en suis sûre.

5.

— On part dans un quart d'heure à l'église ! crie Maman depuis sa chambre.

Une seconde plus tard, j'entends le choc caractéristique d'un pinceau de maquillage jeté contre le miroir. Elle a encore dû rater son trait d'eye-liner.

Nous sommes une famille mormone, membres de la sixième congrégation de Garden Grove pour l'église de Jésus-Christ des saints des derniers jours. Mamie a été baptisée dans la foi mormone à ses huit ans, puis Maman a été baptisée dans la foi mormone à ses huit ans, et je serai également baptisée dans la foi mormone à mes huit ans car, d'après le prophète Joseph Smith, c'est à cet âge-là qu'on devient responsable de ses péchés, avant, ils ne comptent pas. Mamie et Maman avaient beau être baptisées, avant, elles n'allaient pas à l'église. Je pense qu'elles voulaient juste leur ticket d'entrée au paradis mais qu'elles n'avaient pas envie de faire trop d'efforts.

Cependant, juste après qu'on a diagnostiqué son cancer à Maman, la famille a pris l'habitude d'assister à la messe le dimanche.

— Je savais que le Seigneur m'aiderait à m'en sortir si je lui prouvais ma foi et ma dévotion, m'a expliqué Maman.

— Donc on s'est mis à aller à l'église seulement quand on a eu besoin de l'aide de Dieu ?

— Mais non, s'est-elle esclaffée, mais elle avait l'air un peu embêtée par ma question, peut-être même agacée. Ensuite elle a changé de sujet pour parler de Tom Cruise qui était si beau dans la bande-annonce de *Mission : Impossible 2*. Je n'ai plus jamais demandé quand ou pourquoi on avait commencé à pratiquer. Au fond, je m'en fiche. J'adore aller à l'église.

J'adore l'odeur de la chapelle – le parfum de pin du produit pour le carrelage, avec un soupçon de toile de jute. J'adore mes cours d'éveil religieux, où on chante des chansons sur la foi et sur Jésus, comme « J'espère qu'on m'enverra en mission », « Dans le livre de Mormon » et ma préférée, « Popcorn Popping » – quoiqu'à bien y réfléchir, je ne suis pas sûre que cette dernière ait un rapport avec la foi ou avec Jésus ; elle parle de pop-corn qui éclate dans un abricotier.

Mais surtout, c'est un extraordinaire répit qui me permet, l'espace de trois heures par semaine, de m'échapper de l'endroit que je déteste le plus au monde : ma maison.

Tout comme notre église, notre maison se situe à Garden Grove, en Californie, une ville que ses habitants surnomment avec peu d'affection « Poubelle Grove » parce que « Ici, y'a que des déchets », comme le dit souvent Dustin avant de se faire rabrouer par Maman.

La maison appartient aux parents de Papa. Ils ne nous la louent pas très cher, mais le montant reste encore trop élevé aux yeux de Maman.

— On ne devrait rien leur donner du tout, râle-t-elle à mon attention pendant qu'elle fait la vaisselle ou qu'elle se met du vernis. La famille, c'est fait pour ça. Je te jure, s'ils ne lèguent pas cette baraque à ton père…

Elle pleure souvent à cause du loyer, soit parce qu'on a du mal à le payer dans les temps, soit parce qu'on a du mal à le payer en totalité. Quand elle est tombée malade, ses parents se sont installés avec nous, un aménagement qui devait être provisoire mais qui s'est poursuivi après sa rémission – c'était plus économique pour tout le monde. Il n'empêche que parfois, même si Papa, Maman, Papy et Mamie participent, ça ne suffit pas

Maman clame qu'on est victimes de la malédiction du salaire minimum : Papy est agent d'accueil à l'entrée du parc Disneyland, Mamie est réceptionniste dans une maison de retraite et, quand Papa ne fabrique pas des silhouettes en carton pour un vidéoclub, il aide à la conception des cuisines dans une grande surface de bricolage. Quant à Maman, elle possède un diplôme d'esthéticienne mais prétend que devenir mère l'a empêchée de développer son activité (« En plus, respirer tous ces produits chimiques, c'est très mauvais pour la santé »), alors elle fait des remplacements au supermarché pendant les fêtes ; cependant, elle dit que son vrai travail consiste à s'assurer que je réussisse ma carrière à Hollywood.

On a beau être souvent en retard sur le loyer, il a beau souvent en manquer une partie, on n'a jamais été expulsés. À mon avis, si nos propriétaires n'étaient pas les parents de Papa, ce serait déjà fait depuis longtemps. Parfois, j'en rêve.

J'en rêve parce que ça voudrait dire qu'on devrait déménager, qu'on devrait emballer nos affaires dans des cartons, et qu'il faudrait donc faire du tri et se débarrasser d'un tas de choses – une perspective merveilleuse.

Notre maison n'a pas toujours été dans cet état. J'ai vu des photos qui datent d'avant ma naissance, et elle a l'air normale : une maisonnette modeste, un peu de désordre par-ci par-là, mais rien qui sorte de l'ordinaire.

Mes frères disent que le bazar a commencé à s'accumuler quand Maman est tombée malade. Elle s'est mise à ne plus pouvoir jeter quoi que ce soit. J'avais deux ans et, depuis, cela n'a fait qu'empirer.

Notre garage, par exemple. Il est rempli du sol au plafond de piles de boîtes en plastique pleines de vieux papiers, de factures, de vêtements pour bébé, de jouets, de bijoux enchevêtrés, de journaux, de décorations de Noël, d'emballages de barres chocolatées, de maquillage périmé, de bouteilles de shampooing vides et de sacs congélation contenant des morceaux de tasses à recoller.

Il comporte deux accès : la porte qui mène dans la maison et la grande porte basculante qui donne sur l'extérieur. Il est pratiquement impossible de passer par la première parce que, d'une, il y a à peine la place d'avancer de ce côté-là et, de deux, si par miracle vous parvenez à vous frayer un chemin, vous le regrettez aussitôt. Vous voyez, notre garage est infesté de rats. Et d'opossums. Sur les rares carreaux de carrelage encore visibles, on repère vite des bestioles mortes dans des pièges que Papa remplace toutes les trois ou quatre semaines. Et les cadavres de rats et d'opossums, laissez-moi vous dire que ça pue.

On a donc depuis longtemps abandonné l'idée d'entrer par là et on a placé notre frigo de secours à un endroit stratégique, devant la porte basculante, afin d'y accéder facilement.

Enfin, facilement…

Dans le quartier, nous sommes les derniers à avoir encore une porte à ouverture manuelle, et elle se révèle si lourde que les charnières se sont affaissées. Avant, quand Papa ou Marcus – les deux seules personnes de la famille capables de la soulever – la hissaient jusqu'à une certaine hauteur, elle émettait un « clic » sonore et restait en place. C'était le bon vieux temps. Un jour, il y a quelques années, la porte est retombée avec fracas après le « clic » et elle n'a plus jamais fonctionné correctement.

Maintenant, aller au garage est une expédition qui requiert deux personnes. Une pour ouvrir le lourd battant et le tenir à bout de bras avec une grimace d'effort – Marcus, le plus souvent –, et l'autre pour foncer récupérer l'objet demandé – moi, le plus souvent.

Autant vous dire que ce n'est pas rassurant. Chaque fois que je pars au pas de course pendant que Marcus ploie sous la tôle, j'ai l'impression d'être Indiana Jones : le gros rocher est en train de dévaler la pente vers moi et il faut que j'arrive à m'emparer du trésor caché avant de finir écrabouillée – sauf qu'en guise de trésor caché, ma mission consiste le plus souvent à devoir rapporter un aliment enfoui dans le capharnaüm du frigo.

Les chambres ne sont pas mieux. Je me souviens d'une époque où Marcus, Dustin et Scottie avaient la leur, avec un lit superposé à tiroir ; moi, j'avais ma nurserie. À présent, la chambre des garçons déborde de bazar au point qu'on ne peut même plus y trouver le lit ; quant à ma nurserie, elle accueille désormais elle aussi une montagne d'objets hétéroclites, ainsi qu'un canapé-lit pour Papy et Mamie. Bref, mes frères et moi n'y avons plus notre place. On nous a acheté des matelas premier prix qui s'ouvrent en trois et qu'on déplie chaque soir dans le salon. Je suis quasiment sûre qu'il s'agit de tapis de gym pour enfants. En tout cas, ils ne sont pas confortables.

Cette maison est affreuse, elle me fait honte. Je la déteste. Je déteste la tension et l'anxiété qui m'assaillent dès que je franchis la porte et qui ne me quittent plus ensuite. Bref, toute la semaine, je n'attends que ce moment où je vais enfin m'échapper pendant trois heures au pays des sermons et du carrelage senteur pin.

Il est donc particulièrement contrariant pour moi de constater que, semaine après semaine, en dépit de mes efforts acharnés, ma famille est incapable de partir à l'heure.

— Allez, allez, on s'active ! je crie en laçant ma chaussure gauche.

Dustin et Scottie se réveillent à peine. Ils se frottent les yeux tandis que Papy enjambe tant bien que mal leurs couchages.

— Il vous reste dix minutes pour prendre votre petit-déjeuner, vous habiller et vous brosser les dents, j'annonce.

Mes frères traînent des pieds jusqu'à la cuisine pour se servir des céréales – des Lucky Charms pour Dustin, des Count Chocula pour Scott, et ils en mettent partout. Je les vois lever les yeux au ciel. Ils pensent que je joue à la petite cheffe mais, pour moi, ce n'est pas un jeu. C'est du désespoir. Je veux de l'ordre. Je veux du calme. Je veux mes trois heures de répit.

— Vous m'avez entendue ? j'insiste.

Silence. Debout dans un coin de la cuisine, Papy étale une quantité phénoménale de beurre sur un toast. Aussitôt, mon stress grimpe – cette tartine va nous coûter cher. Maman râle régulièrement : « Il engloutit une demi-plaquette par jour ! Il va nous ruiner, et se ruiner la santé avec. »

— Papy, tu veux bien prendre un peu moins de beurre ? Maman risque de se fâcher.

— Hmm ? fait-il, l'air absent.

Je jurerais qu'il fait semblant de ne pas m'entendre chaque fois qu'il n'a pas envie de me répondre.

Exaspérée, je m'occupe d'installer le truc blanc sur la moquette grise du salon. Comme son nom l'indique à peine, le « truc blanc » est un carré blanc matelassé à motif floral, fin et rigide, de 25 centimètres de côté. Il s'ouvre en trois – à l'évidence, on a un faible pour les trucs qui se déplient, dans cette famille – pour créer une surface de 75 centimètres de long qu'on pose par terre pour faire office de table.

Je déploie donc le truc blanc au moment où Dustin et Scottie sortent l'un derrière l'autre de la cuisine avec la concentration de deux funambules pour ne pas faire basculer leurs bols remplis à ras bord. En vain : le lait se renverse sur la moquette. Tous les jours, Maman leur crie de faire attention – parce que quand les taches sèchent, elles sentent mauvais – mais, tous les jours, ils mettent trois fois trop de lait dans leur bol. Personne n'écoute jamais rien, dans cette maison.

Maman n'a pas encore enfilé ses chaussures du dimanche – elle a une déformation aux pieds et ses escarpins lui font mal, alors elle attend chaque fois le dernier moment. Je sais donc qu'à la seconde où elle posera un orteil sur la moquette imbibée de lait, elle explosera de colère, arrachera ses collants et exigera qu'on s'arrête au supermarché pour qu'elle en rachète une paire, un détour qui va empiéter sur mes trois heures de répit. Et ça, il en est hors de question.

Je me précipite vers le placard à linge et, en passant devant la salle de bains, j'en profite pour écouter à la porte. Mamie est au téléphone.

— Jean a laissé l'étiquette du prix sur le pull qu'elle m'a offert, se plaint-elle à son interlocutrice. Tout ça pour me faire croire qu'elle l'a payé au prix fort alors qu'elle l'a acheté en solde. C'est sournois, je trouve. Bref, je suis allée vérifier en magasin, et effectivement, le pull était à moins 70 %. Elle n'a même pas dépensé 15 dollars pour mon cadeau !

— Mamie, sors de là ! je crie en tambourinant à la porte. Les garçons ont besoin de la salle de bains !

— Pourquoi est-ce que tout le monde me déteste, dans cette famille ? hurle Mamie.

C'est systématique, avec elle : dès qu'elle est en ligne avec quelqu'un, il faut qu'elle se fasse passer pour une victime.

Dans le placard, j'attrape un petit torchon rouge avec des dessins de guirlandes de Noël que je mouille au robinet de l'évier avant d'aller frotter la tache de lait par terre. Quand je lève les yeux, je vois Dustin et Scottie qui mangent, assis devant le truc blanc. Scott mâche sans un bruit, comme au ralenti, il n'a même pas l'air pressé. À l'évidence, il n'a aucun sens des priorités. Quant à Dustin, il mastique la bouche ouverte, à grands bruits. Il s'active, mais l'efficacité n'est pas au rendez-vous.

Je regarde l'heure. 11 h 12. Il nous reste moins de huit minutes pour quitter la maison si on veut être à l'église pour la messe de 11 h 30.

— Grouillez-vous, les escargots ! j'aboie sans cesser de frictionner la moquette de toutes mes petites forces.

— La ferme, face de pet, réplique Scottie.

Papy m'enjambe et des miettes s'échappent de la feuille d'essuie-tout dans laquelle il a emballé sa tartine. Mamie nous rejoint, enveloppée dans une serviette si élimée qu'on voit à travers – beurk. Elle s'est fabriqué un turban de fortune avec du papier toilette et des épingles pour protéger sa permanente.

— C'est bon, tu es contente ? me crache-t-elle. Je suis sortie !

Je l'ignore et annonce à mes frères que la salle de bains est libre et qu'ils peuvent aller se brosser les dents pendant que je débarrasse les bols. Par miracle, on va peut-être arriver à l'heure. Je suis aux anges.

Je repars dans la cuisine pour rincer le torchon de Noël et m'apprête à revenir finir d'éponger la moquette quand Maman traverse la cuisine et entre dans le salon. Une angoisse sourde m'envahit. J'ouvre la bouche pour la prévenir, mais elle est trop rapide.

— Qu'est-ce que c'est que ça ? glapit-elle d'un ton qui signifie qu'elle sait très bien dans quoi elle vient de marcher.

J'essaie de lui expliquer que j'ai presque fini de nettoyer et que ce qu'elle a senti, c'est surtout de l'eau, mais elle ne m'entend pas. Rageuse, elle est déjà en train d'arracher ses collants et de crier à Papa qu'il va falloir s'arrêter au supermarché pour acheter une nouvelle paire.

Je me demande ce que j'aurais pu faire différemment. Je réfléchis à ce que je pourrais faire, à l'avenir, pour qu'on réussisse à partir à l'heure. On s'entasse dans le monospace, direction le supermarché. Peut-être que j'arriverai à temps pour chanter « Popcorn Popping ».

6.

— Papa ! je crie dès qu'il franchit le seuil.

Je cours écraser ma tête contre son ventre, je le fais dès qu'il rentre du travail. Je respire sa chemise à carreaux – mmmh, ça sent le bois coupé et la peinture fraîche, l'odeur familière de mon papa.

— Coucou Nettie, dit-il avec un manque d'enthousiasme qui me déçoit.

J'espère toujours un rire, une main qui m'ébouriffe les cheveux ou un câlin, mais non, jamais. Du moins, pas encore. Je ne perds pas espoir.

— C'était comment, le travail ?

— Bien.

J'aimerais tant trouver un autre un sujet de conversation, un moyen de tisser un lien entre nous. Avec Maman, c'est si naturel. Pourquoi j'ai tellement de mal avec lui ?

— Tu t'es amusé ? j'insiste en le suivant de l'entrée au salon.

Il ne répond pas. Une expression apeurée vient de traverser son visage et, quand je tourne la tête, je comprends ce qu'il voit.

Maman. À sa posture et à son expression – le torse très droit, le menton levé, les mâchoires serrées et les yeux écarquillés –, je devine qu'elle n'est pas contrariée, ni en colère, non : elle est folle de rage. Oh, oh. Il me faut une solution, et vite.

— Mark, lâche-t-elle avant de s'humecter les lèvres pour accentuer sa fureur.

C'est maintenant ou jamais.

— Je t'aime, ma petite Maman ! je m'écrie.

Je cours jusqu'à elle et la serre dans mes bras. Je vais y arriver, je suis capable de la calmer. Mais elle ne me laisse pas le temps de réfléchir à ma prochaine réplique.

— Mark Eugene McCurdy, articule-t-elle, la voix de plus en plus forte à chaque syllabe.

Ouh là. Elle a utilisé son deuxième prénom. Explosion imminente.

— Je… J'ai dû rester après mon service pour aider un client, tente de se justifier Papa, craintif. Je n'ai pas pu m'en dépêtrer.

— Tu as trois heures de retard, Mark…

J'ai besoin de renfort. Je jette un coup d'œil en direction de Dustin et Scottie. Ils jouent à *GoldenEye 007* sur la Nintendo 64, absorbés par l'écran. Rien à espérer de ce côté-là. Papy et Mamie sont au travail. Je vais devoir me débrouiller seule.

— Maman, et si on mettait la télé ? Tu veux regarder *Jay Leno* ? On est lundi, il va lire les gros titres les plus bizarres de la semaine !

— Tais-toi, Nettie.

Terminé. Elle m'a exclue de la conversation. Pourtant, j'étais sûre d'avoir visé juste avec le talk-show de Jay Leno. Personnellement, je préfère l'émission de Conan O'Brien mais chez nous, regarder Jay, c'est une tradition familiale – un jour où j'en parlais à l'église, sœur[1] Huffmire m'a

1. Dans la tradition mormone, le titre d'usage entre fidèles est celui de « frère » ou « sœur » suivi du nom de famille. Il ne renvoie pas à un rôle dans le culte. (Toutes les notes sont de la traductrice.)

fait remarquer que c'était un programme un peu « olé olé » pour une enfant de mon âge et qu'à 23 h 30, je devrais être au lit ; le soir, Maman m'a dit que sœur Huffmire n'était qu'une mère-la-morale et qu'on se fichait de son avis.

J'observe attentivement Maman. Elle se met à respirer de plus en plus vite, de plus en plus fort, ses oreilles deviennent toutes rouges. Soudain, elle se jette sur Papa. Il recule, elle trébuche et tombe à genoux. Aussitôt, elle se met à hurler :

— Au secours ! Il m'a frappée !

Papa attrape Maman par les poignets. En retour, elle lui crache au visage. Derrière eux, un des garçons remporte la manche de *GoldenEye 007* et brandit un poing victorieux.

— Deb, j'ai une ou deux heures de retard, ce n'est pas une catastrophe ! parvient à crier Papa entre deux invectives.

— Ne me contredis pas devant les enfants ! NE ME CONTREDIS PAS DEVANT LES ENFANTS ! vocifère Maman, qui se dégage et se met à le gifler.

— Vas-y Maman ! je l'encourage, comme toujours une fois que j'ai dépassé ma peur. Tu vas l'avoir !

— Deb, ça dépasse les bornes ! Il faut que tu te fasses aider.

Oh, non. Il devrait savoir que cette phrase est une véritable déclaration de guerre, pour Maman ! Si, au cours d'une dispute, Papa ou Papy lui parle de « se faire aider », elle sort de ses gonds.

— MOI ?! TOI, VA TE FAIRE AIDER ! s'époumone-t-elle.

Puis elle part en courant dans la cuisine. Papa commence à retirer ses chaussures. Il pense sûrement que c'est terminé, que le vent a tourné et que Maman a retrouvé son état normal. Comment peut-il être aussi naïf ? Après tout ce temps, il devrait la connaître, non ?

Un, deux, trois. Je compte dans ma tête, dans moins de dix secondes, elle revient. Quatre, cinq, six, sept. La revoilà, un grand couteau à la main.

— SORS DE CHEZ MOI ! hurle-t-elle. DÉGAGE !

— Deb, je t'en prie, ça ne va pas recommencer…

La dernière fois que Maman a forcé Papa à dormir dans sa voiture remonte à plusieurs mois, un record – en général, elle le met dehors environ une fois par semaine. Elle a de bonnes raisons : elle dit qu'il ne contribue pas assez financièrement, qu'il rentre toujours trop tard du travail, qu'il doit sûrement la tromper, qu'il ne s'intéresse pas à ses enfants, qu'il est un père absent, etc. Le fait qu'il y ait échappé si longtemps cette fois relève du miracle. Il devrait s'estimer heureux.

— DÉGAGE, MARK !

— Repose ce couteau, Deb. C'est dangereux, surtout avec tes enfants dans la pièce.

— CE N'EST PAS VRAI ! JE NE FERAIS JAMAIS DE MAL À MES BÉBÉS ! COMMENT OSES-TU M'ACCUSER D'UNE CHOSE PAREILLE ?

Un torrent de larmes dévale ses joues. Elle a les yeux grands ouverts, hagards, terrifiants.

— DÉGAGE !

Elle se jette à nouveau sur Papa, qui finit par abdiquer.

— D'accord, d'accord, je m'en vais. Je m'en vais.

Il remet ses chaussures et s'empresse de filer. Maman retourne à la cuisine. Le couteau rangé, elle s'effondre à genoux sur le carrelage, pousse un long cri de désespoir et se met à sangloter. Je m'accroupis près d'elle, la prends dans mes bras. Un des garçons bat l'autre à *GoldenEye 007*.

7.

Depuis mon arrivée ce matin à 6 h à Lancaster, au nord de Los Angeles, je me tiens debout sur cette butte de terre. À présent, il est midi et le soleil est accablant. Entre chaque prise, on abrite les vrais acteurs sous des ombrelles, on leur déplie des chaises pour qu'ils se reposent et on leur apporte des bouteilles d'eau tout juste tirées d'une glacière. Je ne suis qu'une figurante.

Mes congénères et moi-même restons donc plantés là, en plein désert, sans ombrelle et sans bouteille d'eau, à transpirer à grosses gouttes sous nos lourds costumes des années 1930 qui grattent et sentent le moisi. Nous jouons des miséreux de la Grande Dépression pour un court métrage intitulé *Golden Dreams*, un film composé de plusieurs segments sur l'histoire de la Californie. Le résultat final devrait être diffusé dans un nouveau parc d'attractions Disney, California Adventure. Maman m'a raconté tout ça avec beaucoup d'excitation quand on est parties en voiture à 4 h 30. Moi, j'ai surtout retenu qu'il allait y avoir un nouveau parc Disneyland.

Le pire dans cette journée, c'est le truc qu'on m'a mis sur les dents. Pendant ma préparation, ce matin, on m'a fait deux tresses puis on m'a demandé d'ouvrir grand la bouche. J'ai obéi et la maquilleuse a fait couler une espèce de jus noir épais sur mes gencives en m'expliquant qu'avec ça, mes dents auraient l'air pourries. La substance a vite séché et la sensation était dégoûtante : je me suis dit que ça devait faire ça si on ne se brossait pas les dents pendant un mois et, depuis, je n'arrête plus d'y penser. C'est horrible. Je ne peux pas m'empêcher d'y passer la langue, et l'effet est trop bizarre.

— Tu n'as pas l'air contente d'être là, me gronde Maman tandis qu'on entre dans les toilettes de chantier réservées aux figurants. Essaie au moins de faire semblant.

J'ai envie de faire caca depuis une heure et je n'arrivais plus à me retenir, alors j'ai craqué et j'ai demandé à une personne équipée d'un talkie-walkie si j'avais le droit d'aller aux WC, même si Maman m'a prévenue que je risquais de récolter une réputation de casse-pieds en me faisant remarquer.

— Désolée, je lâche, assise sur la cuvette.

Maman mouille du papier toilette au robinet. Ça me gêne qu'elle veuille encore m'essuyer les fesses. Il n'y a pas longtemps, je lui ai dit que, maintenant que j'avais huit ans, je pouvais me débrouiller toute seule mais, à sa tête, j'ai compris qu'elle allait pleurer. Elle m'a répondu qu'elle devait continuer à le faire jusqu'à mes dix ans au moins, parce qu'elle ne voulait pas que je laisse des traces dans mes culottes Pocahontas. Moi, je sais bien que je ne laisserais pas de traces, mais la perspective d'une crise de larmes de Maman m'a fait capituler.

— Arrête au moins de froncer les sourcils, insiste Maman. Ça te donne l'air fâché, fais un effort.

Elle essuie. Plusieurs fois.

— D'accord.

Quand je retourne sur ma butte, je m'efforce de prendre une expression à l'opposé de ce que je ressens, mais le soleil brille tellement fort que je suis obligée de plisser les yeux.

— Elle est où, la petite avec la tête déprimante ? crie le réalisateur à son assistant. Celle que je t'ai montrée tout à l'heure ? On n'a qu'à la prendre, elle.

L'autre homme désigne plusieurs figurants mais, le réalisateur fait « non » jusqu'à ce qu'on me désigne, moi.

— Oui, celle-là !

— Viens, suis-moi, me dit l'assistant.

Il me prend la main et m'emmène voir le réalisateur, qui me demande de m'asseoir dans une voiture d'époque et de regarder au loin, un peu vers la droite, « sans rien faire ». J'obéis. Après quelques prises, il a l'air satisfait.

L'assistant me raccompagne auprès de Maman, qui attend à côté du catering. Il lui explique que ma journée est terminée car, comme ils m'ont filmée dans un plan clé, je ne peux plus apparaître parmi les figurants.

— Un plan clé ? répète Maman, ravie.

— Oui. D'ailleurs, je vais vous apporter un peu de paperasse à signer parce que, techniquement, il s'agit d'un petit rôle.

Maman en tremble presque d'excitation.

— Qu'est-ce qu'il s'est passé ?

— Eh bien, la petite qu'on avait castée avait du mal à suivre nos instructions. On avait beau lui répéter d'avoir l'air triste, elle continuait de sourire. Mais votre fille, elle fait vraiment bien la tristesse ! s'esclaffe-t-il.

— C'est vrai ! Elle fait vraiment bien la tristesse, renchérit Maman en hochant la tête, extatique – apparemment, elle a oublié qu'il y a moins d'une demi-heure, c'est pile ce qu'elle me reprochait.

— Bref, on l'a prise à la place pour le plan, d'où le changement de contrat.

Sur ce, l'homme s'éclipse pour aller chercher les papiers, et Maman se retourne pour m'attraper les mains.

— Ils t'ont prise, Nettie ! Ils t'ont prise !

Dès notre retour, Maman téléphone à Academy Kids pour leur raconter avec effusion que j'ai obtenu un petit rôle. L'agent répond que c'est une excellente nouvelle, que je suis en train d'acquérir une réputation de comédienne capable de coopérer et d'obéir aux indications scéniques, deux des plus grandes qualités qu'on attend d'un enfant acteur. Il ajoute qu'il va me chercher des rôles de figuration plus étoffés, de la « figuration longue », de ceux auxquels on ne peut pas postuler quand on débute, parce que les directeurs de casting ne savent pas encore s'ils peuvent compter sur nous. Maman est déçue.

— De la figuration longue ? Elle va continuer de jouer les potiches, donc. Pourquoi vous ne lui chercheriez pas plutôt des petits rôles ? Elle vient d'en obtenir un dans *Golden Dreams*, elle peut bien se présenter à de vrais castings.

— Eh bien, pas encore, non. Nous voudrions qu'elle ait un peu plus d'expérience avant de changer nos plans.

Maman dit d'accord, mais je vois bien qu'elle ronge son frein.

— Plus d'expérience, mon cul ! maugrée-t-elle en raccrochant.

Quand Maman lâche ce genre de commentaires à la fin d'une conversation téléphonique, j'ai toujours peur que la personne au bout du fil l'entende avant d'avoir raccroché. Heureusement, pour l'instant, je ne pense pas que ce soit déjà arrivé.

Maman se montre tendue le reste de la soirée mais, le lendemain matin, sa bonne humeur revient : l'agent d'Academy Kids la rappelle pour lui annoncer qu'il m'a trouvé un poste en figuration longue pour un pilote de série télévisée. Huit jours de tournage.

— Pour le moment, tu restes une potiche, résume Maman un peu plus tard pendant qu'elle se brosse les dents. Mais à ce rythme-là, tu deviendras bientôt une actrice en bonne et due forme.

Elle crache dans le lavabo.

— Enfin, je ne suis pas sûre de ce que ça veut dire, « en bonne et due forme », mais je crois que c'est comme ça qu'on l'utilise.

8.

Le tournage du pilote se passe bien, même si, cette fois, personne ne me demande de venir remplacer quelqu'un au pied levé. Cependant, Maman demeure déterminée à faire de moi une véritable actrice et il se produit un événement qui me rapproche de son but.

En effet, il y a dans le studio une comédienne de mon âge qui joue un petit rôle. Sa mère se prend d'amitié pour la mienne et, à la fin de la journée, elle donne à Maman le numéro de Barbara Cameron, l'agente de sa fille.

— Barbara Cameron ! Tu te rends compte, Nettie ? Barbara Cameron !

— Super !

— Tu sais qui c'est ?

— Non.

— Bon, tu vois Kirk Cameron, qui joue dans *Quoi de neuf docteur ?* Et Candace Cameron, dans *La Fête à la maison* ? Eh bien, c'est leur mère ! Elle a lancé leur carrière, et après, elle s'est mise à représenter d'autres jeunes acteurs. Aujourd'hui, elle fait partie des agents les plus en vue dans ce domaine. Une sacrée femme !

Maman lui téléphone aussitôt et obtient une audition pour moi et mon frère aîné, Marcus – il y a peu, elle a fini par le convaincre de s'essayer lui aussi au métier de comédien, en dépit de ses réticences.

— Allez, tu as un si beau sourire, avec tes grandes dents ! a-t-elle insisté. Et puis, avec tous tes grains de beauté, tu ressembles à Matt Damon quand il était plus jeune !

J'envie Dustin et Scottie. Maman n'attend pas la même chose d'eux que de Marcus et moi. J'aimerais comprendre pourquoi mais, dans la famille, personne n'aborde jamais le sujet, comme si c'était évident pour tout le monde.

Barbara travaille de chez elle, nous allons donc là-bas pour nos auditions. À notre arrivée, on nous donne à chacun un monologue et on nous accorde trente minutes pour le préparer. Je ne sais pas de quels films sont extraits les textes mais Marcus doit jouer un lycéen dont la petite amie s'est suicidée et moi, une fillette qui tente de convaincre ses parents de ne pas divorcer.

Maman nous fait répéter dans la voiture, puis on y retourne.

Marcus passe le premier. Il reste une bonne demi-heure à l'intérieur et, quand il ressort, il est de bonne humeur. Il nous raconte que Barbara et la femme qui l'accompagnait ont pas mal discuté avec lui et qu'elles ont beaucoup ri.

J'y vais à mon tour, toute tremblante. Je récite une fois mon monologue. Barbara et sa collègue échangent un regard et me proposent de recommencer. Barbara ajoute :

— Oublie le texte.

Je la regarde sans comprendre.

— Sois plus naturelle, précise-t-elle.

Je réessaie. L'autre femme adresse une mimique sceptique à Barbara, qui arbore elle-même une tête peu convaincue.

— Merci, disent-elles en chœur.

Je quitte la pièce aussi lentement que possible – je sais que Maman sera déçue que je sois restée si peu de temps avec Barbara. Malgré mes tout petits pas, je ne parviens à gagner qu'une minute.

— Alors ? s'enquiert Maman, inquiète, quand je la rejoins à la voiture.

— Ça va.

— Elles t'ont fait des commentaires ?

— Pas trop…

— Tu les as fait rire ?

— Pas trop…

— Bon.

Sur le trajet du retour, Maman est mécontente. Elle se montre fière de Marcus et très enjouée, mais je la connais par cœur : elle se force. Sa fierté et son excitation ne pèsent pas lourd face à la déception qu'elle ressent vis-à-vis de moi.

— Marcus nous a beaucoup plu, nous aimerions l'intégrer à notre base de clients. Pour ce qui est de Jennette… Eh bien, elle manque de charisme.

C'est Laura, la femme qui était aux auditions avec Barbara, qui nous appelle pour nous faire leurs retours. Laura est le bras droit de Barbara et la seule autre agente de son entreprise. C'est aussi une femme efficace, pragmatique et directe, qui parle si fort au téléphone que j'entends toute sa conversation.

— Génial pour Marcus, mais vous pouvez aussi prendre Jennette…, persiste Maman, qui remue des pâtes instantanées dans une casserole pour le dîner. Et si dans six mois elle n'a rien décroché, on laisse tomber, voilà.

Elle lève le pouce à mon intention, ravie de sa propre idée.

— Nous avons déjà beaucoup de jeunes actrices à l'agence…, élude Laura.

— Jennette apprend vite et elle est douée pour suivre les indications scéniques, continue Maman d'une voix chantante.

On dirait qu'elle veut séduire Laura alors qu'en réalité, elle est juste en train de la supplier. Laura répond qu'elle va en parler à Barbara et qu'elle nous rappelle tout de suite. Maman se tourne vers moi.

— Nettie ! Vite, récite une prière pour que Barbara accepte de te prendre. Et croise les bras pour moi, je dois remuer les pâtes.

Je croise les bras – la posture de la prière chez les mormons – et nous fermons toutes les deux les yeux.

— Notre Père qui êtes aux cieux, je commence. Merci pour cette belle journée et pour tous Vos bienfaits.

— Merde ! s'exclame Maman.

Je sursaute et ouvre les paupières. Maman vient de lâcher sa cuillère et se suce le bout du doigt.

— Je me suis brûlée, explique-t-elle avant de le passer sous le robinet. Vas-y, ma puce, continue.

— Bénissez Barbara Cameron et faites qu'elle accepte de me prendre. Bénissez la nuit à venir et faites qu'on se repose. Bénissez Maman et faites qu'elle arrive à dormir parce que des fois, elle a du mal. Merci, mon Dieu. Au nom de notre Seigneur Jésus Christ, amen.

— Amen. C'est bien, ma chérie.

Maman vient de commencer à verser les pâtes et le bouillon dans des bols quand le téléphone sonne. Elle lâche bruyamment la casserole dans l'évier et éclabousse tout le plan de travail, mais elle s'en fiche, trop concentrée sur sa conversation.

— D'accord..., dit-elle d'un ton joyeux.

Maman est tellement anxieuse qu'elle fait les cent pas et je n'entends pas ce qu'explique Laura à l'autre bout du fil.

— D'accord, répète-t-elle en m'examinant – je commence à me sentir très mal à l'aise. Super, vous n'allez pas le regretter ! conclut-elle avant de raccrocher.

Puis elle me dévisage un long moment, les yeux emplis de joie.

— Quoi ? je demande enfin.

— Barbara Cameron a dit oui. Elle veut que tu t'inscrives à des cours de théâtre hebdomadaires pour gagner en aisance, ou-je-ne-sais-pas-quoi, mais elle a dit oui.

Maman secoue la tête, au comble de la fierté. Après un soupir de soulagement, elle me prend dans ses bras.

— Tu es une véritable actrice, maintenant, ma puce. Fini, la figuration.

9.

Je déteste les cours de théâtre. Depuis deux mois, je suis inscrite à celui que m'a imposé Barbara Cameron. J'y vais tous les samedis de 11 h à 14 h 30 et, bien que ce soit une nouvelle occasion de sortir de la maison, je ne suis pas aussi enthousiaste que pour l'église. Jouer la comédie est encore plus désagréable qu'être chez moi.

Au début du cours, on commence par le « relâchement ». Avec une dizaine de camarades, je marche dans la pièce en imitant Laura – oui, le bras droit de Barbara est également notre prof de théâtre, et on doit l'appeler Miss Lasky. Elle se met à étirer son visage, elle ouvre grand la bouche et les yeux et fait des grimaces affreuses. Je ne vois pas en quoi c'est censé nous aider à mieux jouer, mais je ne suis pas assez bête pour poser la question et devenir la casse-pieds de service.

— En cours, tu dois toujours te montrer sous ton meilleur jour, me rappelle Maman chaque semaine dans la voiture. Miss Lasky vous observe. Et ceux qui se plaignent, qui n'obéissent pas ou qui posent des questions, je te garantis qu'elle ne va pas les envoyer passer des castings. Elle choisira les élèves qui savent la boucler et faire ce qu'on leur demande.

Après la gymnastique faciale, on se prend pour des animaux. Il y en a qui ont l'air de s'amuser mais moi, je me sens complètement idiote. Je suis incapable de barrir comme un éléphant, ronronner comme un chaton ou grogner comme un singe et, surtout, je n'en ai aucune envie. Les cris d'animaux, je les laisse aux animaux.

Parfois, Miss Lasky nous ordonne de nous figer et désigne l'un des élèves, qui doit alors faire une démonstration tout seul. Elle prétend que c'est pour apprendre à surmonter nos inhibitions.

— Barris, Jennette ! Tu es un éléphant, maintenant !

Je ne suis pas un éléphant, mais je fais de mon mieux. Et je suis morte de honte.

Après cet exercice que je déteste, on s'attelle aux techniques de mémorisation. Miss Lasky nous remet un texte d'une page et on a une demi-heure pour apprendre nos répliques par cœur avant de passer un par un pour les réciter « à froid », c'est-à-dire rapidement et sans émotion. Cette technique est censée permettre d'éviter un texte trop travaillé, trop répété, qui sonnerait faux lors de l'audition. Apparemment, retenir d'abord à froid et ajouter les émotions dans un second temps serait le meilleur moyen pour que la scène reste naturelle.

C'est cette partie du cours qui me déplaît le moins, sûrement parce que je me débrouille bien. En général, un quart d'heure me suffit pour connaître mes répliques, et le suivant me sert à les consolider. Et puis, la lecture impassible ne me dérange pas : mon problème, ce n'est pas la récitation, c'est tout le reste. Il est déjà gênant de feindre une émotion qu'on ne ressent pas, mais devoir le faire devant les autres me semble obscène. Je me sens pathétique, vulnérable, mise à nu. Je ne veux pas qu'on me voie dans cet état.

Vient enfin l'interprétation scénique, le moment que je redoute le plus. À la fin de chaque séance, on nous distribue une scène à préparer pour la semaine suivante. Il faut l'apprendre puis l'analyser, c'est-à-dire se poser des questions sur le rôle, le texte et ses non-dits. Quelles sont les motivations de mon personnage, celles de son interlocuteur ? Sont-elles en opposition ? Que ressent mon personnage vis-à-vis de son interlocuteur ? Une fois cette analyse effectuée, nous devons répéter la scène afin de l'interpréter devant la classe le samedi suivant.

Le jour venu, l'un après l'autre, on se lève, on effectue notre représentation puis on explique notre analyse à Miss Lasky. J'aimerais tellement pouvoir être dispensée de cette partie du cours. Je déteste monter sur la petite estrade pour jouer la comédie devant tout le monde. Je n'aime pas être observée. Je préfère rester dans le public.

Lors de notre première leçon, Miss Lasky a annoncé que les parents pouvaient assister aux séances, mais pas à la partie interprétation scénique. Maman ne s'est pas laissé faire.

— J'ai eu un carcinome canalaire de stade 4, autrement dit un cancer du sein métastatique, et mes os ont beaucoup souffert de la chimio. Je ne peux pas rester assise trop longtemps dans la voiture, c'est douloureux. Et je ne suis pas non plus censée rester dehors au soleil.

— Il y a un café un peu plus loin dans la rue, vous pouvez patienter là-bas, a insisté Miss Lasky avec un sourire tendu.

— Je ne mets pas les pieds dans ces endroits qui facturent 2,50 dollars un café filtre, a répliqué Maman avec un sourire plus tendu encore. Question de principe.

Et voilà. Maman est donc le seul parent à assister à l'intégralité des séances. Je suis contente qu'elle ait obtenu ce qu'elle désirait : me voir jouer. Mais sa présence ajoute à la pression. Je perçois sa désapprobation et je repère ses réactions du coin de l'œil. Elle articule mes répliques pendant que je les prononce et adopte des mimiques exagérées pour me montrer ce qu'elle veut que je fasse. C'est difficile de me concentrer sur ma prestation avec Maman qui essaie de me coacher depuis le banc de touche.

Chaque samedi, en sortant du cours, j'éprouve un immense soulagement car Maman me laisse tranquille pour la fin de la journée. Je ne suis pas obligée de me pencher sur ma nouvelle scène avant le lendemain. Ces soirs-là, je suis libre.

10.

— Je ne veux pas dire ce mot, je me plains à Maman lorsqu'on découvre mon texte pour un casting.

Il s'agit d'un sketch pour l'émission *Mad TV* qui va parodier une animatrice télé, Kathie Lee Gifford, et ses deux enfants. Je suis en lice pour jouer la fille.

— « Gay » a plusieurs significations, Nettie. D'ailleurs, ça veut surtout dire « joyeux ». On l'entend même dans les chansons de Noël ! « *Don we now our gay apparel, falala, lalala…* », chantonne Maman.

Je sais qu'elle est au moins un peu d'accord avec moi, sinon elle ne se justifierait pas autant.

— Est-ce que je suis obligée ?

— Oui, Nettie. C'est une de tes premières auditions pour un rôle parlant. Il faut absolument y aller pour que Barbara sache qu'elle peut compter sur toi. Et il faut que tu sois prise si on veut qu'elle continue de t'en proposer.

Je feuillette le script à contrecœur.

— Écoute, si ça se passe bien, on ira t'acheter une glace chez Baskin-Robbins à la sortie, d'accord ? propose Maman. Sœur Johnson m'a donné un coupon de réduction à l'église.

— D'accord.

Le lendemain, j'attends mon tour dans une petite salle blanche austère. Les autres candidates et leurs mères sont assises sur des chaises pliantes ou adossées au mur. Les fillettes sont toutes blondes, leurs mères sont toutes stressées.

La directrice de casting passe la tête par la porte. C'est mon tour. J'ai la bouche sèche – j'ai toujours la bouche sèche avant une audition – et j'ai envie de faire pipi, alors que j'y suis déjà allée quatre fois. Je crois que c'est à cause des Red Bull sans sucre que Maman me fait boire quand je me présente pour un rôle comique – elle trouve que, sans ça, je « manque de peps ».

— Jennette McCurdy ? appelle la femme, et je déglutis.

— Présente ! je m'exclame avec enthousiasme, comme Maman me l'a montré.

— Tu peux venir.

Elle me fait signe et Maman me tapote les fesses.

— Tu vas être super, Nettie, m'encourage-t-elle. Tu es bien meilleure que toutes les autres gamines !

Une de mes rivales baisse les yeux, attristée. Sa mère la réconforte. Je rejoins la femme dans la pièce d'à côté, où patientent deux hommes.

— Quand vous voulez, déclare l'un d'eux.

La directrice de casting commence à lire la scène, et je récite ma première réplique :

— T'es vieux.

Ils éclatent de rire. Ça devait être bien. J'ai toujours la bouche sèche : je suis nerveuse à l'idée de devoir dire le mot qui m'embête. Ma deuxième réplique arrive, celle qui contient le fameux mot.

— Gelman, t'es vraiment trop gay.

Les rires reprennent. C'est terminé. Je sors retrouver Maman dans la salle d'attente.

— Alors, qu'est-ce qu'on t'a dit ? me demande Maman pendant qu'on fait la queue chez le glacier.

— Ils ont dit que j'étais drôle.

— Évidemment que mon bébé est drôle ! Et elle sait être sérieuse aussi, s'il le faut. Elle sait tout faire. Tu prends noix de coco ?

— Non, je crois que je préfère chocolat-cookie.

Maman se tourne vers moi, inquiète.

— Tu ne veux pas noix de coco ?

Je me fige. Maman semble troublée que je veuille un autre parfum que noix de coco, alors j'attends de mieux comprendre ce qui lui arrive pour déterminer la marche à suivre. Pendant quelques secondes, on reste plantées devant le comptoir à se regarder, sans jeter un coup d'œil aux glaces. Puis les épaules de Maman s'affaissent et ses yeux s'emplissent de larmes.

— Ça fait huit mois que ton parfum préféré, c'est noix de coco. Tu changes. Tu grandis…

Je lui prends la main.

— Non, finalement, je vais choisir noix de coco.

— Tu en es sûre ?

— Certaine.

Rassérénée, elle commande une boule enfant à partager et confie le bon de réduction à la serveuse, une adolescente avec tellement d'eye-liner qu'elle ressemble à un raton laveur. On va s'asseoir à une petite table. Je n'aime plus la noix de coco mais je prends bien soin de faire des « Mmmh ! » pour Maman. On a à peine entamé la glace que son bipeur gris se met à vibrer – elle se l'est offert pour Noël afin de ne pas perdre une minute quand Barbara a besoin de la contacter. Comme maintenant.

— C'est Barbara ! Il faut que je rappelle Barbara !

Maman se lève et se précipite au comptoir. Dès qu'elle me tourne le dos, j'arrête de manger.

— Vous avez un téléphone ? demande Maman à la serveuse.

— Il est réservé au personnel, répond le raton laveur d'un ton monocorde.

— Ma fille est actrice et elle a peut-être décroché son premier rôle parlant dans le prochain *Mad TV*. Vous connaissez *Mad TV* ? C'est une émission de sketches, un peu comme le *Saturday Night Live* mais en plus subversif, et il paraît que c'est très drôle. Alors peut-être que vous pourriez...

— Oui, c'est bon, allez-y, la coupe la serveuse, blasée.

Maman attrape le combiné derrière le comptoir et compose le numéro de Barbara – elle le connaît par cœur. Elle me jette un coup d'œil, les doigts croisés. Je prends aussitôt une cuillérée de glace.

— Aaaah ! glapit Maman d'une voix suraiguë, et la serveuse se bouche les oreilles. Nettie ! Tu l'as eu ! Tu vas jouer dans le prochain *Mad TV* !

Elle raccroche et court me serrer dans ses bras. J'aime tant l'odeur de son parfum et de sa peau toute chaude. Je suis si heureuse qu'elle soit heureuse.

— Tu te rends compte, Nettie ! Ton premier rôle parlant ! C'est une grande nouvelle. Fantastique, même.

Maman m'embrasse le front puis plonge sa cuillère dans la glace et la termine. Ouf, je ne suis plus obligée d'en manger.

11.

— Tu es si jolie, je dis.

Postée devant le miroir de la salle de bains, Maman est en train de se maquiller pendant que je lui brosse les cheveux. Elle aime beaucoup que je la coiffe, elle dit que c'est apaisant.

— Merci, mon ange. Mais Karen, elle est superbe. Une vraie Miss USA.

Maman referme son tube de rouge à lèvres et pince la bouche pour répartir la couleur prune. Je la trouve tellement plus belle au naturel.

— Toi aussi, tu pourrais être Miss USA, je réponds.

Je le pense vraiment mais, là, je veux surtout la rassurer. Maman n'a pas beaucoup d'amies de son âge, et elle les voit à peine, alors le fait qu'elle ait rendez-vous pour déjeuner avec l'une d'elles est un petit événement.

Karen est la meilleure amie de Maman. Elles se connaissent depuis le lycée et ont fait leur formation d'esthéticienne ensemble. Maman semble entretenir une relation compliquée avec elle : elle peut affirmer que Karen est une personne extraordinaire, merveilleuse et adorable puis ajouter une minute après qu'au fond, Karen est quand même un peu une C-O-N-N-A-S-S-E.

— On n'a pas le droit de dire ce mot.

— Je ne l'ai pas dit, je l'ai juste épelé, Nettie. Et si Dieu connaissait Karen, il comprendrait. Je t'ai déjà raconté qu'elle m'a volé le prénom de mon bébé ? demande-t-elle tout en se parfumant.

— Mmh mmh…, je fais sans cesser de brosser.

Maman baisse les yeux et je devine que je l'ai blessée. Oui, elle m'a déjà raconté cette histoire un certain nombre de fois, mais elle a envie de recommencer. Ce n'est pas grave. Elle a juste besoin que quelqu'un l'écoute.

— … mais je veux bien que tu me réexpliques, j'ajoute.

— Je savais comment je voulais appeler mon fils depuis longtemps, enchaîne aussitôt Maman. Jason. Je trouvais que c'était un beau prénom, sérieux, ni trop banal, ni trop bizarre, comme les mômes d'aujourd'hui qui ont des noms du genre Lagoon ou Pixel. Bref, en théorie, on ne doit en parler à personne avant la naissance, parce que ça porte malheur, tu vois ?

— Mmh mmh…

— Tu m'écoutes, Nettie ? J'ai l'impression que tu rêvasses.

— Non, non, je t'écoute.

— Donc j'étais censée garder le secret, mais j'ai fini par le confier à Karen. Après tout, c'était ma meilleure amie, elle voulait absolument savoir ce que j'avais choisi et puis, on était enceintes en même temps, on partageait toutes ces choses-là. Sauf qu'elle accouche de son garçon juste avant moi et, ô surprise, quel prénom elle lui donne ? Jason. Elle me l'a volé.

— Moi, je préfère « Marcus », de toute façon, je déclare. C'est plus original.

— Oh, je sais bien, mais c'est une question de principe.

— Oh, je sais bien, j'acquiesce.

Maman prend une grande inspiration et applique une troisième couche de mascara sur ses cils.

— Bref, je ne lui fais pas confiance une seconde, mais c'est une très bonne amie.

Cette logique m'échappe alors je me contente d'un « Mmh mmh ».

— Karen n'est pas ma meilleure amie, cependant, ajoute Maman. Ça, c'est toi, Nettie. Tu es la meilleure amie de Maman.

Je souris jusqu'aux oreilles. Je suis tellement heureuse d'être la personne la plus proche d'elle au monde. C'est mon seul but dans l'existence, et je l'ai atteint.

— Ouh, ouh ? Tu dors ?

Je me remets aussitôt à brosser.

12.

— Cette matinée va me rendre folle ! s'énerve Maman.

Et elle balance un plat dans l'évier. Je tressaille mais me précipite à la cuisine – il faut bien aider Maman, et pratiquement toute la famille est encore en train de dormir.

— Si seulement quelqu'un d'autre dans cette maison daignait faire la vaisselle de temps en temps ! crie-t-elle.

Elle abat sèchement un mug sur le plan de travail et la poignée se casse net, alors elle met le tout dans un sac congélation, encore un qui finira au garage.

— Je vais m'en occuper, Maman, je lui glisse avec douceur pour tenter de l'apaiser.

— Oh non, pas toi, ma chérie, réplique Maman en me caressant les cheveux de ses mains pleines d'eau savonneuse. Il ne faut surtout pas que tu t'abîmes la peau. Personne ne voudra filmer une petite fille avec des doigts tout ridés !

— D'accord.

— Mark ! Tu peux emmener Jennette à la danse ? Je dois finir la vaisselle avant qu'elle rentre pour sa séance de théâtre !

Papa est dans le salon. Il enjambe Dustin et Scottie sur leurs matelas pliants et nous rejoint dans la cuisine.

— Hein ? demande-t-il.

— Jennette a son cours de danse, tu peux l'emmener ?

— Comme tu veux, dit-il.

— Quel enthousiasme, ça fait plaisir, ronchonne Maman.

— Désolé.

— Arrête de t'excuser tout le temps. Et dépêche-toi de te préparer, vous devez partir dans vingt minutes.

Maman m'a mitonné un programme de danse hebdomadaire intense depuis que j'ai passé une audition catastrophique pour une émission de Paula Abdul. Toutes les candidates savaient faire le grand écart ou effectuer trois ou quatre pirouettes d'affilée, sauf moi. On nous a appris une chorégraphie d'une minute et je me suis rendu compte que, si j'étais douée pour mémoriser un texte, cet exercice-là n'avait rien à voir. Je n'ai pas pu me souvenir d'un seul mouvement. Maman a dit qu'elle ne voulait plus jamais revivre une humiliation pareille et elle m'a inscrite à quatorze cours de danse par semaine (deux de jazz, deux de ballet, deux de danse lyrique, deux de comédie musicale et deux de hip-hop, un cours de souplesse et trois cours de claquettes). D'après elle, deux cachets de figuration par mois devraient suffire à financer le tout.

J'aime bien la danse – beaucoup, même. Bouger mon corps m'aide à moins penser et j'apprécie la plupart des filles qui sont avec moi, et qui ont toujours été très sympas. Et puis, j'aime bien échapper un peu à Maman. Elle n'assiste pas à ces cours-là, peut-être parce qu'elle ne rêvait pas d'être danseuse dans son enfance, et qu'elle ne vient me regarder que si je fais ce qu'elle voulait être. Bref, je ne le lui dirai jamais, mais son absence est un soulagement. Pour une fois, je n'ai pas à me préoccuper de ses attentes.

Papa m'a déjà emmenée à mes cours, et ça me va très bien. Avec Maman, on court toujours le risque qu'elle se mette à crier sur quelqu'un ou qu'elle aille reprocher au professeur de ne pas m'avoir assigné un rôle assez important dans le ballet. Pas avec Papa. Il n'a pas l'air d'avoir conscience de ces choses-là, d'ailleurs. Il est juste… là.

— Tu veux qu'on y aille à vélo ? me propose-t-il.

— Oui ! je m'exclame, surexcitée.

Je songe à demander la permission à Maman mais je me ravise. Je ne veux pas lui donner l'opportunité de refuser.

Papa et moi ne passons pas beaucoup de temps ensemble. Entre ses deux boulots au vidéoclub et au magasin de bricolage, il rentre tard le soir et va aussitôt se coucher dans la chambre du fond – elle est pleine à craquer, elle aussi, mais d'un côté du lit, il y a une petite bande de libre, juste assez large pour une personne. C'est là qu'il dort. Seul, parce que Maman dit qu'il est hors de question qu'elle partage un lit – ou ne serait-ce qu'une pièce – avec quelqu'un qui la dégoûte à ce point. Comme en général, Maman est sur le canapé du salon ou sur un matelas pliant avec nous, c'est logique que Papa aille à l'autre bout de la maison.

En plus, je suis moi aussi très occupée, entre les tournages, les devoirs – Maman nous fait l'école à la maison mais, une fois par mois, on doit envoyer des devoirs pour prouver qu'on apprend bien les programmes – et les cours de danse.

Comme les moments qu'on parvient à passer ensemble sont rares, je m'en souviens d'autant plus facilement. Par exemple, il y a eu la fois où Papa a pu venir à la fête de mes huit ans à la piscine municipale. À cause de son travail, cela faisait des années qu'il n'avait pas été présent pour mon anniversaire. Il m'a donné une carte, ce qu'il n'avait jamais fait avant. Il avait mal orthographié mon prénom sur l'enveloppe. Les gens se trompent tout le temps sur mon nom et, d'habitude, je m'en fiche. Là, ça m'a fait de la peine. J'ai ouvert la carte pour lire ce qu'il avait écrit – de toute façon, dans une carte, c'est le message le plus important. Sous la poésie imprimée sur le carton, il avait griffonné « Bisous, Papa ». Ça m'a rendue encore plus triste. Mais bon, c'est l'intention qui compte, et j'étais déjà touchée qu'il y ait pensé. Et puis, sur le trajet du retour dans la voiture, j'ai entendu Maman dire :

— Tu lui as bien acheté une carte, comme je te l'avais demandé ? Tu es censé entretenir une relation avec ta fille, tu sais. C'est ce que ferait un VRAI PÈRE.

C'est l'intention qui compte, mais elle ne venait pas de lui.

Les quelques heures qu'on partage de temps en temps au quotidien ne sont pas non plus passionnantes. Parfois, Papa finit le travail un peu plus tôt et on regarde des vieux épisodes de *MacGyver* ou de *L'Île aux naufragés*. Le dimanche après l'église, il prépare un plat mijoté. Il prétend qu'il en fait chaque fois un différent, un chili, un ragoût de bœuf, une soupe de maïs ou de pois cassés, mais je trouve qu'ils ont tous le même goût – un goût de lentilles. Ces moments avec Papa ne sont pas désagréables, au contraire, mais ils n'ont rien de spécial.

Ma relation avec Maman est tellement plus évidente. Les journées avec elle peuvent se révéler fatigantes, c'est vrai, mais au moins, je sais quoi faire pour lui faire plaisir. Avec Papa, je ne sais pas. Ça me demande moins d'efforts, mais c'est moins gratifiant.

Cependant, aujourd'hui, je suis enchantée qu'il ait proposé de faire le trajet à vélo. À la mort de son père, il a hérité de son vélo, et il l'adore.

— À choisir, j'aurais préféré la maison, avait râlé Maman à l'époque. On n'a plus qu'à attendre le décès de mamie Faye, mais ça n'a pas l'air prévu pour tout de suite. À quatre-vingt-deux ans, elle pète encore la forme, avait-elle conclu avant de faire claquer sa langue comme chaque fois qu'elle est agacée.

Moi aussi, j'aime bien faire du vélo. Le mien m'a été offert par ma tante Linda pour mes sept ans, alors maintenant, il est un peu petit mais, si je reste penchée, ça va. Peut-être que ce matin, Papa et moi, on va se créer un joli souvenir ensemble. Peut-être qu'on va bien s'amuser.

On enfourche nos montures et on se dirige vers le studio « Dance Factory » à Los Alamitos, la ville d'à côté. Sur Orangewood Avenue, on s'arrête au parc pour que je grimpe quelques minutes dans la cage à écureuil. Papa sourit, on dirait qu'il passe un bon moment. En tout cas, moi oui. Je suis très contente.

On arrive à l'école de danse avec dix minutes de retard – juste à temps car, un quart d'heure après le début du cours, on ne nous laisse plus entrer. Cette fois, j'écope simplement d'un regard noir du professeur. Ouf.

Le cours passe vite et, quand on nous envoie retrouver nos parents dans la salle d'attente, je découvre Papa sur un banc, les jambes croisées – une posture que Maman déteste –, en train de manger une barre de céréales.

— Ça vient d'où ? je demande, mais je crains de connaître la réponse.

— Ils en vendent à l'entrée.

— Maman dit qu'on ne doit pas les acheter, c'est trop cher.

— Elle coûtait un dollar.

— Oui. C'est trop cher.

Papa balaie mon inquiétude d'un geste de la main.

— J'ai touché ma paye, hier.

On récupère nos vélos et on s'en va. Après avoir dépassé le lycée désert de Los Alamitos et la pâtisserie Polly's Pies, Papa tourne soudain à droite pour entrer dans un centre commercial en plein air et m'entraîne jusqu'à un kiosque à smoothies.

— Qu'est-ce qu'on fait ? je demande.
— On va prendre un smoothie.
— Non, c'est trop ch…
— J'ai touché ma paye, me rappelle Papa.

C'est pendant que le serveur mixe le smoothie banane-fraise qu'on va partager que mon ventre se serre soudain. J'étais tellement excitée d'être avec Papa que j'ai oublié. J'ai oublié mon cours de théâtre. J'ai oublié qu'en partant à vélo, on ne serait jamais rentrés à temps.

Mais maintenant, dans le vacarme du blender, je me souviens. Je me tourne vers Papa.

— Un peu plus, si vous pouvez, dit-il en désignant le citron que le serveur presse au-dessus du verre.

Je me demande s'il sait. S'il a fait exprès de me proposer de prendre les vélos et exprès de s'arrêter boire un smoothie parce qu'il sait que je déteste les cours de théâtre. Peut-être qu'il veut m'aider. Peut-être qu'il veut me sauver.

— Eeeencore un petit peu…, insiste-t-il.

Non, je raconte n'importe quoi : à l'évidence, Papa s'intéresse plus à la quantité de jus de citron dans son smoothie qu'à mon bien-être. J'hésite à lui rappeler qu'on doit partir tout de suite, que je suis déjà en retard, d'ailleurs. Mais je décide de me taire. Après tout, je passe un bon moment avec Papa, en dépit de cette distance entre nous. J'aime cette ambiance détendue. Alors je ne dis rien.

Une fois le smoothie terminé, on repart en pédalant tranquillement. On s'arrête au même parc qu'à l'aller pour faire de la balançoire. Quand on arrive à la maison, il est 11 h 05. Maman fait les cent pas dans l'allée.

— VOUS ÉTIEZ OÙ ? hurle-t-elle en secouant ses clés de voiture.

Bud, notre voisin, glisse la tête par-dessus la palissade du jardin. J'espère qu'il ne va pas menacer d'appeler les services sociaux, comme la dernière fois que Maman s'est énervée dehors, et je prie pour qu'elle baisse d'un ton.

— On s'est arrêtés prendre un smoothie, explique Papa, nonchalant.

— VOUS VOUS ÊTES ARRÊTÉS PRENDRE UN SMOOTHIE ?

Maman est hors d'elle. Je fais coucou à Bud pour qu'il sache qu'il est repéré, et sa tête disparaît.

— Ben oui, répond Papa, qui ne comprend pas pourquoi Maman est en colère – il est toujours aussi lent à la détente.

Maman retourne précipitamment à l'intérieur et claque la porte derrière elle. Papa entre à sa suite et je leur emboîte le pas.

— Deb, allons…

Maman est à présent dans la cuisine, à ouvrir et refermer tout ce qui lui passe sous la main – le frigo, le four, le micro-ondes. Je ne sais pas pourquoi elle fait ça, ni ce qu'elle cherche, mais il y a une telle agressivité dans chacun de ses gestes qu'elle m'effraie.

— Je t'avais dit que Jennette avait son cours de théâtre. Et maintenant, ELLE L'A RATÉ. Cette semaine, elle devait jouer une scène du film *Sam, je suis Sam*. Tu te rends compte ? *SAM, JE SUIS SAM*, MARK ! Jennette aurait été parfaite pour ce rôle !

Elle donne un violent coup de pied dans un placard et enfonce le bois de la porte ; elle a même du mal à ressortir sa chaussure.

— Je suis désolé, dit Papa.

— C'est sûr que pour ce genre de scène, elle n'a pas besoin de jouer la comédie. Une petite fille intelligente qui vit avec un PÈRE COMPLÈTEMENT ATTARDÉ, elle connaît ça par cœur !

13.

À Hollywood, on parle beaucoup du rôle qui signe le grand tournant d'une carrière et pour le moment, moi, je ne l'ai pas encore décroché. À la place, ma carrière fait du slalom paresseux entre des contrats qui arrivent au compte-gouttes, pile au moment où je suis quasi convaincue qu'on ne me choisira plus jamais. Maman dit que travailler dans le cinéma, c'est comme sortir avec un homme volage.

— Tu accours dès qu'il t'appelle et lui, du jour au lendemain, il peut oublier ton existence.

Je ne comprends pas tout, mais c'est une assez bonne description.

Pour le moment, depuis *Mad TV*, je peux compter mes rôles « slaloms » sur les doigts d'une main.

D'abord, une publicité pour Dental Land, un cabinet de dentistes dans un grand centre commercial. Pendant la pause déjeuner, on s'est promenées dans les magasins et Maman m'a acheté une pochette-surprise dans une boutique Hello Kitty parce que j'étais « de loin la meilleure actrice du groupe ». Étant donné qu'on devait juste rester assis, je ne vois pas ce qui a pu lui donner l'impression que j'étais plus douée que les autres mais, si ça me vaut une pochette-surprise, je ne vais pas la contredire.

Il y a eu un film indépendant à petit budget, *Shadow Fury*. Maman s'est plainte parce que je n'ai même pas touché un salaire d'actrice principale.

— Mon bébé mérite un vrai salaire quand elle passe Halloween agenouillée au-dessus d'un type qui fait semblant d'agoniser, avec du faux sang plein les mains !

Dans la scène, quelqu'un tire sur l'acteur qui joue mon père. J'entends le coup de feu depuis l'étage, je dévale l'escalier et il meurt dans mes bras. Le faux sang, ce n'était pas le pire – pourtant, on m'avait étalé sur les bras un liquide sucré qui collait affreusement. Non, le pire, c'était le micro sans fil. Le budget était tellement serré que personne n'avait prévu une ceinture à ma taille pour mon micro, on me l'a donc scotché au chatterton directement sur la peau. À la fin du tournage, j'ai pleuré pendant qu'on me l'enlevait. Le bon côté des choses, c'est que lorsqu'on est rentrées à 2 h du matin, Maman m'a laissé regarder la rediffusion de l'émission de Conan O'Brien en me mettant de l'aloe vera.

J'ai tourné dans un épisode de *Malcolm*. Là, c'était très excitant, parce que c'était la première fois que je décrochais un « second rôle » et non une « apparition » – les apparitions ont un maximum de quinze répliques et les acteurs sont cités dans le générique de fin, tandis que les seconds rôles sont plus importants et les noms des acteurs apparaissent au début. Dans cet épisode, la mère rêve d'avoir des filles plutôt que des garçons et je joue le rôle de Daisy, la version féminine de Dewey. On m'a collé de la cire derrière les oreilles pour les faire ressortir – le signe distinctif de Dewey, c'est de grandes oreilles décollées, et les miennes étaient apparemment trop petites. La cire me faisait mal, il y en avait trop, mais j'ai bien aimé le studio où on tournait et le producteur a été très gentil avec moi.

J'ai trouvé Frankie Muniz très mignon – en plus, il m'a dit bonjour dans le couloir – et je pensais avoir réussi à feindre la désinvolture jusqu'au moment où Maman m'a lâché sèchement :

— N'y pense même pas. Il est beaucoup trop vieux pour toi. Et surtout, il n'est pas mormon.

Enfin, une publicité pour le réseau téléphonique Sprint PCS. Ma première pub à diffusion nationale, ce qui m'ouvrait droit à... des royalties ! J'ai pu m'acheter un lit superposé en chêne et, comme elle me l'avait promis, Maman a fait de la place dans la chambre de Papy et Mamie pour l'installer. Dès qu'il a été monté, elle a entassé sur la couchette du haut des piles de papiers, des vieux jouets, des livres et plein d'autres trucs. Je n'étais pas contente parce qu'à la base, c'était sur celle-là que je voulais dormir mais Maman m'a répondu que, de toute façon, il en aurait été hors de question.

— On ne peut pas prendre le risque que tu chutes et que tu t'ouvres le crâne, comme Dustin quand il est tombé de sa poussette au parc d'attractions de Knott's Berry Farm ! Je ne me le suis jamais pardonné, et je ne me le pardonnerais jamais si ça t'arrivait. Bon, le personnel du parc nous a quand même offert une brique de jus de mûre pour le consoler, c'était toujours ça de pris.

En dehors de ces slaloms, ma carrière se résume plutôt à une ligne droite rythmée par beaucoup de minuscules virages mais, au moins, elle n'est pas au point mort : quand j'auditionne, on me rappelle dans 75 % des cas, ce qui est un bon signe, d'après Barbara.

— Peu importe qu'elle ne décroche pas le rôle à chaque fois, explique régulièrement cette dernière à Maman – depuis quelque temps, elle prend les appels de Maman sans passer par Laura –, on est montées en grade ! À l'évidence, il y a un truc qui marche chez elle !

— Mais qui ne marche pas assez, ajoute toujours Maman.

— Ça va venir. Je vous assure que ça va venir. Il faut simplement être encore un peu patientes.

À la fin de ces coups de fil, Maman raccroche, exaspérée.

— Seigneur Tout-Puissant, puisses-tu m'accorder Ta patience. Et vite, je suis pressée.

14.

— Très bien, Jennette, me dit le directeur de casting. On va discuter rapidement avec le réalisateur et on reviendra te chercher.

J'acquiesce. Ma jambe se met à tressauter nerveusement. Je ne peux pas l'en empêcher.

Je suis assise dans la salle d'attente d'un studio. J'ai été rappelée pour une cinquième audition pour jouer dans le film *Princess Paradise Park*, LE drame familial du moment, pour lequel toute actrice de sept à dix ans se doit d'auditionner. Apparemment, il y a eu des milliers de candidates. À présent, il ne reste plus qu'une autre fille et moi. Je n'ai jamais été aussi proche de décrocher un rôle de cette ampleur.

Grâce à Maman, je connais par cœur mes dix-sept pages de dialogue. Parfois, pendant qu'on fait les courses, elle me lance « Vas-y ! » et je me mets à réciter. Je sais exactement quel texte elle veut entendre car, si on a passé d'autres castings entretemps – ça fait un mois que les sélections ont commencé –, celui pour *Princess* est le plus ardu mais aussi celui pour lequel j'ai le plus de chances. Bref, pour Maman, il n'y a que ce film qui compte.

— Barbara m'a dit que, comme il est financé par un grand studio, ce film ferait de toi une star, m'explique-t-elle chaque fois qu'on me rappelle pour une entrevue supplémentaire. Après ça, tu recevrais directement des propositions pour des rôles. Fini les auditions !

Voilà une perspective qui me plaît. Assise là, à attendre qu'on vienne me chercher, je me mets à rêvasser. Que ce serait agréable de ne plus endurer ce processus qui me paralyse de stress ! De ne plus vivre avec la pression constante de devoir être choisie, et avec la tristesse qui m'accable les fois où je ne suis pas retenue ! Je suis en pleine rêverie quand je L'entends soudain me parler clairement dans mon esprit.

— Jennette, moi, la parole du Saint-Esprit, je t'ordonne de barrer ton nom sur la feuille de présence, d'aller aux toilettes, de toucher cinq fois l'élastique de ta culotte, de faire une pirouette debout sur un pied, de verrouiller et déverrouiller la porte des WC cinq fois, de revenir et de te réinscrire sur la feuille de présence.

Je suis folle de joie : Il m'a parlé ! Le Saint-Esprit m'a enfin parlé. Depuis mon baptême, pour mes huit ans, je guettais le moment où il s'adresserait à moi.

Le Don du Saint-Esprit était le cadeau que j'attendais avec le plus d'impatience pour cet anniversaire – juste avant le pot de pâte Slime que m'a offert une copine de l'église. Le Saint-Esprit, aussi connu sous le nom de « petite voix douce », est un type super dans le ciel qui aide Notre Seigneur et Jésus dans leurs missions. Il est plus ou moins comme eux d'un point de vue spirituel et dans son attitude, mais il est aussi différent parce qu'il vit en nous. Une fois baptisés, nous, les mormons, on peut lui parler dès qu'on en a envie, et il nous aide à trouver le bon chemin – celui qu'il nous indique. On a beaucoup de chance.

Les premières semaines après avoir reçu le Don du Saint-Esprit, j'étais un peu embêtée, voire carrément déçue.

Quand on me demandait si j'avais échangé avec ma petite voix douce, j'assurais que oui, on avait plein de super conversations. Ensuite, si on me demandait de quoi on avait discuté et ce que j'en avais retiré, j'expliquais que je ne pouvais pas le dire parce que ça devait rester entre Lui et moi.

C'était faux. En vérité, j'aurais volontiers raconté à toute la planète le contenu de mes causeries avec le Saint-Esprit... si elles avaient existé. Je n'avais parlé à personne de ma déconvenue, mais je me désespérais de ne pas L'entendre. Le matin, le midi, le soir, je m'isolais pour prier, à genoux parfois. En vain. Les mormons ne sont pas responsables de leurs péchés avant leurs huit ans, je n'avais donc pas eu beaucoup d'opportunités de me Le mettre à dos, en théorie. L'avais-je tout de même froissé d'une manière ou d'une autre ?

« Pourquoi est-ce que je n'entends pas le Saint-Esprit ? je répétais dans mes prières. Est-ce que j'ai fait quelque chose de mal ? Est-ce que c'est à cause de mes mauvaises pensées envers Frankie Muniz ? Je vous en prie, pardonnez-moi et envoyez-moi le Don du Saint-Esprit, quand vous aurez une minute. Je sais que vous êtes très occupé mais s'il vous plaît, aidez-moi. Je voudrais connaître le son de sa voix et savoir ce qu'il veut que je fasse. Merci. »

Des mois durant, mes prières n'ont rien donné. Mais aujourd'hui, juste avant ce casting déterminant, Le voilà enfin.

« Compris, Saint-Esprit, et pourquoi voulez-vous que je fasse tout ça ? je lui demande dans ma tête.

— Pour t'assurer de réussir ton audition pour *Princess Paradise Park*. Si tu fais ce que je t'ordonne, tu décrocheras le rôle. Ensuite, ta mère sera heureuse et tous les problèmes de ta famille seront résolus. »

Wahou, il est direct ! J'adore. Je bondis de ma chaise pour m'attaquer à la liste de ses demandes.

— Où vas-tu ? s'inquiète Maman.

— Faire pipi, je réponds, tout en barrant mon nom sur la feuille de présence.

Elle me suit dans les toilettes, jusque dans la cabine. Je touche cinq fois l'élastique de ma culotte.

— Qu'est-ce que tu fabriques, Nettie ?

— Le Saint-Esprit m'a parlé ! je lui confie avec excitation, certaine d'apaiser ses craintes, avant de faire une pirouette.

— Mmh, mmh..., commente-t-elle, soucieuse.

— Il m'a parlé ! je répète.

Elle n'a pas dû m'entendre. Sinon, elle serait aussi emballée que moi. Sous son œil attentif, je verrouille et déverrouille cinq fois la porte.

— Pourquoi tu me regardes comme ça ? dis-je.

Après une seconde, elle finit par me répondre avec un air un peu triste.

— Pour rien.

Nous revenons dans la salle d'attente et je me réinscris sur la feuille de présence.

« Merci, Saint-Esprit. Merci. »

15.

— Tu as des cils invisibles, tu sais bien. Tu crois peut-être que Dakota Fanning n'a pas besoin de teindre les siens ?

Maman est en train d'appliquer sur mes cils une coloration châtain de supermarché. Elle l'achète environ une fois par mois, ainsi qu'une boîte de « Reflets blonds » de L'Oréal, un tube de mascara transparent à 3 dollars, et des bandes blanchissantes pour les dents premier prix. Elle appelle ça le « minimum vital » pour mettre en valeur mes atouts naturels.

Maman dit toujours que je suis « belle, mais authentique ». C'est-à-dire que j'ai de longs cils, mais qu'ils sont si clairs que ça donne l'impression que je n'en ai pas du tout. Mes cheveux ont des reflets dorés, mais seulement vers le bas, et il faudrait que j'en aie aussi autour de mon visage pour mieux l'encadrer. En parlant de mes cheveux, ils sont très épais – un bon point – mais ils ne font que ce qui leur chante – un mauvais point –, il faut donc les discipliner. Enfin, j'ai un joli sourire, mais mes dents ne sont pas assez blanches.

Bref, chacun de mes points positifs a un pendant négatif qu'il nous faut corriger. Quand on est « belle, mais authentique », on a donc besoin de tout un tas d'améliorations pour devenir « belle » tout court.

Au fil des années, les produits s'accumulent et le processus se complexifie. Je commence à me demander si ajouter un « mais » à la suite de « belle » n'est pas simplement un moyen d'éviter d'avoir à dire « moche ».

— Aïe ! je m'écrie.

— Aïe, quoi ?

Il est vrai que pas mal de choses pourraient avoir provoqué ce « aïe ».

Pour commencer, les petits patchs en papier fixés sous ma paupière inférieure, au ras des cils, qui ne sont pas loin de me remonter dans l'œil – Maman les colle le plus haut possible avec de la vaseline pour éviter que la teinture marron déborde sur la peau. Premier « aïe » potentiel.

J'ai aussi les cheveux emballés dans du papier d'aluminium, mèche par mèche. J'ai l'impression d'avoir un millier de feuilles empilées sur le crâne ; d'ailleurs, il y en a tellement que celles du haut sont presque à l'horizontale et que ma chevelure forme une auréole autour de ma tête. Deux « aïe » potentiels, ici : le poids de l'alu qui tire sur mes racines, et les émanations du produit décolorant qui peuvent me brûler les yeux.

J'ai des bandes blanchissantes bas de gamme sur les dents. On est censé les garder quinze minutes maximum, mais Maman me les laisse trois quarts d'heure, pour « être sûre ». J'ai beau m'efforcer régulièrement de cracher l'horrible liquide qui en suinte, il arrive qu'il coule sur mes gencives. Non seulement ça les décolore, mais surtout, ça pique affreusement, ce qui pourrait donc mériter un autre « aïe ».

— Hé euh la ein-ure en l'œil, je baragouine.

— Crache et recommence, m'ordonne Maman, et j'obéis.

— J'ai de la teinture dans l'œil !

— Merde, merde merde merde ! Pourquoi tu n'as rien dit ? Ça peut rendre aveugle, ce truc ! Penche la tête en arrière.

Je m'exécute et me cogne violemment le crâne sur le réservoir des toilettes.

— Aïe !

Maman me met rapidement des gouttes dans les yeux. Un mélange de larmes et de collyre inonde mes joues. Alors que j'essaie de me redresser, mes cheveux se prennent dans la poignée de la chasse d'eau. Maman s'attaque à les démêler. Je me sens prise au piège.

Mon apparence physique a toujours été de la plus haute importance pour Maman. Même avant que je commence ma carrière.

Dans certains de mes plus anciens souvenirs, je porte de grandes robes de princesse façon chou à la crème, des robes qui me grattaient et m'irritaient la peau, des robes qui me paraissaient extravagantes, voire grotesques. Maman me répétait sans cesse que j'étais « tellement jolie ! » et je répliquais à pleins poumons que je n'étais pas « tellement jolie », j'étais « tellement peau ! ». J'étais trop petite pour bien prononcer « beau », mais assez grande pour savoir que je voulais être traitée comme mes frères, et non être affublée d'un adjectif idiot et rabaissant qu'on réservait aux filles.

Les castings n'ont fait qu'empirer l'obsession de Maman vis-à-vis de mon apparence, en particulier après qu'on a refusé de m'auditionner pour le rôle principal du film *Winn-Dixie mon meilleur ami.*

— Passez-moi Meredith Fine ! Je veux parler à Meredith Fine ! a hurlé Maman ce jour-là à une pauvre standardiste.

Meredith Fine dirige le département des comédiens à Coast to Coast Talent Group. On avait changé d'agent quelques mois plus tôt – Maman disait que Barbara Cameron n'était plus à la page et que cette nouvelle agence représentait le top des jeunes acteurs.

— Oui, Meredith, Debra McCurdy à l'appareil. Pourquoi vous n'avez pas proposé Jennette pour *Winn-Dixie mon meilleur ami* ? Hein, pourquoi ?! Elle aurait été parfaite pour ce rôle ! Je vais vous dire, vous n'en avez strictement rien à faire d'elle et vous refusez de la mettre en avant, voilà ce qui se passe ! a encore crié Maman.

— Debra. Deb…

— Je parie que vous avez proposé Taylor Dooley !

— Debra, calmez-vous et arrêtez avec ces accusations insensées. J'ai bien proposé Jennette au directeur de casting, mais l'équipe du film n'a pas voulu l'auditionner. Ils sont à la recherche d'une jeune fille à la beauté éthérée, et Jennette a un physique plus ordinaire.

Stupéfaite, Maman a raccroché, puis elle s'est mise à pousser des sanglots déchirants, comme si on venait de lui annoncer la mort d'un proche. C'était la première fois que je regrettais de ne pas être plus jolie et que je m'en fichais de ne pas être tellement peau.

16.

— Tu es sûre que je fais bien de porter ça ?

— Certaine.

Je regarde la tenue que Maman a posée sur le canapé élimé du salon, celle que je porte à toutes les auditions depuis le fiasco de *Winn-Dixie* : un t-shirt rose pelucheux avec un cœur en strass au milieu, une jupe-short noire en faux cuir et des bottes noires à petits talons style années 1960.

— Mais j'ai l'impression d'être une prostituée, avec ça, je geins dans un cliquètement de bigoudis chauffants – eux aussi sont une nouveauté post-*Winn-Dixie*.

— Depuis quand tu connais ce mot, toi ? s'esclaffe Maman.

— Depuis que tu m'as fait regarder *Taxi Driver*.

— Ah, c'est vrai. Tu sais, pour son âge, Jodie Foster était…

— … une actrice sans égale, je complète – elle prononce cette phrase chaque fois que quelqu'un mentionne Jodie Foster, au mot près.

— Exactement, ma puce. Sans égale. Jusqu'à toi !

J'acquiesce et reporte mon attention sur la tenue. Je n'ai aucune envie de l'enfiler. Elle me met mal à l'aise et avec, je ne me sens pas moi-même.

— Tu es sûre que je fais bien de porter ça ? je répète.

— Oui, tu es très jolie dans ces vêtements. Pas jolie comme une prostituée, juste jolie.

— Mais est-ce que…

— BRAS ! ordonne Maman.

Je lève les bras et elle me retire mon t-shirt pour m'habiller.

J'allais lui demander si c'était vraiment une bonne idée d'être « jolie » pour ce casting. J'auditionne pour jouer un enfant hermaphrodite dans *Grey's Anatomy*. Je ne savais pas ce que ça signifiait, mais Maman m'a expliqué que c'était quelqu'un qui était à la fois fille et garçon. Sauf que si je suis censée être à moitié garçon, je ne suis pas sûre que mon t-shirt rose à strass soit le meilleur choix.

En dépit de ma tenue, on me rappelle le jour même et, à la fin de ma deuxième audition, la directrice de casting vient parler à Maman.

— On voudrait faire un dernier test avec Jennette pour décider entre elle et une autre fille…

Maman hoche la tête, ravie.

— … mais est-ce qu'elle pourrait se changer, d'abord ? Vous pourriez lui trouver quelque chose de plus… androgyne ?

— Le problème, c'est qu'on habite loin, à Garden Grove. Vous voyez où c'est ? Non, évidemment, personne ne connaît Garden Grove. Il faudrait qu'on reprenne la route 101 jusqu'à la 110 pour rejoindre la 405. Il y a bien l'autoroute 5 mais ça n'avance jamais. Il faudrait qu'ils songent à ajouter des voies, sur ce…

La directrice de casting ne la laisse pas finir.

— Greg ? appelle-t-elle, et son assistant accourt. Pouvez-vous prêter votre chemise à Jennette ?

Greg porte un t-shirt blanc sous sa chemise à carreaux, alors il s'exécute, et la femme nous tend le vêtement.

— Et voilà, problème réglé !

— Oh, merci beaucoup. Vous me retirez une sacrée épine du pied !

Maman me prend la main et m'entraîne dans les toilettes pour m'enfiler la chemise par-dessus ma tenue. Avec la jupe-short et les bottes, ça fait un look un peu étrange. Mais dans un sens, j'imagine que c'est moitié fille, moitié garçon ? Peut-être que c'est pile ce qu'il faut ?

La dernière audition se passe bien – je ne pense pas que j'aurais pu faire mieux –, mais on est encore sur le trajet du retour quand Meredith appelle Maman pour lui annoncer que je n'ai pas été retenue.

— Quoi ?! s'énerve Maman en faisant une embardée. Et pourquoi ?

— Trop jolie, apparemment.

Maman raccroche. Pas de jurons, pas de cris, pas de pleurs. Elle semble presque joyeuse, et j'en reste bouche bée. Je ne l'ai jamais, jamais vue se réjouir d'apprendre que je n'ai pas décroché un rôle… mais en même temps, c'est la première fois que je suis recalée parce que je suis « trop jolie » – trop jolie pour jouer un enfant hermaphrodite androgyne de dix ans, mais on s'en contentera.

17.

— Deb, je pense que Jennette a des TOC, déclare Papy, le ton grave.

Il ne sait pas que je l'entends, il pense que je dors sur mon matelas pliant pendant que Maman et lui sont installés devant *Jay Leno*. Mais non. Toujours pas trop fan de Jay, je me repose les yeux fermés en attendant le début de Conan O'Brien.

— N'importe quoi.

À son ton, je devine que Maman a fait un geste de main pour l'envoyer balader.

— Tu ferais bien de l'emmener voir quelqu'un, insiste Papy.

— Jennette n'a pas de TOC. Ce n'est pas une gamine perturbée, non plus.

— Je ne sais pas... Elle est tout le temps en train de faire ses petits rituels, et elle a l'air tellement paniquée dans ces moments-là... Ça fait peine à voir.

— Allons, Papa. Jennette va très bien. Tu t'inquiètes pour rien. Regarde la télé, plutôt. Qu'il est beau, Kevin Eubanks. Ce sourire !

Papy se tait. Je compte deux éclats de rire du public avant qu'il revienne à la charge.

— On devrait peut-être l'emmener consulter un médecin, juste pour s'assurer que tout va bien. Elle pourrait avoir besoin de l'aide d'un professionnel.

— Tu te trompes, affirme sèchement Maman. Jennette est parfaite, compris ? Elle n'a pas besoin d'aide.

La discussion est close. De mon côté, je garde les yeux fermés et je réfléchis. Maman a dit que j'étais parfaite. Je sais que c'est un point important pour elle, mais je ne comprends pas trop pourquoi. Ce qui est sûr, c'est que je n'ai pas le droit d'avoir de problèmes.

Ensuite, je réfléchis à ce qu'a dit Papy. Que mes rituels sont des TOC. J'aurais préféré qu'il m'en parle directement, j'aurais pu lui expliquer que non, c'est juste le Saint-Esprit. Je me demande s'il m'aurait crue. Puis je me demande si j'y crois moi-même.

Est-ce que mes rituels me sont envoyés par le Saint-Esprit ? Si oui, j'aurais dû décrocher le rôle dans *Princess Paradise Park*, comme il me l'avait assuré. Au lieu de cela, le film a perdu son financement et il a été annulé. Le Saint-Esprit n'aurait pas laissé ça arriver, si ? Est-il possible que la voix dans ma tête ne soit pas le Saint-Esprit, mais ces TOC dont il parle ? Dans ce cas-là, comment réagirait Maman ? Est-ce qu'elle accepterait que je ne sois pas parfaite ?

Publicité. Papy se lève pour se servir une coupe de glace et Maman va aux toilettes.

« Saint-Esprit ? je demande en silence. Est-ce que tu es bien le Saint-Esprit, ou est-ce que j'ai des TOC ?

— Évidemment que je suis le Saint-Esprit », affirme la petite voix douce dans ma tête.

Voilà, problème réglé. Je lui ai posé la question et il m'a répondu très clairement : cette voix dans ma tête est donc bien celle du Saint-Esprit.

« Maintenant, reprend la petite voix douce, plisse cinq fois les yeux, roule ta langue, et serre les fesses pendant 45 secondes. »

Je m'exécute.

Je sais qu'elle ne veut que mon bonheur, mais parfois, ma petite voix douce parle un peu trop fort. Et parfois, même si je rechigne à l'admettre, j'aimerais bien qu'elle la boucle.

18.

Je m'égosille comme une possédée. Hystérique, je hurle que mes peluches veulent me tuer, je sais qu'elles vont me tuer ! Je me roule par terre, je me cogne aux pieds du canapé, au bord de la commode, au point de m'en faire des bleus partout. Je hurle, je hurle, je hurle jusqu'à...

— Coupez ! lâche Maman sans se départir de sa concentration – elle est toujours très concentrée quand on répète mes scènes pour un casting. Wahou, Nettie ! s'exclame-t-elle ensuite, empreinte d'une euphorie presque effrayante. Où est-ce que tu as appris à jouer comme ça ?

— Oh, je ne sais pas.

C'est faux, mais je ne suis pas assez bête pour dire à Maman que je me suis inspirée de son comportement à elle, de sa colère et de son agressivité. Ça ne ferait que déclencher plus de colère et d'agressivité, et je tiens à ce qu'elle reste calme. Détendue. Heureuse.

— Eh bien, j'ignore dans quel film ou dans quelle série tu as vu ça, mais ça marche du tonnerre. Tu as été extraordinaire, conclut-elle en secouant la tête, incrédule. Bon, je ne veux pas t'épuiser, il vaut mieux conserver cette belle énergie ! On arrête là.

J'acquiesce. Je vais garder précieusement cette belle énergie.

Mon audition pour le rôle d'une petite fille atteinte de trouble bipolaire dans un épisode de *La Vie avant tout* a lieu le lendemain.

En arrivant aux studios, je répète trois fois gentiment à Maman que, d'après les instructions qu'on nous a envoyées avec mon texte, on est censées se rendre au parking Ouest, mais elle n'en fait qu'à sa tête et se dirige vers le parking Est.

— Allez, s'il vous plaît, il n'y en a pas pour longtemps ! plaide-t-elle face au gardien impassible qui refuse d'ouvrir la barrière. Ma fille a une audition à 14 h 10 et ça fera mauvaise impression si on arrive en retard…

— Le parking Est est réservé aux acteurs réguliers et aux producteurs. Les gens qui sont là tous les jours.

— Et on ne peut pas faire une exception ? Je suis en rémission d'un cancer du sein, stade 4, et parfois mes os me…

— C'est bon, l'interrompt le gardien.

Je suis chaque fois gênée quand Maman se met à raconter ses histoires de cancer à des inconnus qui s'en contrefichent, mais il faut reconnaître que c'est diablement efficace.

On se gare, on court jusqu'au préfabriqué qui accueille le casting et Maman m'inscrit sur la feuille de présence pendant que je fais les cent pas dans le couloir, stressée.

— Ne t'en fais pas, Nettie, me rassure-t-elle quand elle me rejoint. Tu vas être super.

Mon corps se relâche aussitôt. Je la crois. Je crois toujours ce qu'elle me dit. Maman possède un don : elle est capable de m'emplir de nervosité et de me figer de peur ou d'angoisse, mais également de me calmer totalement. C'est comme un pouvoir magique. J'aimerais qu'elle s'en serve plus souvent de cette manière-là.

L'audition se passe bien et on me demande de revenir un peu plus tard. Pour tuer le temps, on va se promener dans un centre commercial non loin du studio puis on revient pour 18 h. Je suis la seule convoquée pour ce personnage-là. Les autres sont des adultes, venus candidater à des seconds rôles ou des apparitions dans l'épisode.

On m'appelle rapidement, alors j'entre et je récite mes répliques, puis je hurle et je me roule par terre en donnant des coups de pied. Je m'abandonne à la scène. Quelque part, j'éprouve un véritable plaisir à me laisser aller ainsi, comme si ces émotions attendaient depuis trop longtemps d'être libérées ; comme si je les avais enfouies en moi, enfoncées très loin, et qu'elles pouvaient enfin sortir. Car c'est ce que je ressens, au fond : une violente envie de hurler.

Le réalisateur me dévisage et déclare qu'il est bluffé, qu'il ne sait même pas quoi dire. Je suis fière. J'ai bien crié et roulé par terre.

Quand je sors de la pièce, tous les adultes assis le long du couloir se mettent à applaudir. D'abord, je me demande ce qui se passe, puis je comprends qu'ils ont dû entendre ma scène à travers la cloison. C'est moi qu'ils applaudissent. Au bout du couloir, Maman m'attend sur une chaise, les larmes aux yeux. Elle est si heureuse. Et, à cet instant précis, moi aussi. Oui, je suis contente d'avoir fait plaisir à Maman, mais c'est aussi agréable de se sentir douée pour quelque chose. Même si ce quelque chose a tendance à nous mettre très mal à l'aise. Même si ce quelque chose nous met une pression terrible. Même si ce quelque chose est très stressant. Aujourd'hui, je suis fière de moi.

19.

— Mettez cet extrait, celui-là, quand elle a cette intensité dans le regard ! indique Maman en désignant le grand écran devant le monteur.

Nous sommes debout dans une petite pièce insonorisée, Maman, un monteur qui n'a pas dû se raser depuis un certain temps et moi. Nous sommes là pour créer ma bande démo, une cassette qui rassemble des exemples de mon travail. Le but pour les comédiens est d'y montrer une large palette de jeu, nos meilleures scènes, et chaque fois que l'on a partagé l'écran avec un acteur connu. Ensuite, la cassette peut être envoyée à diverses personnes : à des directeurs de casting pour qu'ils nous proposent des auditions intéressantes, à des producteurs ou des réalisateurs afin qu'ils nous offrent directement des rôles pour des projets spécifiques ou, comme dans mon cas, à des managers susceptibles de nous représenter.

Maman souhaite que je prenne un manager pour faire décoller ma carrière.

— On est à deux doigts de dénicher le rôle qui te fera crever l'écran, répète-t-elle souvent. Il ne nous manque plus qu'un petit coup de pouce. Et pour ça, il nous faut une bande démo qui va épater Susan Curtis.

Susan Curtis est la manageuse que Maman vise pour moi depuis qu'elle a entendu dire que c'était la meilleure à Los Angeles pour les jeunes acteurs.

Nous voilà donc dans ce studio qui appartient à une entreprise spécialisée dans la création de bandes démo, à examiner chacune de mes prestations, dont celle dans *La Vie avant tout* – j'ai décroché le rôle ; Maman a dit que j'avais été moins bonne sur le plateau que pendant les auditions.

La bande démo est achevée dans la semaine et aussitôt envoyée à Susan ; deux jours plus tard, on nous appelle pour nous annoncer qu'elle accepte de me représenter.

— Génial, ma chérie ! s'écrie Maman, radieuse. Tu vois, malgré ta prestation ratée dans *La Vie avant tout*, tu as réussi à l'impressionner ! Imagine comme tu l'aurais épatée si elle avait pu voir tes auditions !

Je fais ce qu'elle me dit : j'imagine. Et je m'en veux. J'ai été meilleure pendant le casting que sur le plateau de tournage. Ce jour-là, j'ai échoué. J'aimerais bien que Maman arrête de me le rappeler, mais je sais qu'elle le fait pour la bonne cause, pour que je m'améliore. Elle veut que j'arrête de me planter et que j'exploite tout mon potentiel. C'est son rôle de maman.

20.

— Vide-moi ce Gatorade ! Vide-le ! me crie Maman comme un coach de boxe qui encourage son poulain.

Je déglutis. La boisson énergisante rouge me coule des deux côtés de la bouche.

— Attention à ne pas tacher ton t-shirt !

Je me penche vivement en avant.

— Mais ne t'arrête pas de boire !

Je relève le menton.

— Voilà, ça devrait aller, ma puce.

Je repose le Gatorade dans le porte-gobelet de la voiture et halète. C'est épuisant de vider une bouteille d'un coup.

— Je suis sûre que ça va faire baisser ta température. Super, Nettie. Bravo.

Nous avons signé avec Susan depuis une semaine. J'ai 39,5° de fièvre et un rhume carabiné qui donne l'impression que je parle en me pinçant le nez, mais Maman dit que si j'annule la première audition que m'a dénichée ma manageuse, on va croire que je ne prends pas ma carrière au sérieux, donc nous voilà en chemin.

Au moins, le casting a lieu aux Studios Universal, mes préférés. C'est si romantique de marcher jusqu'au préfabriqué des auditions et de passer devant la caravane de Steven Spielberg, ou de croiser le tram estampillé « Universal Studios » ! On a le sentiment que tout peut arriver.

Aujourd'hui, j'auditionne pour le rôle de Josie Boyle dans un épisode d'une série policière, *Karen Sisco*. Comme il s'agit d'une fille de onze ans qui vit à la rue, Maman avait envie de m'étaler de la terre sur les joues, mais heureusement, elle s'est ravisée, de peur « d'en faire un peu trop ». Ouf.

La salle d'attente du préfabriqué est pleine à craquer, au point que la porte reste ouverte et que des filles répètent leurs scènes sur les marches, à l'extérieur. De toute évidence, la directrice de casting de *Karen Sisco* est déterminée à trouver la meilleure petite SDF possible.

Maman passe l'heure qui suit à me gaver de pastilles pour la gorge et à m'entraîner aux toilettes pour me faire réciter mes répliques, avaler une énième boisson énergétique ou gober un Advil. Je me sens de plus en plus mal, j'ai les yeux qui piquent et mon corps semble peser une tonne. Je ne désire qu'une chose : me rouler en boule et m'endormir. Mais je ne peux pas. J'ai du travail.

Enfin, on m'appelle, et j'entre dans le minuscule bureau. À un moment dans la scène, mon personnage doit renifler, et j'ai tellement de morve dans les narines que je ne peux pas m'arrêter au milieu et que je fais un long reniflement maladif et dégoûtant. La directrice de casting ne paraît pas s'en rendre compte ; elle me dit que c'était très bien.

On me fait revenir dès le lendemain. Je suis toujours malade. Cette fois, on m'envoie dans un des jolis bâtiments près des plateaux de tournage. Dans une pièce plus spacieuse que la veille, je retrouve la directrice de casting, seule, et elle ne filme pas mes scènes, ce qui signifie qu'il y aura encore au moins une audition – en dehors des tout petits rôles, les directeurs de casting n'embauchent pas eux-mêmes les acteurs ; ils se contentent de faire les premières sélections avant de laisser les producteurs ou les réalisateurs faire leur choix.

Deux jours plus tard, le vendredi, on me rappelle. Heureusement, ma fièvre est enfin tombée. Je n'ai plus que 37,5° – c'est déjà ça. Le réalisateur, un Anglais avec une casquette de baseball et une chemise, assiste à ma prestation. Je renifle sans trop de morve, ce jour-là, et mes scènes se passent bien. L'homme me complimente, me fait quelques suggestions pour certaines répliques, et me demande de recommencer. À la fin, il me dit que je comprends vite. Je ressors et rapporte tout à Maman.

Le mardi suivant, on me rappelle une troisième fois, pour une quatrième audition. Je n'ai jamais dû en faire autant pour un simple rôle dans un épisode de série mais, apparemment, ils ont du mal à se décider : il s'agit d'un rôle clé – plus important encore qu'un second rôle – et ils tiennent à choisir la meilleure actrice possible pour apparaître à l'écran aux côtés de Carla Gugino et Robert Forster. Maman a découvert tout ça en discutant avec Susan et, depuis, elle n'arrête pas de répéter à quel point on a bien fait de la prendre comme manageuse.

— Elle est au courant de tout !

Pour cette quatrième audition, je me sens soudain nerveuse. Je regretterais presque d'être guérie – quand j'étais malade, je n'avais même plus la force d'être stressée. C'était plus calme, au fond. Il ne reste plus que moi et deux autres filles, qui ont chacune une filmographie plus impressionnante que la mienne, comme Maman me le chuchote avec nervosité toutes les trente secondes – ce qui n'améliore pas mon stress.

— Andrea Bowen joue dans *Desperate Housewives*. Tout le monde ne parle que de cette série, en ce moment. Je ne vois pas pourquoi, d'ailleurs. Moi, je la trouve plutôt tarte.

Je suis la dernière à passer. Cette fois, il y a une caméra. Le réalisateur est encore là et il m'explique qu'ils vont me filmer pour les producteurs. Je hoche la tête.

— Pas bavarde, hein ? me demande-t-il.

Je n'ose même pas répondre. Je suis pétrifiée.

— Faut croire, conclut-il avec un rire amusé. Ne t'en fais pas. L'important, c'est de t'amuser.

Son conseil me prend de court. Voilà les scènes qu'on m'a fait préparer :

— Josie, mon personnage, voit le sans-abri qui s'occupe d'elle se prendre une balle.

— Elle se dispute avec Robert Forster parce qu'elle ne veut pas entendre parler du père qui l'a abandonnée quand elle était bébé.

— Elle se dispute avec son père parce qu'elle ne veut pas entendre parler de lui, étant donné qu'il l'a abandonnée quand elle était bébé.

Je ne suis pas sûre de pouvoir m'amuser avec tout ça.

Les six minutes de l'audition s'écoulent à toute vitesse. Le réalisateur me dit que je suis douée et qu'il pense que j'ai un bel avenir dans ce métier. Je le remercie et ressors. Ce soir-là, quand on nous téléphone pour nous annoncer que j'ai été prise, Maman saute de joie et je l'imite.

— Ma puce est une sans-abri ! Ma puce est capable de jouer des rôles complexes ! Ma puce est une sans-abri !

21.

— Mets-le en gras, ordonne Maman, qui surveille ce que je fais par-dessus mon épaule tandis qu'elle essuie une assiette avec un torchon.

Je sélectionne les trois mots avec la souris et clique sur le bouton qui affiche un gros G, puis me retourne pour voir ce qu'elle en pense.

— Oui, c'est bien, dit-elle, très contente de son idée. Je vais faire réchauffer une conserve de pâtes bolognaise pour Scottie. Quand tu auras fini, imprime, et je jetterai un coup d'œil.

Elle repart à la cuisine et j'examine le document Word affiché sur l'écran. Cet ordinateur est une nouveauté chez les McCurdy. Marcus l'a fabriqué dans son atelier de technologie au lycée, et j'ai acheté les logiciels nécessaires avec le cachet de mon apparition dans un épisode des *Experts*. Je jouais la sœur de la meurtrière, un rôle particulièrement difficile mais, après que Maman m'a annoncé que je pourrais acheter Microsoft Word et Les Sims avec ce qui resterait de ma paye, une fois qu'elle aurait prélevé le nécessaire pour les factures, j'ai jugé que ça valait le coup.

Je suis donc en train de rédiger mon CV, et je me sens fière. Capable. Autonome. Vous connaissez beaucoup d'enfants de onze ans qui savent rédiger un CV, vous ? J'ai l'impression d'être en avance sur les autres.

Pourtant, ces trois mots que Maman veut mettre en gras me tordent le ventre. Je les étudie avec appréhension.

Les trois mots figurent à la première place de la liste de mes « aptitudes notables ». Devant le bâton sauteur, le hula-hoop, la corde à sauter – à une ou deux cordes –, le piano et la danse – lyrique, jazz, claquettes, hip-hop –, devant la mention de ma grande souplesse et de mes capacités avancées en lecture – niveau lycée. D'après Maman, ces aptitudes sont cruciales : elles me font sortir du lot mais, surtout, elles m'évitent de louper une opportunité professionnelle à cause d'une bête lacune, comme la fois où je n'ai pas pu me présenter au casting d'une publicité pour les conserves Chef Boyardee parce que je ne savais pas faire de bâton sauteur. Sans perdre un instant, elle est allée m'en acheter un dans un magasin de déstockage et, pendant les deux semaines qui ont suivi, elle m'a obligée à m'entraîner une heure par jour, jusqu'à ce que je parvienne à effectuer mille sauts d'affilée sans mettre un pied par terre – oui, je suis désormais une pro du bâton sauteur.

Cependant, aucune de ces aptitudes n'arrive à la cheville des trois mots. Ceux auxquels Maman réserve un emplacement de choix sur mon CV, ceux qu'elle souhaite voir en gras…

« Pleure sur commande. »

S'il y a une chose qu'on veut chez un enfant acteur, c'est ça – à côté, le reste fait pâle figure. À partir du moment où vous pouvez pleurer sur commande, vous êtes un candidat sérieux pour n'importe quel rôle et, dans les bonnes conditions, j'en suis moi-même capable.

— Tu es la version féminine de Haley Joel Osment, affirme régulièrement Maman. Aujourd'hui, c'est le seul gamin à Hollywood à savoir pleurer pour de vrai. Dakota Fanning ne compte pas : elle parvient juste à se faire monter les larmes aux yeux, mais ça s'arrête là. À l'écran, on veut les voir couler.

La première fois que j'ai pleuré sur commande, c'était pendant un cours de théâtre. Miss Lasky nous avait demandé de choisir un objet chez nous, d'inventer une histoire triste à son sujet, puis de l'apporter au cours suivant pour raconter sur scène ce qu'on avait imaginé.

J'ai apporté une agrafeuse. Dustin et Scottie faisaient beaucoup de dessins à cette période, et ils avaient pris l'habitude de les trier en piles qu'ils agrafaient. Dans mon récit, notre maison brûlait, mes frères mouraient dans l'incendie et il ne restait plus d'eux que cette agrafeuse. Si j'avais vraiment voulu pleurer à chaudes larmes, j'aurais parlé de la mort de Maman, mais je m'interdis d'y penser. Même si elle est en rémission depuis des années, elle reste fragile, et je ne veux pas lui porter malheur – surtout qu'avec mon vœu annuel quand je souffle mes bougies d'anniversaire, sa vie est entre mes mains. Je prends cette responsabilité très au sérieux et je ne me permettrais jamais de mettre sa santé en danger pour ma carrière. En revanche, l'idée de porter la poisse à mes frères en malmenant leur vie par la pensée ne me faisait ni chaud ni froid.

Alors que je racontais mon histoire, debout sur la petite scène de notre salle de cours, mes yeux se sont soudain emplis de larmes au point de me brouiller la vue, mais elles restaient suspendues au-dessus de mes paupières. Ma tristesse vis-à-vis de mon monologue s'est teintée de frustration, sentant qu'elles ne voulaient pas tomber. Miss Lasky m'a rejointe sur scène à grands pas et s'est penchée sur moi, à quelques centimètres de mon visage. Nos nez auraient pu se toucher. J'étais inquiète : je ne savais pas ce qu'elle allait faire. Puis elle a levé la main, tout près de ma tête, et elle a claqué des doigts. Son geste brusque m'a fait sursauter et les larmes se sont échappées. Miss Lasky a souri. Moi aussi. Sous mes larmes, j'ai souri.

Depuis ce jour-là, si une audition mentionnait que le personnage devait pleurer, j'étais quasiment sûre que j'allais décrocher le rôle. La nouvelle s'est vite répandue dans le milieu. Souvent, Susan appelait Maman pour lui annoncer fièrement :

— J'ai encore reçu un coup de fil d'une directrice de casting qui m'a dit : « Alors, parlez-moi de la fameuse gamine qui pleure… »

Bon, c'est vrai que ce n'était pas très amusant. C'était même particulièrement affreux de devoir me présenter dans une salle d'audition froide et austère et imaginer toutes sortes de tragédies qui pouvaient frapper ma famille. Une idée de drame pouvait me fournir assez de munitions émotionnelles pour quatre à six auditions mais immanquablement, je finissais par ne plus y être sensible – j'étais « à bout de larmes », comme disait Maman –, et on devait trouver autre chose. Ainsi, quand l'histoire de l'incendie a été épuisée, c'est devenu l'histoire de Dustin qui mourait d'une méningite. Il l'avait attrapée quelques années plus tôt et avait été gravement malade, alors Maman m'avait suggéré : « Imagine s'il y avait eu une complication pendant sa ponction lombaire ! ». La mort de Dustin est devenue la mort de Marcus (de l'appendicite), puis celle de Scott (d'une pneumonie), et enfin celle de Papy (de vieillesse, « Imagine-le dans son lit d'hôpital, avec dans les bras la poupée chaussette que tu lui as fabriquée quand tu avais six ans ! »).

La fois où j'ai le plus pleuré, c'était lors d'un casting pour un petit rôle dans *Hollywood Homicide*, un film avec Harrison Ford et Josh Hartnett. Je devais jouer la fille dans une famille de touristes qui se promène en voiture le long de Hollywood Boulevard quand Josh Hartnett déboule, éjecte le père du véhicule et prend le volant pour se lancer à la poursuite d'un suspect. À bord, les autres occupants paniquent.

Je ne sais pas ce j'avais, ce jour-là, mais mes canaux lacrymaux étaient particulièrement chargés. Il m'a suffi de m'asseoir dans la salle d'audition et de penser à Papy serrant contre lui la poupée chaussette, et pouf ! les larmes ont commencé à couler. Et pas qu'un peu. Je ne geignais pas, je pleurais à grosses larmes, le corps secoué de sanglots. Presque hystérique.

— Wahou, a commenté la directrice de casting quand j'ai arrêté – elle avait des cheveux auburn bouclés et une voix très douce, et elle était gentille.

— Eh bien, tu as le rôle, évidemment, a ajouté un type grisonnant avec une veste en cuir assis à côté d'elle. Mais j'aimerais bien que tu nous remontres, j'ai assez envie de revoir ça.

Alors j'ai recommencé. J'étais devenue un numéro de foire. Les gens réclamaient un bis, comme s'ils étaient au cirque et que je venais de faire une démonstration de monocycle ou de trapèze. Alors aucun doute là-dessus : pleurer sur commande, c'était mon aptitude la plus notable.

22.

Le père d'Emily vient d'être assassiné et sa maman fait partie des suspects : c'est le synopsis de mon audition avec pleurs-sur-commande pour une énième série policière, *FBI : Portés disparus*. Dans ma scène, Emily est convoquée au poste pour un interrogatoire et, bouleversée, elle se met à pleurer.

Assise dans la salle d'attente, je suis concentrée sur ma tristesse quand, soudain, quelque chose se produit en moi. Quelque chose d'étrange. Je ne sais pas comment le décrire mais je sais, au fond de moi, que les larmes ne viendront pas. Je me sens détachée, distante, puis agacée.

Je tire sur la manche de Maman, qui lit la rubrique « Régime » de son magazine *Woman's World*. J'ignore pourquoi, mais c'est sa rubrique préférée. Maman est un petit gabarit, elle mesure 1,50 m et pèse « 41 kilos de graisse ! » comme elle le clame souvent avec une fierté ironique. Elle corne sa page, repose l'hebdomadaire sur ses genoux et se penche vers moi.

— Maman, je lui murmure à l'oreille, je pense que je ne vais pas réussir à pleurer.

Elle me dévisage, d'abord confuse, puis prend rapidement un air déterminé. Je devine que Maman vient de passer en mode « coach », un rôle qu'elle adore endosser plus souvent qu'à son tour car il lui permet de se croire indispensable. Elle fronce les sourcils et serre les lèvres, une expression presque puérile qui me fait penser à une enfant qui essaie de jouer à l'adulte.

— Bien sûr que si. Tu es faite pour jouer Emily. Tu ES Emily.

C'est une formule que Maman utilise pour m'aider à me « mettre dans la peau de mon personnage ». Que ce soit Emily, Kelly ou Sadie, ce jour-là, elle répète : « Tu ES Machine. »

Mais là, tout de suite, je n'ai pas envie de me mettre dans la peau d'Emily. Je ne veux pas ÊTRE Emily, et cette prise de conscience inédite me fait peur. Une partie de moi refuse que mon esprit s'inflige ce traumatisme et a tranché : « Non. C'est trop douloureux. Je ne le ferai pas. »

Cette réaction est délirante. Il s'agit de mon Aptitude Notable, elle est bénéfique pour moi, pour ma famille, pour Maman. Plus je pleurerai sur commande, plus je décrocherai de rôles. Plus je décrocherai de rôles, plus Maman sera heureuse. Je prends une grande inspiration et souris.

— Tu as raison : je suis Emily ! j'affirme, autant pour Maman que pour moi-même.

La partie de moi qui ne veut plus pleurer n'est pas très convaincue. Elle continue d'asséner que non, je ne suis pas Emily, je suis Jennette, et Jennette mérite qu'on écoute ce qu'elle a à dire. Elle a le droit d'exprimer ses désirs et ses besoins.

Maman rouvre son magazine mais, avant de reprendre sa lecture, elle se penche à nouveau et me chuchote :

— Tu vas l'avoir, ce rôle, Emily !

Elle se trompe. L'audition est un fiasco. Le cœur n'y est pas, je récite mes répliques sans y croire et, pire que tout, je n'arrive pas à pleurer. Bref, un plantage en beauté.

Sur le chemin du retour, nous nous retrouvons coincées dans les bouchons. Assise sur mon rehausseur – je suis encore trop petite pour pouvoir m'en passer –, je m'efforce de faire mes devoirs d'Histoire mais je n'arrive pas à me concentrer. Je m'en veux pour le casting.

Pendant ma scène, je n'ai pas arrêté de penser à cette partie de moi qui ne veut plus subir tout ça, qui a décidé de se révolter, et qui me fait peur.

— Je ne veux plus être actrice, je déclare soudain sans réfléchir.

Maman m'observe dans le rétroviseur avec un mélange de choc et de déception. Je regrette aussitôt d'avoir ouvert la bouche.

— Ne raconte pas n'importe quoi, tu adores jouer la comédie, répond Maman. C'est ce que tu aimes le plus au monde, ajoute-t-elle d'un ton presque menaçant.

Je regarde par la vitre. Une autre partie de moi, plus familière, celle qui veut lui faire plaisir, me souffle qu'elle a sûrement raison ; peut-être que c'est ce que j'aime le plus au monde et que je ne m'en suis juste pas encore rendu compte. Mais la partie qui ne veut plus pleurer sur commande, qui ne veut plus jouer la comédie, qui s'en fiche de faire plaisir à Maman et qui veut simplement me faire plaisir à moi me hurle de ne pas céder. Soudain, mes joues me brûlent et je ne peux plus reculer.

— Non, je n'ai vraiment plus envie, je n'aime pas ça. Ça me met mal à l'aise.

On dirait que Maman vient de mordre dans un citron. Son visage se tord de manière terrifiante. Je connais la suite.

— Tu ne peux pas lâcher maintenant ! s'écrie-t-elle, déjà en pleurs. C'était notre chance ! Notre seule chaaaaaaance !

Elle se met à frapper le volant de ses deux poings, écrase le klaxon par mégarde. Les larmes qui roulent sur sa figure la barbouillent de mascara. Elle est hystérique, comme moi pendant mon audition pour *Hollywood Homicide*, et j'ai peur. Il faut à tout prix que je la calme.

— Non, c'est pas grave ! je m'exclame, assez fort pour qu'elle m'entende malgré ses sanglots.

Ses pleurs cessent instantanément, à l'exception d'un dernier reniflement. Une fois celui-ci terminé, le silence est complet. Je ne suis pas la seule à savoir pleurer sur commande.

— C'est pas grave, je répète. J'ai rien dit, laisse tomber. Désolée.

Je lui suggère d'écouter son album favori du moment, *... But Seriously* de Phil Collins. Ravie, Maman le met dans le lecteur, sélectionne « Another Day in Paradise » et, dès que les premières notes résonnent dans les haut-parleurs, elle se met à fredonner. Elle me jette un regard dans le rétroviseur.

— Bah alors Nettie ? Tu ne chantes pas avec moi ? demande-t-elle joyeusement, sans plus la moindre trace de détresse.

Alors je chante. Et je me force à sourire jusqu'aux oreilles pour faire bonne mesure. Je n'ai peut-être pas réussi à pleurer pour *FBI : Portés disparus*, mais j'ai réussi à sourire pour Maman dans la voiture. Dans un cas comme dans l'autre, c'est du cinéma.

23.

— Une petite fille ne devrait pas avoir à s'occuper de toute sa famille, me dit Papy une après-midi.

Il voit bien que je suis stressée. Depuis une demi-heure, je fais les cent pas dans le jardin devant la maison en répétant mes répliques pour le casting de demain. Il s'agit d'un film à petit budget intitulé *Les Larmes de ma fille* – du sur-mesure pour mon Aptitude Notable. Maman refuse de me laisser lire le script entier parce qu'il y a trop de « choses adultes » dedans et, sincèrement, je suis soulagée. J'ai déjà assez de mal comme ça à mémoriser mes quatorze pages de texte, sans compter le problème de l'accent : mon personnage – la « fille » éponyme – est russe. Maman m'a trouvé un rendez-vous avec un coach d'accent, mais je ne maîtrise pas encore bien le « r » roulé.

Je n'ai plus le droit d'être dehors toute seule. Maman dit que je risque d'être enlevée, violée et assassinée comme Samantha Runnion, une fillette de six ans qui a été kidnappée et qui habitait à cinq minutes de chez nous. Maintenant, si je veux sortir, je dois être accompagnée. Aujourd'hui, c'est Papy, qui arrose la pelouse pendant que je révise.

— Quoi ? je demande.

Je ne dis pas ça parce que je n'ai pas entendu, mais parce que je n'ai pas compris. Évidemment qu'une petite fille doit s'occuper de toute sa famille. C'est le rôle d'une petite fille.

— Je veux dire… Je pense juste que… tu as le droit d'être une enfant.

Mes yeux s'emplissent de larmes sans que j'aie besoin de me forcer – des vraies larmes. Je ne me souviens même plus de la dernière fois que j'ai pleuré naturellement. Déroutée, je danse d'un pied sur l'autre.

— Allez, viens faire un câlin à ton Papy.

Je m'approche et enroule mes bras autour de son gros ventre tandis qu'il me tapote le crâne d'une main.

— Je t'aime, Papy chéri, je souffle.

— Je t'aime aussi, ma puce.

Il commence à passer son autre main dans mon dos pour mieux m'étreindre, mais il a oublié qu'il tenait encore le tuyau d'arrosage, et je me retrouve aspergée.

— Oups ! s'amuse-t-il.

Il lâche le tuyau, laissant l'eau couler dans l'herbe, et me serre fort contre lui. Je suis bien. À l'abri – même s'il sent un peu le jambon.

— Tu sais, je comptais te donner un petit cadeau quand tu aurais fini d'apprendre ton texte, mais je ferais peut-être mieux de te le donner maintenant, non ?

— Oh, oui ! je m'écrie, ravie – un cadeau !

Papy fait tomber des tickets de caisse froissés sur la pelouse en fouillant dans sa poche arrière jusqu'à ce qu'il déniche un ornement pour une antenne de voiture. Il représente Bob Razowski, le petit bonhomme vert tout rond de *Monstres et Cie*. En tant qu'employé à Disneyland, il récupère de temps en temps des objets promotionnels.

J'attrape Bob. Il est en mousse et s'écrase dans ma main.

— J'adore sa tête, s'amuse Papy. Tu ne trouves pas qu'il a une tête rigolote ?

— Si.
— Il m'a fait rire. Je me suis dit qu'il te ferait rire aussi.
— Merci, Papy chéri.
— De rien. Tu sais, j'espère que tu te souviendras que dans la vie, il faut savoir s'amuser. Surtout quand on est enfant.

Sur ce, il ramasse le tuyau et reprend l'arrosage de la pelouse. J'examine Bob. Tout en réfléchissant à ce qu'il vient de dire, je frotte mon pouce sur sa peau caoutchouteuse.

Je n'ai pas vraiment l'habitude de m'amuser. Non, dans la vie, il y a beaucoup trop de choses sérieuses pour ça. Se préparer, travailler dur, obtenir des résultats, c'est bien plus important que de s'amuser.

Alors je range Bob Razowksi dans ma poche et je me remets à répéter mon accent russe.

24.

Devant moi se trouve une pile de 110 pages contenant un texte rédigé en police Courier New, taille 12 : *Henry Road*, mon premier scénario.

Je l'ai imprimé en entier et trépigne d'impatience à l'idée de le montrer à Maman, qui a bien besoin d'un remontant car elle est à l'hôpital, comme plusieurs fois par an. Cela ne doit pas être facile pour elle d'être si souvent hospitalisée. Il n'y a pas forcément de rapport avec son cancer – là, par exemple, c'est pour une diverticulite, ou diverticulette, je ne sais jamais –, et pourtant la peur ne me quitte pas. La peur que, lors d'un examen, d'une analyse ou d'une opération, un médecin ne découvre que son cancer est revenu.

Papy m'emmène à l'hôpital dans sa Buick bleu foncé toute cabossée avec son autocollant Bush/Cheney sur le pare-chocs. Installée sur la banquette arrière, je feuillette mon œuvre.

— Attention à ne pas te couper avec le papier, ma puce, m'avertit Papy alors qu'il franchit un feu au moment où celui-ci passe au rouge.

Enfin, nous arrivons à l'hôpital. Au fil des divers problèmes de santé de Maman, j'en ai déjà visité pas mal, mais celui-là est nouveau. Pas trop grand, il a l'air haut de gamme, moins intimidant que les autres et, surtout, moins labyrinthique. Nous trouvons rapidement la chambre.

Maman se repose mais, dès qu'elle entend mes pas, elle ouvre les yeux et s'illumine.

— Coucou, Nettie ! s'exclame-t-elle, et sa joie me fait sourire.

— Coucou, Mamounette d'amour !

Je m'assois sur une chaise à côté de son lit et lui prends la main. Nos poignets font la même taille.

— Qu'est-ce que tu m'as apporté là ? demande-t-elle en désignant la liasse sous mon aisselle.

Je peine à contenir mon excitation. On a installé une table roulante devant Maman avec un plateau-repas – c'est plus luxueux que le truc blanc sur lequel on mange à la maison. De la dinde, des haricots verts, de la purée, un petit bol de bouillon de poule et des biscuits. Elle n'a rien touché. Je repousse la vaisselle pour faire de la place et pose mes pages sur la tablette.

— C'est mon scénario : *Henry Road*.

— Tu as écrit un scénario ?

Elle doit être très impressionnée. Cependant, très vite, elle prend un air inquiet.

— Tu n'oublies pas d'aller dehors vingt minutes par jour pour faire le plein de vitamine D, hein ?

— Non, promis.

— Et tu vas bien à tous tes cours de danse ?

— Oui.

Elle caresse la page de titre. Moi, quand je fais ce geste, c'est avec fierté. Chez elle, je perçois une certaine tristesse.

— Qu'est-ce qu'il y a ? je demande.

— C'est juste que…

Elle baisse les yeux et esquisse un sourire mélancolique. De toutes les expressions de Maman, c'est celle que je trouve la moins crédible : quand elle l'arbore, je suis certaine qu'elle ne ressent pas vraiment ce qu'elle donne à voir. On dirait qu'elle l'a répétée devant un miroir.

— C'est juste que quoi ?

— Eh bien... J'espère que tu ne préfères pas l'écriture au cinéma. Tu es si bonne actrice. Tu es tellement, tellement douée.

Soudain, je me sens idiote de lui avoir montré mon scénario. J'aurais dû me douter que Maman n'allait pas m'encourager dans cette voie.

— Bien sûr que non, je ne préfère pas l'écriture. Impossible !

Ma voix sonne faux, comme dans cette vieille sitcom idiote, *Leave it to Beaver*, où les personnages parlent toujours avec une espèce d'innocence béate. Mamie adore cette série. Moi, je la déteste.

Maman ne remarque pas que je mens, et pourtant, ça me paraît affreusement évident. Je préfère mille fois l'écriture à la comédie. Avec l'écriture, j'ai trouvé le moyen de maîtriser quelque chose, peut-être pour la première fois de ma vie. Je ne suis pas obligée d'emprunter les mots de quelqu'un d'autre car je peux inventer les miens, enfin être moi-même. J'aime l'aspect intime de cette activité : personne ne m'observe, personne ne me juge ou ne me donne son avis. Ni directeurs de casting, ni agents, ni managers, ni réalisateurs, ni Maman. Il n'y a que ma page et moi. L'écriture me semble être l'exact opposé du jeu d'acteur. Jouer, au fond, c'est mentir. Mais écrire, c'est être honnête.

— Tant mieux, commente Maman sans se départir complètement de son air chagriné. En plus, les écrivains sont gros et mal fagotés. Je ne voudrais surtout pas que tes jolies petites fesses d'actrice deviennent un énorme derrière de scénariste !

C'est noté. Écrire fait de la peine à Maman. Jouer la comédie fait plaisir à Maman. Je récupère mes pages et les cale de nouveau sous mon aisselle.

Au bout d'un moment, elle finit par demander du bout des lèvres de quoi parle le scénario.

— C'est l'histoire d'un garçon de dix ans et de son meilleur ami qui essaient de mettre leurs parents ensemble.

— Moui, commente Maman, le regard perdu par la fenêtre. Ça a déjà été fait dans *À nous quatre*, avec Lindsay Lohan.

25.

Je me réveille à 8 h sur mon matelas pliant – mon lit superposé est désormais lui aussi recouvert d'un tas d'affaires, je passe donc de nouveau mes nuits dans le salon. Pour dormir, je porte mon t-shirt de la Grande Marche Revlon 2002. Je l'aime bien, il y a beaucoup de violet.

En ce moment, j'adore le violet, mais comme Maman adore le rose, je garde cette information pour moi : ça lui briserait le cœur d'apprendre que j'ai changé de couleur préférée et que ce n'est plus la même que la sienne. Je suis honorée que nos points communs, même les plus futiles, revêtent une telle importance pour elle. Ça prouve à quel point elle m'aime.

La Grande Marche Revlon est un événement caritatif pour la lutte contre le cancer. Le t-shirt de 2001 était plutôt argenté, et celui de 2000, plutôt bleu. Je possède tous les t-shirts des sept dernières années, depuis qu'on a commencé à participer à la marche. Avec ma famille, on y est allés pour la première fois quand Maman est entrée en rémission de son carcinome canalaire de stade 4 – je connais par cœur le nom de ce dont a souffert Maman parce que, en plus de nous faire regarder la VHS de la période de son diagnostic une fois par semaine, elle me pousse souvent à mentionner sa maladie aux directeurs de casting.

— Les gens raffolent de ce genre d'histoires qui finissent bien. Si tu parles de mon carcinome canalaire, ça va faire grimper ton capital sympathie.

Si j'ai du mal à amener le sujet sur la table dans mes auditions pour *La Vie de palace de Zack et Cody* ou la sitcom *Un gars du Queens*, lors d'un casting pour des séries comme *Urgences*, je parviens à le glisser un peu plus facilement dans la conversation, surtout si quelqu'un dans l'épisode a un cancer.

— Vous savez, ma mère a eu un carcinome canalaire de stade 4, alors je me sens très proche du personnage.

Maman affirme régulièrement qu'elle tient à aller à la Grande Marche pour soutenir les femmes atteintes d'un cancer du sein, ce qui est très altruiste de sa part. Un jour, Dustin a marmonné qu'elle y allait surtout pour les goodies, mais Dustin est un « vaurien » et en plus, de ses quatre enfants, c'est celui que Maman aime le moins – d'ailleurs, elle le lui a déjà dit. Bref, il n'est pas le mieux placé pour avoir un avis sur la question.

Sur mon matelas, dans mon super t-shirt violet trop grand, je suis en pleine réflexion : je me demande ce que je vais mettre dans mon poème à Maman ce week-end. Étant donné qu'elle n'apprécie pas que j'écrive des scénarios, j'ai mis cette activité de côté pour une période indéterminée ; en revanche, elle trouve que c'est une très bonne idée que je rédige de petites poésies au sujet de ma maman que j'aime tant. Au moins, je peux continuer à écrire.

J'essaie de dénicher une nouvelle rime pour « Maman » quand je me rends compte que j'ai un peu mal à la poitrine. Plus précisément, côté droit, au mamelon. D'une main, je tâte la zone endolorie et je la sens. Une grosseur. La terreur me submerge. Non, c'est impossible. D'abord Maman, et maintenant, moi ? Le vertige me prend. Que faire ? Je peux aller réveiller Maman pour lui en parler au risque de la déranger, ou je peux la laisser dormir jusqu'à 11 h. En général, c'est à cette heure-là que je lui apporte une tasse de thé.

— Je me lèverais plus tôt si je ne passais pas la moitié de la nuit à m'inquiéter pour l'argent, explique souvent Maman. Peut-être que si ton père dégotait enfin un boulot qui PAIE LES FACTURES, je ne serais pas obligée de me reposer entièrement sur une ENFANT…

Comme je n'arrive pas à me décider, je fais ce que ferait n'importe quelle fillette atteinte d'un cancer qui ne sait pas comment annoncer sa maladie à sa maman : je la joue à la plouf.

— Oh, ma chérie ! s'exclame Maman, amusée.

Elle passe un doigt sur le renflement de mon téton droit, puis sur mon téton gauche, tout plat et lisse, pour comparer.

— Ce n'est pas un cancer.

— Qu'est-ce que c'est ?

— Tu as simplement les seins qui poussent.

Oh. Oh, non. Il n'y avait qu'un diagnostic pire que le cancer : la croissance. L'idée de grandir m'horrifie. Pour commencer, je suis menue pour mon âge, ce qui est un bon point dans mon milieu car ça me permet de jouer des personnages plus jeunes tout en bénéficiant de conditions de travail plus pratiques pour l'équipe de tournage – je peux rester plus longtemps sur le plateau et prendre moins de pauses qu'un enfant de moins de dix ans. En dehors des aspects logistiques, je suis également plus coopérative et je comprends plus vite ce qu'on attend de moi que de vulgaires mioches.

Maman me rappelle constamment la chance que j'ai, de ce côté-là.

— Tu vas décrocher un maximum de rôles, comme ça. Un maximum.

Si je commence à grandir, Maman m'aimera moins. Souvent, elle me serre fort dans ses bras en pleurant et gémit qu'elle voudrait que je reste une toute petite fille pour toujours. Ces scènes me brisent le cœur. Je regrette de ne pas pouvoir arrêter le temps et rester une enfant, et je m'en veux. Je m'en veux à chaque centimètre que je prends. Je m'en veux quand, à des fêtes de famille, des oncles et tantes s'exclament « Qu'est-ce qu'elle a grandi ! » en me voyant. Chaque fois que quelqu'un fait ce genre de commentaires, Maman a un tic au niveau du sourcil, et je devine combien elle souffre.

Je suis bien décidée à ne pas grandir. Je ferais n'importe quoi.

— Et... est-ce que je peux faire quelque chose pour empêcher les seins de pousser ? je m'enquiers avec nervosité.

Maman laisse échapper un rire-soupir, celui qui lui fait plisser les yeux. Je connais très bien cette expression, comme toutes ses expressions, d'ailleurs. Je les ai apprises par cœur, afin de pouvoir toujours adapter mon comportement en conséquence.

Personne d'autre dans cette famille ne semble capable d'anticiper la version de Maman à laquelle ils vont avoir affaire, ou de percevoir ses émotions. Moi, j'ai passé ma vie entière à l'étudier afin d'être toujours prête. À n'importe quel moment, je veux pouvoir faire le nécessaire pour que Maman soit heureuse. Je sais différencier sa colère de sa fureur, son agacement contre Papa de son agacement contre Mamie – mâchoires serrées avec Papa, sourcils froncés avec Mamie –, et sa gaieté – elle m'embrasse le front – de sa joie – elle chantonne Phil Collins.

Et en ce moment, avec son rire-soupir et ses yeux plissés, je sais qu'il n'y a pas seulement de la joie chez elle, mais une joie toute particulière.

La joie-fierté.

Rien ne me fait plus plaisir que sa joie-fierté, car je sais que j'en suis directement responsable : elle l'exprime quand je décroche un rôle ou quand je prends son parti pendant une dispute entre elle et un membre de la famille. La joie-fierté fait son apparition dès que Maman se sent soutenue et appréciée à sa juste valeur.

Maintenant que je sais à quel point ma question lui fait plaisir, je n'hésite pas à la répéter :

— Qu'est-ce que je peux faire pour empêcher les seins de pousser ?

Maman baisse les yeux, ce qui signifie qu'elle s'apprête à me confier un secret, comme la fois où elle m'a révélé que Mamie avait un dentier, ou celle où elle m'a avoué qu'elle trouvait Papa assommant. C'est du sérieux : elle va me parler de quelque chose de spécial, que nous seules saurons. Une nouvelle confidence qui va renforcer notre relation, prouver une fois encore que nous sommes meilleures amies.

— Eh bien, ma chérie, si tu veux vraiment rester petite et menue, il existe une solution secrète… ça s'appelle le régime hypocalorique.

J'apprends très vite le fonctionnement du régime hypocalorique et je suis douée. Je tiens à impressionner Maman, qui est une excellente enseignante. Il faut dire qu'elle pratique la restriction calorique depuis longtemps, m'a-t-elle expliqué.

— Un soir quand j'étais petite, je m'apprêtais à m'endormir quand j'ai entendu mon papa et ma maman discuter dans la pièce d'à côté. Ils disaient qu'avec son métabolisme, mon frère pouvait avaler ce qu'il voulait sans prendre de poids mais que moi, tout ce que je mangeais se transformait en graisse. Je n'ai jamais oublié ces mots, Nettie, je te jure. Depuis, je fais attention à mes calories.

Maintenant que j'y pense, je l'ai toujours su : le matin, Maman ne prend que du thé nature et, le soir, elle se contente d'une assiette de légumes vapeur, point. Elle ne déjeune que rarement et, dans ces cas-là, c'est d'une salade sans vinaigrette ou d'une moitié de barre de céréales au chocolat. Bref, je suis entre de bonnes mains.

Avec Maman, on compte nos calories ensemble et on prévoit nos repas chaque soir pour le lendemain et, grâce à ce travail d'équipe, je commence à maigrir en l'espace d'une semaine. On me fait suivre un régime de 1 000 calories par jour mais, comme je ne suis pas bête, je comprends vite que si je ne mange que la moitié de ma nourriture, je n'emmagasinerai que la moitié des calories ; bref, je maigrirai deux fois plus vite. Après chaque repas, je montre fièrement à Maman mon assiette presque pleine. Elle est ravie. Tous les dimanches, elle me pèse et mesure la circonférence de mes cuisses avec un mètre ruban. Au bout de quelques semaines, elle me procure une pile de livres de diététique dans lesquels je me plonge. J'y apprends qu'il vaut mieux manger des fruits et légumes riches en eau – de la pastèque ou des pois patate, par exemple –, que le poivre de cayenne et le chili sont excellents pour stimuler le métabolisme et que le café est un coupe-faim efficace. Je me mets donc à imiter Maman et à boire du décaféiné noir bien que, chez les mormons, le café soit en théorie proscrit sous toutes ses formes.

— Oh, c'est du déca, je suis sûre que Dieu fera une exception, commente Maman avec insouciance.

J'acquiesce, mais il me semble, à moi, que le Dieu dont on m'a parlé à l'église n'est pas du genre à faire des exceptions.

Plus je mincis, plus je dois surveiller ce que j'ingère, mon corps a l'air de vouloir s'accrocher au moindre aliment.

Je remarque que la plupart d'entre eux me font prendre un peu de poids, autour de 200 grammes – je le sais car je me pèse cinq fois par jour – cinq est mon chiffre porte-bonheur, alors ça me paraît une bonne moyenne. Je tiens à garder le contrôle de chaque modification physique, même infime, afin de pouvoir effectuer les ajustements nécessaires avant la pesée hebdomadaire avec Maman.

À présent, mes aliments préférés sont les glaces à l'eau sans sucre, la compote de pomme et le thé glacé maison – nature –, car ils n'ont pas d'impact sur mon poids. Les glaces à l'eau et la compote ne me font pas prendre un gramme, et le thé glacé semble passer directement de mes lèvres à ma vessie. Je peux les avaler sans culpabilité et, pour moi, il n'y a rien de plus réconfortant. Je sais que pour la majorité des gens, parler de nourriture réconfortante évoque plutôt un gratin de pâtes ou un gros goûter, mais le véritable bonheur quand on mange, c'est de ne pas devoir stresser à la moindre cuillérée.

Maman et moi poursuivons donc notre mission conjointe, à mon grand ravissement. Tous les jours, on se fait des baisers esquimaux, on invente des poignées de main secrètes pour conclure nos pesées hebdomadaires et nos calculs de calories quotidiens, et ça me donne l'impression de vivre dans le film *À nous quatre*, pendant la séquence des jumelles qui préparent leur plan – je l'ai regardé après que Maman a suggéré que *Henry Road* n'en était qu'une pâle copie ; elle avait raison. Le régime hypocalorique m'a encore plus rapprochée de Maman, ce qui n'est pas peu dire vu nos rapports fusionnels. Les régimes, c'est génial !

Six mois se sont écoulés depuis l'entrée en vigueur de notre plan, et la différence est notable : j'ai perdu trois tailles de vêtements, je m'habille désormais en huit ans. En plus de mon régime, le Saint-Esprit me dit que, pour continuer de rester petite, je dois toucher le chiffre « 8 » sur l'étiquette de mes vêtements cinq fois par jour. Merci, Saint-Esprit !

Dans l'ensemble, tout va bien. Mais pas aujourd'hui.

Aujourd'hui, je suis nerveuse. Je suis assise dans la salle d'attente du cabinet médical et, bientôt, on va venir me chercher pour la consultation lors de laquelle on va me peser. Or, je suis terrifiée à l'idée d'utiliser une autre balance que la mienne. Et si le poids ne correspondait pas ? Et si je pesais plus sur celle-là ?

Maman me prend la main – elle a dû percevoir ma nervosité. Ensemble, nous attendons une éternité. Enfin…

— McCurdy, Jennette, appelle l'infirmière.

Mon cœur bat si fort dans ma poitrine que je suis persuadée que tout le monde l'entend. Le visage brûlant, je laisse Maman m'entraîner dans le couloir. Elle me retire ma veste en velours – elle sait que ça ajouterait du poids. On est une équipe, elle et moi. L'accompagnatrice m'informe que je peux garder mes chaussures, mais Maman me dit de les enlever. Elle est tellement prévenante. J'obéis et grimpe sur le plateau.

— Vingt-sept kilos et demi, annonce l'infirmière avant de gribouiller sur un formulaire.

Les mots qu'elle a prononcés m'ont paru ralentis, déformés. Je suis dévastée. La balance de la maison indiquait vingt-six et demi. J'essaie de jauger la réaction de Maman.

Elle garde un visage impassible, signe qu'elle est déçue. Je me sens plus mal encore. On nous accompagne jusqu'à la salle d'examen numéro 5 mais, à cet instant, mon chiffre fétiche ne semble pas me porter bonheur. À l'aide de l'escabeau, je m'installe sur une minuscule table d'examen dure comme la pierre, recouverte d'un papier décoré d'ours en peluche. L'assistante médicale nous pose encore deux ou trois questions, puis s'en va, et j'ouvre la bouche. Maman ne me laisse pas parler.

— Nous en discuterons plus tard.

Quelques minutes plus tard, la Dr Tran nous rejoint. Dommage que ce ne soit pas le Dr Pelman. Avec ce dernier, Maman est toujours plus enjouée – j'ai l'impression que Maman a le béguin pour lui, mais la luxure est un péché et Maman ne se rendrait jamais coupable d'un péché. La généraliste examine longuement son porte-bloc.

— Debbie, je peux vous parler un instant en privé ?

Elles quittent la pièce. Les murs sont si fins que j'entends tout ce qu'elles disent – et puis, Maman a une voix qui porte.

— Je suis préoccupée par le poids de Jennette, commence la Dr Tran. Il est très en dessous de la courbe de croissance.

— Ah bon ? dit Maman d'un ton inquiet. Pourtant, elle mange bien. Je n'ai remarqué aucun changement notable.

Ce n'est pas vrai. Elle a forcément remarqué les changements, elle les a instaurés elle-même.

— Eh bien…

La Dr Tran prend une grande inspiration.

— Parfois, quand une jeune fille sombre dans l'anorexie, elle le dissimule soigneusement à son entourage.

C'est la première fois que j'entends le mot « anorexie ». On dirait un nom de dinosaure.

— À l'avenir, je vous suggère de surveiller de près ce que mange Jennette.

— Vous pouvez compter sur moi, docteur Tran, affirme Maman.

Je suis perplexe. Maman surveille déjà de près mon alimentation, autant que moi, peut-être même plus. Elle connaît sur le bout des doigts la fréquence de mes repas et leur contenu, d'ailleurs, elle m'encourage et me soutient dans mon régime. Qu'est-ce qui se passe ? Que signifie cette conversation ?

Quelques mois plus tard, j'entends une nouvelle fois le mot « anorexie » sur le parking de mon école de danse. Mon cours est fini, je suis assise sur le banc dehors et, en attendant que Maman arrive, je révise mon texte pour le casting d'un film où je jouerais la fille de Val Kilmer.

Maman a toujours entre vingt et quarante-cinq minutes de retard quand elle vient me chercher. Il faut dire qu'elle a énormément à faire, comme appeler des agents de recouvrement pour quémander un délai ou acheter des cartes de remerciement au centre commercial – elle veut que j'en envoie une à chaque directeur de casting qui m'a reçue au cours des six derniers mois : « Ils ne se souviendront peut-être pas de ta scène, mais ils ne risquent pas d'oublier un petit mot manuscrit personnalisé ! »

La maman d'Anjelica Gutierrez est encore là, à côté de sa voiture. C'est bizarre : le cours d'Anjelica s'est fini en même temps que le mien et, d'habitude, elles partent juste après. Quand le Ford Windstar couleur cuivre de Maman entre enfin sur le parking, j'attrape mon sac mais Mme Gutierrez me devance et fait signe à Maman d'ouvrir la vitre côté passager.

— Bonjour, Deb ! Je voulais vous parler rapidement de la situation de Jennette. J'ai remarqué qu'elle avait perdu beaucoup de poids, je me demande si elle ne serait pas anorexique. Est-ce que vous avez déjà vu un médecin à ce sujet ? Une autre fille de sa classe a souffert d'anorexie et sa mère m'a fourni le numéro d'un spécialiste qui…

— On pourrait en rediscuter une autre fois ? la coupe Maman.

À son ton, je devine que cette « autre fois » ne se présentera jamais. J'ouvre ma portière et grimpe à bord. Maman démarre sans attendre.

— Maman ? dis-je, une fois la voiture arrêtée à un feu rouge.

— Oui, ma puce ?

— C'est quoi, l'anorexie ?

— Oh, ne t'en fais pas, mon ange. Les gens se mêlent toujours de ce qui ne les regarde pas.

Le feu passe au vert et elle accélère.

— Tu as appris tes répliques ?

— Oui.

— Très bien. Tu as toutes tes chances, pour ce rôle, Nettie. Je le sens. Val est blond, toi aussi, c'est gagné d'avance.

— D'accord.

— J'en suis certaine.

Je jette un coup d'œil par la fenêtre, puis me penche sur mon texte. J'ai hâte d'être à la maison, je pourrai manger une glace à l'eau sans sucre.

26.

Aujourd'hui, je fais mon entrée à la Ruche, le club de l'église réservé aux filles de douze à treize ans. Le premier jour, on nous assigne à chacune un rôle, et on me nomme « secrétaire adjointe », un poste qui n'existe même pas.

— Mais Madison est déjà secrétaire, je fais remarquer à notre enseignante, sœur Smith. Qu'est-ce que je suis censée faire, moi ?

— Eh bien, tu n'auras qu'à l'aider.

J'examine mes ongles pour dissimuler ma déception. Makaylah Lindsey se penche vers moi.

— Les sœurs donnent les postes importants à celles qui seront toujours actives.

Je déteste Makaylah. Je sais qu'elle est adoptée et que je devrais avoir de la peine pour elle et tout, mais je n'y arrive pas. Je la déteste. Elle continue :

— Toi, elles t'ont mise à ce poste parce qu'elles pensent que ta famille finira par devenir inactive.

Chez les mormons, « inactif » est ce qui se rapproche le plus d'un gros mot. Les membres actifs sont ceux qui vont régulièrement à la messe, les membres inactifs sont ceux qui ont quitté la foi, ou qui ont cessé de venir à l'église même s'ils figurent encore sur les registres. Dans les cas où on doit mentionner le nom d'un membre devenu inactif, on le fait à voix basse, le nez froncé, comme pour évoquer quelque chose de honteux.

— On ne va pas devenir inactifs !

— On verra bien, conclut Makaylah avec un haussement d'épaules.

J'ai beau la détester et espérer de toutes mes forces qu'elle se trompe, je crains qu'elle n'ait raison. Après tout, il y a déjà quelques indices.

D'aussi loin que je me souvienne, ma famille n'a jamais coché les cases qui feraient de nous des mormons modèles. Dans chaque paroisse des Saints des Derniers Jours, on trouve des mormons qui ont suivi tous les cours du séminaire et savent réciter le livre de 3 Néphi de tête. Des gens dignes de confiance à qui on n'hésite pas à demander d'apporter les quiches pour le repas convivial de l'église. Bref, des mormons exemplaires.

À côté, il y a les autres. Ceux qui font semblant d'avoir oublié leur portefeuille au moment de la quête et ont toujours vingt minutes de retard à la messe. Ceux à qui on suggère d'apporter la salade, parce qu'on les sait incapables de gérer une tâche plus cruciale que l'achat d'un sachet de feuilles de mâche au supermarché. Bref, des mormons médiocres.

Nous, les McCurdy, appartenons au second groupe. Cela fait déjà un certain temps que j'en ai pris conscience. Les plus exemplaires ont tendance à exprimer de la pitié envers les plus médiocres et j'ai perçu cette pitié dans les regards que sœur Huffmire et sœur Meeks – deux paroissiennes modèles – nous jettent à la dérobée.

Il est de notoriété publique que les mormons médiocres sont bien plus susceptibles de devenir inactifs que les mormons exemplaires, mais je ne pensais pas que notre destin était scellé. Au contraire, j'étais certaine que notre famille pouvait encore changer de statut en s'illustrant d'une manière ou d'une autre, si Marcus allait servir une mission[1], par exemple, ou si nous ne rations plus jamais la messe.

Hélas, maintenant que Makaylah a abordé le sujet, plus je réfléchis et plus je dois reconnaître que cela a peu de chances de se produire.

Marcus est assez grand pour entreprendre une mission depuis trois ans maintenant, et il n'est toujours pas parti. En théorie, il n'y a pas de limite d'âge mais, d'après le magazine mormon *Ensign* – la seule autre revue que Maman consulte en dehors de *Woman's World* –, un homme qui ne part pas l'année de sa majorité a trois fois moins de chances d'effectuer une mission au cours de sa vie. Maman dit que c'est la faute d'Elizabeth, la petite amie de Marcus, parce qu'elle a le diable en elle. Je ne suis pas sûre d'être d'accord avec elle. Moi, je trouve Elizabeth plutôt sympa.

Quant à la messe, on évite déjà d'y aller certaines semaines, en général après la diffusion d'une série dans laquelle j'ai joué. Les histoires ont commencé à la suite de mon apparition dans *New York, unité spéciale*, quand sœur Salazar a demandé à Maman si elle trouvait « bien respectueux des enseignements de Notre Seigneur » de me faire incarner une fillette victime de viol. Maman lui a cloué le bec en répondant que voir une actrice mormone à la télévision était plus important que le rôle qu'elle interprétait. Sœur Salazar n'en a plus reparlé, jusqu'à un épisode d'une série dans lequel mon personnage assassinait un autre enfant. Depuis, chaque fois que je passe à la télé,

1. Dès leurs dix-huit ans, les jeunes mormons sont encouragés à aller accomplir une mission de prosélytisme de deux ans dans leur pays ou dans un pays étranger.

on saute la messe une ou deux semaines « pour éviter les remarques », comme dit Maman. Quelles que soient nos raisons, le constat est là : on rate la messe. Bref, on n'est pas près de devenir des mormons exemplaires.

— Maman ? je l'interroge, une fois de retour à la maison, alors qu'on plie du linge.

— Oui, mon cœur ?

— Est-ce qu'on va devenir inactifs ?

— Bien sûr que non. Pourquoi tu me demandes une chose pareille ?

— Makaylah a dit que j'ai été nommée secrétaire adjointe parce que l'église pense qu'on va devenir inactifs.

— N'importe quoi. Et puis, Makaylah Lindsey, c'est la gamine adoptée, c'est ça ? Qu'est-ce qu'elle en sait ?

27.

— Nettie ! À la douche ! crie Maman depuis l'autre pièce.

Mon corps entier se fige. Oh, non. Pas la douche.

Cela fait désormais environ cinq ans que je redoute le moment de la douche. Je suis mal à l'aise à l'idée que Maman continue de me laver alors que je grandis.

Pourtant, je ne pense pas que ce soit son intention. Elle dit qu'elle est bien obligée de m'aider parce que toute seule, je serais incapable de me laver les cheveux ou d'appliquer mon après-shampooing correctement. Elle ajoute que s'ils étaient moins longs ou moins épais, peut-être qu'on pourrait faire autrement mais que, compte tenu de leur spécificité – et étant donné qu'elle était coiffeuse professionnelle –, il est plus logique que ce soit elle qui s'en charge.

Parfois, Maman nous douche en même temps, Scottie et moi. Il a presque seize ans, à présent. Ça me gêne beaucoup, qu'on se douche ensemble, et je crois que lui aussi. On se contente d'éviter de se regarder et Scott s'occupe en dessinant des Pokémon dans la buée de la paroi en verre. Il est plutôt doué pour faire Dracaufeu. Maman dit qu'elle nous lave en même temps parce qu'elle a trop de choses à faire. Un jour, Scott lui a demandé s'il pouvait se débrouiller seul, et elle s'est mise à sangloter et à gémir qu'elle ne voulait pas qu'il grandisse. Il ne lui a plus jamais posé la question.

Que Scott soit là ou pas, Maman prend soin de pratiquer une palpation de mes seins et de mes « fesses de devant » – le nom qu'elle donne à mes parties intimes. Elle m'assure qu'elle tient juste à vérifier qu'il n'y a pas de boule ou de grosseur mystérieuse, ça pourrait être un cancer, et je la laisse faire parce que je ne veux surtout pas avoir un cancer, et que comme Maman en a eu un, elle est bien placée pour les repérer.

Quand elle a terminé, une immense vague de soulagement déferle sur moi. Souvent, je m'aperçois que je n'avais plus aucune sensation physique : pendant la palpation, c'est bizarre, mais j'ai le sentiment d'être en dehors de mon corps. Comme s'il n'était qu'une coquille vide et que je n'existais plus désormais que par mes pensées.

En général, dans ces cas-là, je m'imagine à Disneyland, la prochaine fois que Papy pourra nous faire entrer. La parade, les feux d'artifice, les personnages costumés qui me sourient... Je me promène dans Main Street, dans Fantasyland, je monte dans l'attraction de *La Mare aux grenouilles* – non, en fait, celle-là me vient assez rarement, elle est culte pour beaucoup de monde mais moi, je ne la trouve pas terrible.

— Nettie ? répète Maman, plus fort.

Je suis tétanisée. Après avoir dégluti, je me force à répondre :

— J'arrive !

Ce soir, je sais que Scottie ne sera pas avec moi, parce que j'ai une audition pour *Dr House* demain. J'ai remarqué que, les veilles de castings, Maman me douche toujours seule ; j'imagine qu'elle veut pouvoir s'occuper de mes cheveux au mieux, qu'ils soient parfaitement brillants le lendemain. Elle dit que dans un milieu aussi superficiel, la brillance des cheveux peut faire toute la différence.

La respiration tremblante, les mains moites, je pose mes devoirs et me lève du canapé. J'essaie de me concentrer sur le soulagement qui arrivera à la fin de la palpation, quand la douche sera presque terminée. J'essaie de me concentrer sur cette légèreté, ce sentiment de bien-être et d'optimisme qui me durera toute la soirée. J'essaie. De toutes mes forces.

J'entre dans la salle de bains. Maman ne veut pas que je fasse couler l'eau sans elle, elle dit que les robinets ne sont pas faciles à manipuler pour atteindre la bonne température, alors je l'attends. J'enlève mon pantalon, mes sous-vêtements, mon t-shirt. Je grimpe dans la baignoire. Le robinet goutte. J'examine la moisissure bleue et blanche qui s'y est développée. Les pas de Maman se rapprochent et je m'envole. Direction Fantasyland.

28.

Je suis assise sur mon rehausseur à l'arrière du Ford Windstar – à quatorze ans, j'ai encore mon rehausseur. Maman est au volant, nous allons passer voir Dustin à son travail, dans un magasin de loisirs créatifs. Dustin déteste nos visites, mais Maman les adore : je crois qu'elle aime connaître des gens qui travaillent aux endroits qu'elle fréquente, ça lui donne l'impression d'être une VIP. Chaque fois qu'on va voir Marcus au Best Buy ou qu'on entre à Disneyland en passant par la caisse de Papy, son attitude se transforme. Elle se tient droite, elle rayonne. J'adore la voir aussi sûre d'elle.

Maman est au téléphone avec un de nos créanciers pour lui extorquer un délai supplémentaire quand soudain, elle se tourne vers moi.

— J'ai un appel de Susan ! s'exclame-t-elle.

Je sais pourquoi Susan appelle. Hier, j'ai fait un essai caméra pour *iCarly*, une nouvelle série de la chaîne Nickelodeon à propos de préados qui créent une émission sur Internet. Et la semaine prochaine, je suis censée tourner un autre essai pour *Californication*, une série Showtime au sujet d'un homme qui maltraite les femmes. Dans un casting, les essais caméra représentent la dernière étape : à ce moment-là, les agents, les managers et les studios ont déjà commencé à rédiger les contrats. Apparemment, c'est un plus d'être encore en lice pour plusieurs projets à la fois, car les managers peuvent se montrer plus exigeants à la table des négociations – Maman adore dire « à la table des négociations » quand elle discute avec Susan. Il existe aussi une règle un peu bizarre qui veut que le premier studio à faire passer l'essai caméra ait la primeur du choix, vous vous engagez donc à signer avec lui s'il vous sélectionne. Cependant, dans le cas où il ne s'est pas décidé dans le temps imparti, l'autre studio prend la main et c'est auprès de lui que vous êtes engagé.

Étant donné que j'ai déjà passé l'essai pour *iCarly*, la balle est dans le camp de Nickelodeon. L'appel de Susan signifie donc que la chaîne a fait son choix.

Maman a beau être fébrile à l'idée d'avoir Susan en ligne, elle n'en oublie pas pour autant de conclure sa conversation avec le créancier, « Je ne vais quand même pas les lâcher maintenant alors que j'ai poireauté une heure pour avoir quelqu'un au bout du fil ! ».

Fidèle à ses habitudes, elle sanglote et parvient à soutirer un délai supplémentaire à Brandon de chez Sprint PCS, notre fournisseur téléphonique. Dès qu'elle raccroche, ses larmes s'évanouissent. Elle compose le numéro de Susan et étend le bras en arrière vers moi. Je me penche aussi loin que possible pour lui attraper la main, mais la ceinture est trop courte et se bloque avec un « clic ». Impossible d'atteindre Maman.

— Bonjour, Debbie McCurdy au téléphone. Vous pourriez me mettre en communication avec Susan ?

Clic, clic. Maman agite la main pour me toucher, en vain. Nos doigts manquent de s'effleurer.

— Oui, attendez, je dois pouvoir trouver comment on met le haut-parleur.

Elle appuie sur plusieurs boutons au hasard jusqu'à tomber sur le bon, et la voix de Susan jaillit de l'appareil.

— Elle est prise dans *iCarly* ! crie ma manageuse, surexcitée. Elle est prise dans *iCarly* !

Maman fait un grand geste de la main droite, sorte de poing de la victoire un peu raté – tout ce que je constate, c'est qu'elle s'est éloignée de moi et que tout mon corps l'a ressenti. Ce sentiment ne dure qu'une seconde, remplacé par le choc : je viens d'être choisie pour mon premier rôle principal dans une série.

Alors qu'on hurle de bonheur toutes les deux, Maman pénètre dans le parking du magasin de Dustin et va se garer sur une place handicapés – on lui a délivré la carte après le diagnostic de sa diverticulite ; elle était extatique. Sans perdre une seconde, je détache ma ceinture et lui saute dans les bras.

Maman me serre fort contre elle. Je suis sur un petit nuage. À présent, tout va changer. Tout va s'arranger. Maman sera enfin heureuse : son rêve est devenu réalité.

29.

— Oooh, une corbeille de fruits !

Maman dénoue le bolduc et retire l'emballage.

— L'ananas, c'est trop sucré. Tu peux manger le melon.

— D'accord !

Elle détache deux brochettes de melon de la composition mais, alors qu'elle s'apprête à me passer la mienne, elle se ravise et la remet en place.

— Mieux vaut qu'on en partage une.

On se met à grignoter nos bouts de melon taillés en forme de fleur tout en examinant les autres corbeilles posées sur la table de ma loge. Mon agence Coast to Coast m'a envoyé du thé, Susan, une sélection de soins pour le corps et Nickelodeon, un assortiment de fromage et de charcuterie.

— Celui-là, on le rapportera à la maison pour Papy et les garçons, décide Maman.

C'est la première différence notable depuis que je suis actrice principale : je reçois beaucoup de cadeaux. En plusieurs années à faire des « apparitions », je n'en ai jamais reçu – sauf quand j'ai joué dans *Karen Sisco* et que Robert Forster m'a offert un stylo argenté avec mon nom gravé dessus ; il a aussi offert à Maman un fer à cheval en argent, un grand monsieur.

Aujourd'hui, c'est notre premier jour sur le plateau depuis le tournage du pilote, quelques mois plus tôt.

Entretemps, nous avons obtenu un créneau dans la grille des programmes de Nickelodeon pour la rentrée. Les pontes des studios regardent tous les pilotes qu'on leur propose au même moment pour en sélectionner environ un tiers. Seuls ceux-là deviendront une série. Nous faisons partie des heureux élus mais, mieux encore, de tous les projets, le nôtre aura le plus grand nombre d'épisodes. Nickelodeon en a commandé dix ou treize aux autres, contre vingt d'*iCarly*. Maman affirme que c'est sûrement grâce à mon extraordinaire prestation dans le rôle de Sam Puckett, une fille à la repartie cinglante, garçon manqué un peu brut de décoffrage mais avec un cœur d'or, et qui adore manger – ce qui ne manque pas d'ironie, compte tenu de mon rapport à la nourriture.

— Tu es prête à réviser tes répliques, mon ange ?

— Oui, oui.

En réalité, je suis rarement prête à répéter avec Maman. Ces moments me stressent énormément. Je pensais que décrocher ce rôle l'aiderait enfin à se détendre un peu, j'avais tort. Elle reste très critique et moi, très nerveuse.

Je prends une grande inspiration et ouvre la bouche quand on frappe énergiquement à la porte.

— Va ouvrir, me dit Maman avec une tape excédée sur sa cuisse – elle n'aime pas être interrompue.

Je m'exécute. Posé sur la moquette devant la porte violette, un nouveau panier. Celui-là regorge de friandises du style qu'on achète au cinéma : des Milk Duds, des Twizzlers et plusieurs sachets de pop-corn. Au milieu de cet amoncellement trône une carte-cadeau de cent dollars pour l'ArcLight, le cinéma le plus chic que j'aie jamais vu, qui se trouve au bout de la rue des studios Nickelodeon. Avec Maman, on a failli aller voir une séance là-bas pendant la semaine où je tournais le pilote, mais quand elle a vu que la place coûtait 13,75 $, elle a refusé tout net.

— Hors de question de payer ce prix-là pour un film, même en « haute définition ». Je suis sûre qu'il est aussi bien défini ailleurs.

On ne m'a jamais offert une carte-cadeau d'un tel montant. J'en crois à peine mes yeux.

— C'est de la part de Miranda, j'explique à Maman, ébahie. Cent dollars à dépenser à l'ArcLight.

Miranda joue avec moi dans *iCarly*, elle interprète le personnage éponyme, Carly Shay. Douce et féminine, elle décide de créer une émission sur Internet avec ses meilleurs amis Sam – moi – et Freddie – le troisième acteur principal, Nathan. Maman estime que les scénaristes n'ont pas assez développé le rôle de Miranda.

— Cette pauvre petite est juste là pour expliquer ce qui se passe au spectateur. Elle est mignonne, hein. Dommage que son personnage n'ait aucun caractère.

Je continue d'examiner la corbeille, encore sous le choc qu'une autre actrice se montre aussi accueillante avec moi. En général, entre comédiens, la compétition est rude – surtout chez les enfants. Cette attention est aux antipodes de ce à quoi on m'a habituée. Touchée, je tends la main vers les friandises.

— Même pas en rêve, Nettie. C'est très gentil de sa part, mais oublie l'existence de ce tas de sucre. On a un texte à réviser.

30.

— Et celui-là ?

Dans la papeterie Hallmark du centre commercial de Westminster, Maman brandit un panda en peluche. Comme Miranda m'a fait un cadeau pour fêter le début de la saison, on lui en cherche un pour la remercier.

— Regarde, un joli petit panda, et en plus, ça rime avec son prénom : panda, Miranda. C'est mignon, non ?

— Oui, super mignon. Mais on devrait peut-être fouiller encore un peu…

— Écoute, entre la peluche et le journal intime avec la couverture poilue, je pense que ça ira. On y va ?

— D'accord.

Je déglutis. Ça n'ira pas. Miranda m'a offert une carte-cadeau très chère dans un cinéma de luxe. Bref, un cadeau cool. À côté, un animal en peluche et un journal intime poilu, c'est ringard.

Quelques mois en arrière, je n'aurais jamais pensé une chose pareille. Quelques mois en arrière, je pensais encore que mon pantalon arc-en-ciel à pattes d'eph et mes cahiers à paillettes de chez Limited Too étaient cools. Mais depuis que j'ai rencontré Miranda, ma définition de la coolitude a été radicalement bouleversée.

La première fois que je l'ai aperçue, c'était lors de mon essai-caméra pour *iCarly*. Appuyée contre un mur, elle sirotait un Coca-Cola dans une bouteille en verre en envoyant des SMS sur son Sidekick. Ouah, elle avait un portable avec accès à Internet ? Entre ça et le Coca, j'avais clairement affaire à une fille branchée.

On a échangé quelques mots pendant l'essai, juste le temps de faire connaissance, avant qu'on nous pousse dans une salle de conférences pour interpréter nos scènes devant une grande tablée de cadres de Nickelodeon.

Malheureusement, on n'a pas eu la possibilité de discuter beaucoup plus pendant le tournage du pilote. J'avais du mal à surmonter ma timidité, et j'ai eu l'impression qu'elle aussi. Entre les prises, on répétait notre texte ensemble, et on se lançait des « Salut, à demain ! » très enthousiastes le soir en partant, mais ça n'allait pas plus loin.

Cependant, je l'étudiais de loin. Miranda disposait d'une indépendance qui me fascinait. Le midi, elle partait seule à pied chercher un repas à emporter, chaque jour dans un restaurant différent. Seule ! Vous vous rendez compte ? À la fin de la pause déjeuner, je savais toujours quand elle n'était plus très loin parce qu'elle arrivait en écoutant Gwen Stefani ou Avril Lavigne sur les haut-parleurs de son Sidekick. J'avais déjà entendu parler de ces chanteuses, mais je n'avais pas le droit de les écouter. Maman prétendait que leur musique me donnerait de « mauvaises idées ».

Sur le plateau, Miranda disait des gros mots – elle s'exclamait parfois « merde ! » – et elle invoquait le nom du Seigneur en vain au moins cinquante fois par jour. Maman m'a avertie qu'il ne valait mieux pas passer trop de temps avec elle car elle ne croyait pas en Dieu. En revanche, j'avais le droit de fréquenter Nathan, qui était protestant : « Je préférerais qu'il soit mormon, mais c'est déjà ça. »

Malgré les recommandations de Maman, j'avais très envie de devenir amie avec Miranda. Je voulais que sa coolitude déteigne sur moi. Et puis, elle avait l'air gentille, une qualité rare chez les gens cools. Je croisais les doigts pour que, en dépit de notre timidité respective, on parvienne à se rapprocher.

Malheureusement, cela semblait mal parti. À chaque jour qui s'achevait sans que nous ayons échangé nos numéros de téléphone, je sentais s'éloigner la possibilité d'une amitié. Jusqu'à la fin de la semaine de tournage quand Miranda, alors qu'elle s'apprêtait à quitter le plateau, s'est tournée vers moi pour me demander :

— Eh, Jennette ? T'es plutôt MSN ou AIM, toi ?

— Ni l'un ni l'autre, ai-je répondu, pensant qu'elle voulait parler de groupes de musique.

— Tu n'as pas de messagerie instantanée ? s'est-elle exclamée, visiblement surprise.

— Aaaah, pardon, si ! ai-je balbutié avant de choisir au hasard. Euh, plutôt AIM.

J'espérais être crédible, mais je ne savais toujours pas de quoi il s'agissait.

— Cool. Tu n'as qu'à m'ajouter.

— Cool, j'ai répété – et je me suis sentie cool, moi aussi.

Dès que j'ai franchi la porte de la maison, ce soir-là, j'ai rapporté ma conversation à Marcus. Il m'a créé un compte de messagerie et, grâce à AIM, j'ai vraiment pu découvrir Miranda. On échangeait tous les jours et on pouvait discuter des heures entières, elle et moi. Parfois, quand Maman venait voir ce que je faisais, je lui disais que je parlais avec Miranda mais, la plupart du temps, je réduisais la fenêtre et je mentais en prétendant que je faisais mes devoirs. Elle n'insistait pas et quittait la pièce, me laissant libre de reprendre le cours de notre conversation.

Si, en personne, Miranda paraissait timide et introvertie, elle montrait toute sa personnalité à l'écrit. Elle me faisait constamment mourir de rire et elle analysait avec finesse ce qui l'entourait – les gens, les habitudes, la nature humaine. Je l'adorais. Et j'étais folle de joie qu'on soit en train de devenir amies.

Et maintenant, le tournage va reprendre et les idées débiles de Maman vont tout gâcher.

De retour au studio, je pose la pochette-cadeau devant la porte de la loge de Miranda, je frappe trois coups et je pars en courant. Je n'ai aucune envie de voir sa réaction quand elle va déballer le panda en peluche et le journal poilu. J'ai trop honte.

La journée se déroule normalement et Miranda ne fait pas mention des cadeaux. Je commence à craindre que notre amitié soit morte et enterrée.

Puis, après le travail, alors qu'on se dirige vers le parking avec nos mamans, elle finit par se tourner vers moi. Avec un petit rire nerveux, elle me dit :

— Merci pour la peluche. Elle est trop mignonne.

— De rien.

— Et pour le journal, aussi. J'avais très envie de me remettre à écrire.

— Génial.

Elle me sourit et je devine qu'elle dit ça pour être gentille. Elle n'était pas obligée.

— On se parle tout à l'heure sur AIM ! conclut-elle avec un geste de la main.

— À toute ! je réponds avec un peu trop d'enthousiasme.

Même si elle n'a pas aimé son panda ni son journal poilu, même si elle m'a simplement dit merci par politesse, elle veut toujours qu'on soit amies. Qu'est-ce que j'aurais fait sans AIM !

31.

Je suis enfermée dans une cabine d'essayage, dans les loges qui se trouvent derrière le plateau de tournage de la série. Les bras croisés, je tapote nerveusement par terre du bout du pied. Je ne veux pas ouvrir le rideau.

— Allez, Nettie, sors de là. Elles vont prendre une photo et ce sera réglé.

— D'accord.

J'obéis et, aussitôt, mes joues s'embrasent. Je déteste savoir mon corps ainsi exposé. Il y a dans cette quasi-nudité une sexualisation implicite qui me fait horreur. J'ai honte.

— Tu es super bien ! me crie l'assistante costumière depuis l'autre bout de la pièce, sans lever les yeux de sa machine à coudre – elle est constamment en train de coudre.

J'ai peur que « super bien » signifie quelque chose de sexuel. Je croise de nouveau les bras pour cacher ma poitrine et je voûte les épaules afin qu'elles forment une petite caverne qui me protégera. Je ne veux rien évoquer de sexuel. Je veux avoir l'air d'une enfant.

— J'insisterai pour qu'ils choisissent le une-pièce, mais je te remercie d'avoir joué le jeu pour le bikini, me dit la cheffe costumière, qui se fait un chignon rapide qu'elle fixe avec des baguettes chinoises.

— Pas de problème, je marmonne.

Je suis incapable de les regarder dans les yeux, elle ou Maman, assise sur un escalier dans un coin.

— Baisse les bras, mon ange, m'intime Maman. Ça te donnera l'air plus détendu.

Je baisse les bras. Je ne me sens pas plus détendue.

— Tiens-toi droite ! ajoute-t-elle en mimant le mouvement.

Je redresse les épaules pour adopter la posture qu'elle adore et que je déteste. Je n'aime pas bomber le torse. Je ne suis pas fière de ma poitrine, de mes minuscules bouts de seins et je n'ai aucune envie de les mettre en avant. Je déteste cet essayage, je voudrais qu'il soit terminé. J'ai demandé poliment si je ne pouvais pas me contenter d'essayer des maillots une pièce avec un bermuda – je suis beaucoup plus à l'aise bien couverte –, mais la costumière a dit que le Créateur avait exigé des deux-pièces ; elle devait donc m'en faire enfiler un ou deux pour lui laisser le choix.

— Avance un peu pour la photo, reprend la costumière.

Elle brandit son Polaroïd, je fais quelques pas et elle prend le cliché.

— Maintenant, qu'est-ce que tu en penses ? Tu as envie de voir ce que donne le dernier deux-pièces ? propose-t-elle d'une voix enjôleuse.

Je ne sais jamais comment réagir quand un adulte surjoue l'enthousiasme pour me faire oublier qu'il me demande un truc qui me rebute.

— Je suis… Euh, je suis obligée ? je bredouille. On ne peut pas s'arrêter à celui-là ?

— C'est qu'il veut avoir le choix, souligne la costumière avec une moue qui signifie « Tu sais comment il est ! »

Hélas, sa grimace ne m'évoque pas grand-chose, étant donné que non, je ne sais pas comment il est. Je ne connais pas vraiment le Créateur. Les rares fois où je l'ai croisé, il m'a paru expansif et enjoué, mais Maman m'a dit qu'elle avait entendu des rumeurs parmi les techniciens : apparemment, il peut « partir au quart de tour », et il vaut mieux « éviter de se le mettre à dos ».

Je me tripote les ongles.

— Allez, Nettie, un dernier, insiste Maman.

— D'accord.

J'essaie le dernier maillot. Il est bleu avec un liseré vert et des liens sur les côtés de la culotte. Je déteste voir les liens retomber sur mes cuisses, j'en ai la nausée. Je m'examine dans le miroir.

Je suis encore petite et menue, je le sais. Mais mon corps a commencé à se rebeller. On dirait qu'il essaie de se développer, de grandir. J'ai l'impression de devoir me battre de toutes mes forces pour retenir ma morphologie de petite fille et l'innocence qui l'accompagne. Je suis terrifiée à l'idée qu'on me sexualise. Ça me dégoûte. Moi, je suis une enfant.

Je sors de la cabine. La costumière prend une photo.

— Tu es super bien ! crie encore l'assistante costumière sans lever les yeux de sa machine.

32.

Nos lèvres se touchent. Il remue la bouche, pas moi. Je n'y arrive pas, je suis tétanisée. Il a les paupières fermées, pas moi. Au contraire, j'ai les yeux grands ouverts, fixés sur lui. C'est tellement bizarre de regarder quelqu'un alors que nos visages se touchent. L'effet me déplaît. Je sens l'odeur du gel dans ses cheveux.

— Bouge un peu plus la tête, Jennette ! crie le Créateur, hors champ.

Parfois, au beau milieu d'une scène, le producteur ou le réalisateur nous crient des indications. Du moment qu'ils ne parlent pas pendant nos répliques, le monteur pourra effacer leurs paroles en post-production.

Je m'efforce d'obéir, vraiment, mais j'en suis incapable. Mon esprit me souffle qu'on s'en fiche que ce soit mon premier baiser et qu'il se produise sous l'œil des caméras – finissons-en, fais ce qu'on te demande. Mon corps refuse de céder, il répond non, je ne veux pas. Je ne veux pas que mon premier baiser ait lieu dans ces circonstances. Je veux que mon premier baiser soit un vrai baiser, et pas un simulacre pour la télé.

Ce côté fleur bleue chez moi m'agace. Il me fait honte. Maman a pourtant été claire : les garçons sont une perte de temps, ils ne pourront que me décevoir et je dois me concentrer sur ma carrière. Elle a raison. J'essaie donc d'ignorer ce désir de romantisme mais, en dépit de mes efforts, il est là. Depuis un certain temps, d'ailleurs.

À cause de lui, je me pose des questions sur les garçons, sur ce que ça fait d'être amoureuse. Je me demande si l'un d'eux m'aimera, un jour. Je m'imagine admirer les feux d'artifice de Disneyland avec un petit ami, lui tenir la main, poser la tête sur son épaule, rire avec lui. Avant, je me posais aussi des questions sur le premier baiser. Comment ça fonctionne ? On ne peut pas exactement s'entraîner avant le jour J, alors, le moment venu, est-ce qu'il suffit de se laisser aller ? Est-ce que c'est compliqué ? Ça a quel goût ? Désormais, j'ai mes réponses.

Oui, on peut essayer de se laisser aller. Si vous êtes comme Nathan, mon partenaire dans cette scène, ça a l'air de marcher ; si vous êtes comme moi, pas du tout : je reste focalisée sur le moindre détail, mon cerveau tourne à cent à l'heure et je n'ai qu'une hâte, que ce soit terminé. Oui, c'est compliqué. Et ça a un goût de baume à lèvres.

Est-ce que tout ceci serait différent si j'étais amoureuse ? C'est peut-être ça, l'ingrédient secret, la pièce manquante du puzzle. Peut-être que si j'embrassais quelqu'un que j'aime, je vivrais un moment magique et inoubliable plutôt que cet atroce déferlement d'angoisse.

— Coupez ! crie le Créateur, la bouche pleine.

Il s'approche lentement de nous. À la main, il tient une assiette en carton sur laquelle s'empilent du fromage et des mini-barres chocolatées encore dans leur emballage. L'équipe technique s'écarte sur son passage comme la mer Rouge.

Le Créateur se poste devant moi et me fixe sans rien dire durant quatre ou cinq secondes. Je suis sur le point de rire – il doit me taquiner, ça lui arrive parfois – quand je perçois soudain la violente colère qui émane de lui. Ce n'est pas le moment de rire. Enfin, il parle.

— Jennette. Bouge. Ta. Tête.

Puis il tourne les talons.

— QU'EST-CE QUE VOUS ATTENDEZ ? hurle-t-il aux caméramans.

On lance une nouvelle prise. Je parle sans avoir la moindre idée de ce que je dis, mais j'imagine que je suis le script étant donné que personne ne m'arrête pour me signaler que je raconte n'importe quoi. J'ai l'impression d'avoir été remplacée par un automate. J'ai le cœur qui cogne, les mains moites. On arrive au moment du baiser. C'est maintenant c'est maintenant c'est maintenant.

On se penche l'un vers l'autre. Nos lèvres se touchent. C'est dégoûtant, des lèvres, ces deux petits tas de chair molle. C'est dégoûtant, un être humain.

Zut, je suis censée bouger la tête. J'essaie. D'avant en arrière, d'avant en arrière, je remue comme je peux. Rien ne me paraît naturel là-dedans, je suis sûre que ça se voit. Enfin, Nathan – ou plutôt son personnage, Freddie – se redresse.

— Coupez ! crie le Créateur.

À son ton, je devine qu'il n'est pas satisfait.

— On a le temps d'en refaire une ? demande-t-il à l'assistant réalisateur.

— Pas vraiment, chef. Il faut qu'on enchaîne sur la scène J si on veut boucler le planning comme prévu.

— Très bien, crache le Créateur. C'était loin d'être parfait mais ça devra suffire, on passe à la suite. Je vais au catering.

Et il quitte le plateau, furieux, pour aller chercher des chips, un bagel ou un bol de minestrone. Je le suis des yeux, déçue de n'avoir pas été à la hauteur.

— Eh, ça y est, c'est fini ! me dit gentiment Nathan, qui savait que j'étais très nerveuse à l'idée de devoir tourner cette scène avec lui.

— Oui, j'acquiesce avec un petit rire tendu. C'est fini !

Mon premier baiser a eu lieu.

Et techniquement, vu qu'on a fait sept prises, mon deuxième, mon troisième, mon quatrième, mon cinquième, mon sixième et mon septième aussi.

33.

— Rappelle-toi de sourire, surtout, ordonne Maman tandis qu'elle change de voie sur la 405. Et montre tes dents. Quand tu souris la bouche fermée, tu as l'air un peu triste.

Ce midi, nous avons rendez-vous pour déjeuner avec le Créateur. Je suis stressée parce que, d'après Maman, il y a beaucoup en jeu. Il va peut-être m'annoncer qu'il veut développer une série dérivée juste pour moi – il lui arrive très souvent de créer des spin-offs autour des personnages qu'il a déjà à l'écran. J'ai voulu dire à Maman qu'il serait plus sage de tempérer nos attentes, mais j'ai tenu ma langue. Elle est de meilleure humeur quand elle a un projet en vue.

— Et n'oublie pas de lui montrer que tu t'intéresses à tout ce qu'il raconte ! reprend-elle. Implique-toi dans la conversation, et essaie d'ouvrir grand les yeux pour les faire ressortir !

J'acquiesce à chaque conseil.

— L'une de nous pourrait mentionner mon cancer, tiens, histoire de bien nous le mettre dans la poche. Je peux m'en charger, si tu veux…

— D'accord.

— Super. Super, super, super, conclut Maman, ravie.

Nous arrivons pile à l'heure au restaurant. Le Créateur est déjà là, ses lunettes de soleil sur les yeux alors qu'on est à l'intérieur. Dès qu'il nous aperçoit, il les remonte sur son crâne et se lève. Il étreint brièvement Maman puis me serre fort dans ses bras. Il me fait décoller du sol.

— McCurdy-Curds ! s'exclame-t-il une fois qu'il m'a reposée. Ma petite actrice préférée !

Il remet ses lunettes sur son nez. Maman rayonne.

— Tu sais, je travaille avec un paquet de jeunes actrices. La plupart d'entre elles sont jolies, certaines sont rigolotes, mais aucune d'entre elles ne possède ton talent.

Si Maman continue de sourire comme ça, elle va s'ouvrir le visage en deux. Moi, je souris avec les dents, comme elle me l'a expliqué.

— Merci.

— Je le pense, continue le Créateur en se servant une cuillère du tartare de thon qu'il a commandé en nous attendant. Aucune ne t'arrive à la cheville. Tu pourrais remporter un Oscar, un jour.

C'est comme ça que commencent la plupart des conversations avec le Créateur. Il vous couvre de compliments tout en dénigrant les autres acteurs avec lesquels il travaille. Bien sûr, ces compliments font plaisir. L'avis du Créateur a beaucoup d'importance pour moi : c'est grâce à lui que j'ai un rôle principal dans une série, et grâce à lui que ma famille n'a plus à s'inquiéter des questions d'argent. Cependant, je me demande s'il n'essaierait pas de nous monter les uns contre les autres. Est-ce qu'il dit les mêmes choses à chacun d'entre nous afin qu'on se tienne à carreau tout en pensant être dans ses petits papiers ?

Il faut dire qu'après une saison entière à fréquenter le Créateur, j'ai pu me faire une idée assez précise de son fonctionnement.

Selon moi, le Créateur a deux facettes bien distinctes. L'une des deux est généreuse et flatteuse à l'extrême et, quand il l'adopte, on peut avoir l'impression d'être la personne la plus importante du monde. J'en ai été témoin. Par exemple, un jour, il a encouragé toute l'équipe et les acteurs à applaudir et acclamer notre décorateur pendant plus de cinq minutes pour le féliciter d'avoir construit un décor de prison en deux jours. Un autre, il a prononcé un discours de remerciement pour notre coordinateur de cascades, et l'a ému aux larmes. Bref, le Créateur est capable de vous porter aux nues.

L'autre facette est mesquine, autoritaire et terrifiante. Le Créateur n'hésitera pas à vous démolir et à vous ridiculiser. Ça aussi, j'en ai été témoin. Une fois, sur un coup de tête, il a viré un enfant de six ans qui avait confondu deux répliques pendant les répétitions. Une autre, il s'est jeté sur un perchiste qui avait malencontreusement laissé le micro apparaître dans le champ de la caméra ; il lui a hurlé qu'il venait de gâcher une prise extraordinaire et qu'il espérait que l'autre le regretterait jusqu'à la fin de ses jours. J'ai vu le Créateur faire pleurer des adultes, hommes et femmes, rien qu'avec ses insultes et ses humiliations. Il traite les gens d'abrutis et de crétins, il les accuse d'être stupides, débiles, négligents, écervelés, attardés et lâches. Bref, le Créateur est capable de vous détruire moralement.

Au fil du temps, j'ai donc appris à me méfier de ses louanges et à ne pas leur prêter trop d'importance. Je sais que, du jour au lendemain, il peut me hurler au visage des insultes qui me feront d'autant plus mal que je me serai laissé amadouer par ses compliments. Avec lui, je reste sur mes gardes, et je prends soin de lui donner exactement ce qu'il attend de moi, émotionnellement parlant. Au fond, en sa présence, je me comporte comme avec Maman : terrifiée à l'idée de commettre le moindre faux pas, je m'efforce de tout faire pour recevoir son approbation. Me voilà aujourd'hui coincée entre eux deux. Pour moi, la tension est à son comble.

Le Créateur commande plusieurs plats à partager, un truc avec du homard, des pâtes avec une sauce à la viande et des pains pita. Si j'en avale une miette, Maman sera fâchée, mais si je ne touche à rien, le Créateur va se vexer. Il voudra savoir si c'est parce que je n'ai pas confiance en lui, ou parce que je pense qu'il a mauvais goût. En fin de compte, je remue la nourriture du bout de ma fourchette avec entrain, dans l'espoir de faire croire au Créateur que je suis en train de manger tout en montrant à Maman que je ne prends pas une bouchée.

— Bien, la raison pour laquelle je vous ai invitées à déjeuner…

Le Créateur s'interrompt pour boire une longue gorgée de son old fashioned sous le regard captivé de Maman, qui croise les doigts pour qu'il finisse sa phrase avec les mots dont elle rêve.

— Avant toute chose, reprend-il comme pour prolonger le suspense, j'ai une question à te poser. Est-ce que ça te plaît d'être reconnue dans la rue ? D'être célèbre ?

— Et comment ! s'empresse de répondre Maman. Elle adore ça ! Et les fans l'adorent, elle aussi. Ils lui disent presque toujours que Sam est leur personnage préféré !

Je triture les pâtes dans mon assiette.

— Alors tant mieux, approuve-t-il. Parce que ça ne va pas s'arranger !

Maman se met à respirer de plus en plus vite.

— J'ai décidé de donner à Jennette sa propre série télé !

Maman en lâche sa fourchette d'excitation et l'objet tombe en clinquant dans son assiette.

— J'ai même déjà trouvé le titre. *Just Puckett.* C'est sympa, tu ne trouves pas ? me demande-t-il avec un sourire arrogant.

— Oh oui, c'est vraiment super sympa ! s'extasie Maman.

— Bon, ce ne sera pas pour tout de suite, parce qu'*iCarly* marche trop bien pour le moment, ajoute le Créateur pour tempérer l'enthousiasme de Maman, qui hoche la tête, docile. On va devoir attendre deux ou trois ans. Mais si tu continues comme ça, si tu m'écoutes bien et que tu suis mes conseils, si tu me laisses te guider dans ce métier, je te promets que je te créerai ta propre série, rien qu'à toi.

— Merci, merci ! dit Maman, les larmes aux yeux. Mon bébé a tant travaillé pour ça, elle le mérite !

Elle me lance un regard insistant pour que je pense à sourire avec les dents. Je m'exécute. Pourtant, je suis inquiète. Le Créateur a été très clair : son offre est soumise à conditions. Je vais devoir l'écouter, suivre ses conseils, le laisser me guider. Et bien qu'une partie de moi apprécie cet homme, une autre partie en a peur. L'idée de devoir me plier à toutes ses exigences me met mal à l'aise.

— Pourquoi tu n'as pas l'air plus contente ? s'agace Maman sur le trajet du retour. Tu vas avoir ta propre série !

— Si, si, je suis contente, dis-je pour lui faire plaisir. Très contente.

— J'espère bien, commente Maman en me jetant un coup d'œil dans le rétroviseur. Tout le monde voudrait avoir ta chance.

34.

Cela fait désormais presque trois ans que je suis à l'affiche d'*iCarly* et, d'une certaine façon, ma vie est plus facile. Mon amitié avec Miranda représente un précieux soutien émotionnel. Je suis aussi amie avec le reste des acteurs, mais Miranda et moi sommes unies par un lien particulier. On se skype le week-end et on va voir des films à l'ArcLight après le travail – à présent, j'y vais deux fois par semaine. Maman nous accompagne toujours et en général, au milieu de la séance, elle se penche vers moi pour me chuchoter « C'est vrai que c'est très bien défini » d'un air résigné.

Plus important encore que ma relation avec Miranda, il y a l'évolution de Maman. Elle est beaucoup moins angoissée, en particulier au sujet de ses deux plus grandes sources de stress, à savoir l'argent et mon corps.

Je touche désormais un salaire régulier qui contribue à apaiser Maman ; cependant, elle ne rate jamais une occasion de claironner ce qu'elle pense du montant de mes cachets.

— Ils devraient avoir honte de ce qu'ils te payent ! me répète-t-elle chaque jour dans ma loge pendant qu'elle m'habille. Des clopinettes, comparé à ce que tu pourrais gagner sur une chaîne publique. Des clopinettes ! Et puis, on ne touche même pas de royalties avec Nickelodeon. Ils devraient s'appeler Nickelo-radins, plutôt.

En dépit de ses récriminations, je sais qu'au fond, elle est soulagée. On a fait du chemin, en quelques années : le loyer est payé rubis sur l'ongle et elle n'a plus besoin de supplier nos créanciers au téléphone.

Elle continue de surveiller mes repas mais, parfois, elle me laisse manger sur le plateau. Mes dîners se résument souvent à une feuille de salade, un pschitt de vinaigrette en spray et deux ou trois morceaux de salami pauvre en calories, et j'ai droit à deux cookies WeightWatchers pour le dessert. En revanche, mes petits-déjeuners ont radicalement changé. Déjà, j'en prends un, ce que je pensais inimaginable, et en plus, Maman me sert des céréales Honeycomb avec du lait demi-écrémé. Même pas écrémé ! Bon, je sais que les Honeycomb sont « parmi les céréales sucrées les plus faibles en calories », d'après Maman – 160 calories pour 40 grammes –, mais tout de même, c'est dingue. Elle ne m'a jamais autant encouragée à manger.

Une petite partie de moi se demande si Maman ne ferait pas ça uniquement parce que Miranda et Nathan petit-déjeunent et déjeunent dans notre salle de classe commune, et que cela paraîtrait bizarre que je ne les accompagne pas, ou que je mange beaucoup moins qu'eux. Je ne lui pose pas la question. Je la laisse faire.

Mon corps se transforme. Les mamelons enflés sur mon torse sont devenus de minuscules seins qui deviennent de plus en plus difficiles à dissimuler avec ma technique habituelle – maillot de corps tiré au maximum et coincé dans l'élastique de la culotte. J'ai aussi de l'acné, c'est nouveau, bizarre et gênant. Cette année, j'ai commencé à porter du fond de teint sur le plateau, puis pendant mes jours de congés. Avant, je détestais le maquillage, et maintenant, je veux en mettre tout le temps. Pour me cacher derrière.

Depuis peu, je me rase les jambes, aussi. Enfin, Maman me rase les jambes, vu qu'elle continue de me doucher à seize ans. Je ne savais même pas que j'étais censée m'épiler mais, un jour, j'ai surpris la mère d'une de mes co-stars faire une remarque moqueuse à la co-star en question au sujet de mes « jambes poilues » avec un rire qui n'a cessé de me hanter depuis, et que j'entends chaque fois que le rasoir se pose sur ma peau.

Maman est donc moins stressée pour les factures et pour mon alimentation, mais entre mes jambes lisses, mes seins qui se développent, mes rougeurs et mes boutons, je ne sais plus trop quoi penser de mon corps.

Peu à peu, la série a fini par s'imposer. Susan parle régulièrement de « phénomène culturel », de « succès international ». Et ma courbe de popularité suit celle de la série. J'ai déjà foulé le tapis rouge un nombre incalculable de fois, pour des soirées de gala, des cérémonies de remise de prix, des avant-premières. Je suis passée dans plusieurs talk-shows réputés comme *Good Morning America*, *The Today Show*, ou l'émission de Craig Ferguson et celle de Bonnie Hunt.

Je ne peux plus me rendre nulle part sans être reconnue. Je ne peux plus aller à Disneyland, mon endroit préféré, parce que la dernière fois, une telle foule s'est massée autour de moi sur Main Street qu'on a dû interrompre la grande parade de Noël en plein défilé. Dingo avait l'air furieux.

L'ampleur de cette célébrité me met dans un état d'angoisse que je n'aurais pas cru possible. Je sais que tout le monde m'envie, d'ailleurs tout le monde me dit que j'ai une chance inouïe, mais j'en ai horreur. Je suis sur les nerfs dès que je dois quitter la maison car je crains que des inconnus viennent me solliciter. Parler avec des inconnus m'effraie beaucoup.

Les gens m'interpellent et me crient des choses comme « SAM ! Il est passé où, ton poulet frit ? » ou « Tu veux bien me frapper avec ta chaussette de beurre ? » La chaussette de beurre est un accessoire que mon personnage utilise souvent et c'est exactement ce que vous imaginez : une chaussette remplie de beurre. Mon personnage se promène avec pour pouvoir « mettre des raclées » aux gens.

Quand on me parle de poulet ou de chaussette, je fais semblant de rire, ha ha, quelle bonne blague. Mais je l'ai déjà entendue mille fois, cette bonne blague. Et non seulement elle n'était déjà pas terrible à la base, mais la répétition n'arrange rien. Je n'en reviens pas du nombre de personnes qui se croient originales alors qu'elles disent toutes la même chose.

Les gens sont si décevants. Si agaçants. Si dégoûtants, même, parfois. Je ne saurais pas dire exactement quand j'ai adopté une vision du monde aussi pessimiste, mais je sais que c'est relativement récent, et que la célébrité a quelque chose à voir là-dedans. J'en ai assez que les passants m'abordent comme si je leur appartenais, comme si je leur devais quelque chose. Je n'ai pas choisi cette vie. Maman l'a choisie pour moi.

Mon anxiété me pousse à vouloir contenter tout le monde, alors je me laisse prendre en photo, je signe des autographes, et je dis ha ha, quelle bonne blague. Mais sous cette anxiété s'enfouissent des sentiments auxquels je refuse de faire face. J'ai peur d'être aigrie. Je suis trop jeune pour être aigrie, surtout à cause d'une vie que la plupart des gens sont censés jalouser. Et j'ai peur d'en vouloir à ma mère. Celle pour qui j'ai tout donné. Mon idole. Mon modèle. L'amour de ma vie.

Ces sentiments dérangeants surgissent quand je pose pour une photo avec un inconnu et que, du coin de l'œil, j'aperçois Maman qui mime le sourire qu'elle attend de moi.

Quand elle exhorte la personne qui prend la photo à « en faire encore une ! Ou deux, même, au cas où ! » alors qu'elle sait à quel point je déteste ces moments.

Quand elle me force à m'exercer pour mes autographes parce qu'elle estime que je les bâcle, et qu'elle insiste : « M majuscule, C minuscule, C majuscule, U, R, D, Y, il faut qu'ils puissent bien lire chaque lettre ! »

Ou encore lorsqu'elle m'indique quelle petite phrase ajouter pour accompagner ma signature. En ce moment, Maman insiste pour « Rendez-vous au ciné !!! » et je serais bien incapable de vous expliquer son raisonnement. Je ne passe pas au cinéma, je passe à la télé. Pire, je passe sur une chaîne pour enfants, ce qui peut presque garantir que je ne jouerai plus jamais dans un vrai film. Il est bien connu que, pour un ex-enfant-star, développer une carrière à Hollywood à l'âge adulte relève de la mission quasi impossible – même quand on a eu la chance de se voir offrir des rôles sérieux par des réalisateurs respectables. Alors si, en plus, on a débuté sur une chaîne pour enfants, adieu le cinéma. On a acquis une image lisse et superficielle, à laquelle le grand public nous associera pour toujours. À la seconde où l'enfant-star essaiera de s'en affranchir, les médias ne feront qu'une bouchée de lui : on le décrira comme rebelle, torturé, provocateur. Pourtant, il ne cherche qu'à grandir. Et pour grandir, on a besoin d'essayer des choses, de se prendre les pieds dans le tapis et de faire un paquet d'erreurs. Qui voudrait commettre ces erreurs devant la planète entière ? Qui voudrait que ces erreurs le définissent pour le restant de ses jours ? Hélas, c'est ce qui arrive à ces enfants. Pour eux, la célébrité est un piège. Une voie sans issue. Et Maman a beau se voiler la face, moi, j'en ai bien conscience.

Je ne pensais pas ça possible, mais mon nouveau statut a creusé un fossé entre nous. Elle voulait tout cela. Et je le voulais pour elle, je voulais qu'elle soit heureuse. Maintenant, elle est heureuse et moi pas. Son bonheur m'aura coûté le mien. J'ai l'impression qu'elle s'est servie de moi. Qu'elle m'a exploitée.

Parfois, je la regarde et je me surprends à la haïr. Et aussitôt, je me déteste d'avoir ressenti ça. Je me dis que je ne suis qu'une ingrate. Que, sans elle, je ne serais rien. Elle est tout pour moi. Alors je ravale cette pensée que je n'aurais jamais dû avoir, je lui dis « Je t'aime, petite Maman chérie ! » et je fais semblant d'oublier ce qui vient de me traverser la tête. Cela fait si longtemps que je fais semblant pour le travail, si longtemps que je fais semblant pour Maman. Je commence à me demander si je ne fais pas semblant pour moi aussi.

35.

Nous sommes dimanche et toute la maisonnée est encore endormie. Après avoir réchauffé le mug de thé à la framboise que j'ai préparé pour Maman il y a une heure – son préféré –, je vais la réveiller.

— Maman, je souffle, je t'ai apporté un thé.

— Nnnnnn, marmonne Maman dans son sommeil.

Et elle se retourne. Un œil nerveux sur l'horloge, j'hésite. Est-ce que je dois insister ? C'est la troisième fois que je viens la trouver et, d'un point de vue logistique, ma dernière chance pour qu'elle se lève à temps.

— Maman, je répète un peu plus fort. Il faut qu'on parte dans vingt minutes si on veut arriver à l'heure à l'église.

— NNNNN, fait Maman, agressive.

— Tu ne veux pas y aller ?

— Mmmmmh… Trrr fatiguée…, grommelle-t-elle.

Elle se force à déglutir et reprend :

— Je travaille trop, en ce moment. Je suis trop fatiguée.

Puis elle enfonce le visage dans son oreiller et, bientôt, sa respiration se fait profonde. Je la fixe du regard.

Moi aussi, je suis fatiguée. Moi aussi, je travaille dur. D'ailleurs, je pense même que je travaille plus que Maman. Et soudain, je me sens coupable d'avoir pensé ça.

« Elle fait tous les jours l'aller-retour en voiture pour m'emmener au travail, c'est sûrement fatigant », suggère une partie de mon cerveau.

« Oui, enfin, pendant le trajet, je fais mes devoirs et j'apprends mon texte, ensuite je passe dix heures au studio à répéter, à jouer et à rester parfaitement concentrée sous les projecteurs, avec une énorme pression sur les épaules, pendant qu'elle est assise dans les loges à feuilleter *Woman's World* en papotant avec les autres mamans », réplique une autre partie de mon cerveau.

J'essaie de refouler cette querelle interne qui ne m'aide pas à résoudre mon problème immédiat : est-ce qu'on va à la messe ?

Cela fait six mois que nous ne sommes pas allés à l'église – un record, pour ma famille. Cette situation m'inquiète et je le mentionne régulièrement à Maman – pas trop, pour ne pas lui casser les pieds –, mais elle se contente de me rassurer avec des phrases comme :

— Oh, on y retournera bientôt, dès que les choses se seront un peu calmées de notre côté.

Je trouve étrange qu'on ait arrêté d'aller à l'église pile au moment où ma carrière décollait et que sa santé se stabilisait. Un soir, alors qu'on rentrait du studio, j'ai voulu en parler à Maman et elle s'est mise à hurler qu'elle allait perdre le contrôle du véhicule et m'a accusée de lui provoquer un stress immense qui nous mettait toutes les deux en danger. J'ai pris note de ne plus jamais aborder le sujet.

Mais aujourd'hui, alors que je la regarde se rendormir, je commence à accepter pour la première fois que l'époque où nous allions à la messe est probablement révolue. Il faut croire que Makaylah avait raison.

Avant, je pensais que devenir inactif était une faute honteuse, un terrible péché. Peut-être qu'en réalité, c'est un signe que les choses s'arrangent.

Peut-être que les gens ne vont à l'église que lorsqu'ils ont quelque chose à demander à Dieu. Ils continuent d'y aller tant qu'ils espèrent, tant qu'ils ont encore besoin de prier pour que cette chose advienne. Et peut-être qu'une fois qu'ils ont obtenu ce qu'ils voulaient, ils se rendent compte qu'ils n'ont plus besoin de la religion. Que reste-t-il à demander à Dieu quand les mammographies ne montrent plus aucune trace de cancer et que Nickelodeon vous paye pour passer à la télé ?

Je laisse Maman dormir et je vais me pencher sur mon script pour le lendemain.

36.

— J'ai mal au ventre, dis-je à Maman sur le trajet du studio.

Nous revenons de l'ArcLight Café, où nous avons déjeuné rapidement avec Susan, ma manageuse. Maman et moi avons partagé une salade Cobb sans fromage, sans œuf, sans bacon, sans croûtons et sans vinaigrette, restaient donc une feuille de laitue et trois bouts de poulet grillé.

— Peut-être que c'est le poulet qui ne passe pas ? suggère Maman.

— Peut-être.

Nous descendons Sunset Boulevard en courant pour rejoindre le plateau. Je n'ai qu'une demi-heure de pause le midi, alors quand on veut déjeuner dehors, on doit mettre le turbo.

— Des paparazzis ! Vite, souris ! ordonne Maman.

En bonne petite marionnette, j'enfile aussi sec le masque niais qu'on attend de moi. Je n'ai même pas repéré les photographes. J'ai le regard vide et mon cerveau est aux abonnés absents, mais je souris. C'est tout ce qui compte.

Flash, flash, flash ! La lumière m'aveugle.

— Bonjour, Glen ! crie Maman à un paparazzi comme si elle saluait un voisin.

— Bonjour, Deb ! répond Glen tout en marchant à reculons pour continuer de me prendre en photo.

Je trouve cette interaction aberrante, mais Maman ne semble pas y voir quoi que ce soit d'anormal.

Dès que nous franchissons le portail des studios Nickelodeon pour entrer sur le parking, mon sourire s'évanouit. Nous nous dépêchons de rejoindre ma loge pour que je puisse enfiler le costume de la prochaine scène, puis je passe aux toilettes faire pipi. C'est là que je le vois.

Le sang. Dans ma culotte. Aussitôt, j'ai la tête qui tourne. Je ne suis pas sûre de ce qui m'arrive, mais je crois que j'ai mes règles.

La première fois qu'on m'a expliqué ce qu'étaient les règles – enfin, si l'on peut dire –, c'était il y a six ans. J'avais dix ans et ma voisine, Teresa, dix ans et onze mois. Une différence d'âge impossible à ignorer étant donné que Teresa prenait soin de me la faire sentir – quand elle ne me la rappelait pas explicitement.

— Tu sais ce que c'est, les règles ? m'a-t-elle lancé un jour.

— Ça dépend, ai-je répondu – je ne savais pas à quel jeu elle voulait jouer.

— Pas ces règles-là, a-t-elle soupiré. J'étais sûre que tu ne saurais pas, vu que tu es plus petite que moi et que je sais beaucoup plus de choses.

— Si, si, ai-je affirmé – peut-être qu'elle parlait des règles de politesse ? –, je les connais, les règles.

— Mais non, pas celles-là. Les AUTRES règles.

Je me suis creusé la tête. De quoi pouvait-elle bien parler ? Puis j'ai compris.

— Ah oui, les règles ! ai-je acquiescé, fière de moi – j'en avais même une dans ma trousse, pour les exercices de géométrie.

— Tu sais ce que c'est ? a répété Teresa, peu convaincue.

— Évidemment.

— Eh bien, j'ai eu les miennes. Au début, ça m'a fait peur de voir le sang, mais ma maman m'a expliqué comment me servir d'une serviette, et tout. Ensuite, avec toutes les femmes de ma famille, on est allées manger à HomeTown Buffet pour fêter ça.

— Pour fêter quoi ? ai-je demandé.

J'avais posé la question d'un ton détaché, car j'essayais désespérément de saisir de quelles règles il était question. J'avais compris que ce n'était pas l'outil de géométrie ; personne n'aurait pris la peine d'aller au restaurant pour un bête objet.

— Le fait que je devenais l'une d'entre elles. Je suis une femme, maintenant.

À l'entendre, Teresa avait attendu ce moment toute sa vie, comme si devenir une femme était un but enviable, un changement romantique et extraordinaire. De mon côté, j'étais perplexe. J'étais jalouse de plusieurs choses chez Teresa : son flipper, sa collection de Barbie – surtout celles aux cheveux courts que Maman refusait de m'acheter parce qu'elle craignait que ça me donne envie de couper les miens – et même son dîner surprise chez HomeTown Buffet, un restaurant avec buffet à volonté trop onéreux pour ma famille. Mais je ne l'enviais pas d'être devenue une femme. C'était bien la dernière chose que je désirais.

À présent, assise sur la cuvette avec ma culotte tachée entre les genoux, j'en suis sûre. C'est de ça que parlait Teresa.

— Euh… Maman ? j'appelle.

Elle me demande ce qu'il y a, et je me force à ravaler ma gêne pour pouvoir répondre.

— Je crois que je saigne.

La porte s'ouvre avec fracas avant que j'aie pu prononcer la dernière syllabe de « saigne » et Maman me prend dans ses bras pour me serrer fort contre elle. Je suis toujours sur les toilettes.

— Oh, ma chérie, murmure-t-elle d'un ton grave, le ton de quelqu'un qui réconforte une amie qui vient de perdre son chaton adoré. Oh, ma chérie, je suis tellement désolée.

Elle enroule un long ruban de papier hygiénique autour de sa main et me dit de le caler dans mes sous-vêtements pendant qu'elle va chercher Patti, mon enseignante.

Je dois patienter dix longues minutes d'agonie avant que Maman revienne avec Patti. Tout sourire, celle-ci tire de sa poche un carré dans un emballage en plastique rose pâle avec un morceau de scotch blanc, et l'agite devant ma figure comme un billet de cent dollars avant de m'enlacer chaleureusement. Maman, elle, s'éclipse pour aller prévenir l'assistant réalisateur de la raison de mon retard.

— Félicitations, Jennette, me souffle Patti avec la douceur qui la caractérise. Félicitations, tu es une femme, à présent !

Abattue, je finis par me diriger vers le décor du couloir du lycée où se déroule ma prochaine scène. À la manière dont me traitent les assistants de production et le reste de l'équipe, je devine qu'ils sont tous au courant. Je me sens humiliée. Je n'aurais jamais dû en arriver là. Comment ai-je pu devenir une femme ? Je n'ai pas la réponse, mais j'ai une solution. Je sais quoi faire pour arranger les choses.

Demain, fini le lait demi-écrémé, les Honeycomb ou les cookies WeightWatchers. Je me suis laissée aller ces derniers temps, mais c'est terminé. Je dois me remettre sérieusement à mon anorexie. Je dois redevenir une enfant.

37.

« *Mama I promise I'll be all right*
I'll call to say I love you every night
I'm just trying to write the story of my liiiiiife[1] »

Maman et moi sommes installées dans notre chambre d'hôtel, elle sur le lit et moi sur la chaise de bureau. Depuis trois mois, nous résidons au Hampton Inn & Suites de Nashville, Tennessee, pour que je planche sur le lancement de ma carrière de chanteuse de musique country.

Nous partageons un plat individuel de lasagnes diététiques – d'après Maman, à Nashville, « il y a beaucoup plus de gras qu'à Los Angeles », on a donc entamé un programme minceur toutes les deux afin de s'entraider, et on a commandé pour un mois de repas chez Nutrisystem. Mais surtout, nous découvrons la version finale de mon premier single, « *Not That Far Away* » – « Pas si loin de toi » –, une chanson dédiée à ma mère et écrite « de mon point de vue » – par deux paroliers avec qui j'ai discuté une fois quelques heures. Le titre parle de ma vie loin d'elle pendant ma tournée et de combien elle me manque, alors qu'en réalité, en dix-huit années

1. Maman, je te promets que tout ira bien
Je t'appellerai chaque soir pour te dire que je t'aime
Il faut simplement que j'écrive l'histoire de ma vie

d'existence, je n'ai jamais passé plus d'une demi-journée sans elle.

Je ne m'y connais pas beaucoup en musique mais, à l'écoute, je trouve la cadence arythmique, la mélodie monotone et l'arrangement ringard. Cependant, je n'énonce aucune de ces critiques car visiblement, Maman adore ce qu'elle entend. Des larmes coulent sur ses joues.

Sauf qu'à la réflexion, on ne dirait pas qu'elle pleure de joie. Ces larmes sont trop graves, trop lourdes, et je pense savoir la raison de leur venue : la réalité a dépassé la fiction – et dans le cas de ces paroles, on est effectivement dans la pure fiction.

Ma carrière de chanteuse est née à la suite de la grève des scénaristes de 2007. La production d'*iCarly* étant interrompue pour une durée indéterminée, Susan a suggéré que je rencontre des musiciens et que j'enregistre des démos afin de décrocher un contrat avec une maison de disques.

— Tous les ados célèbres le font, aujourd'hui, a-t-elle insisté.

Susan est aussi la manageuse de Hilary Duff, qui a sorti plusieurs albums classés disques de platine.

— Et il paraît que sur la moitié de ses chansons, ce n'est même pas elle qui chante, mais sa sœur ! a ajouté ma mère, tout excitée. Pas la peine de nous dire si c'est vrai ou pas, Susan. En ce qui nous concerne, en tout cas, ma Nettie sera l'interprète de tous ses titres.

Maman m'a encouragée à poster des vidéos de reprises de chansons sur YouTube. Au fil du temps, des maisons de disques s'y sont intéressées et, en 2009, deux d'entre elles ont fini par me proposer un contrat, Big Machine Record et Capitol Records Nashville. Maman a choisi la seconde parce que « si tu vas chez Big Machine, Scott

Borschetta n'aura pas de temps à t'accorder, il est déjà bien trop occupé avec l'autre gamine, là. Taylor Swift. »

Après avoir signé chez Capitol Records, j'ai passé trois mois à Nashville pour avancer sur mes chansons, jusqu'à la reprise de la production d'*iCarly*. L'année qui a suivi a été éprouvante : du lundi au vendredi, j'étais en tournage et, le vendredi soir, je prenais le vol de nuit pour Nashville afin de passer le week-end à travailler sur l'album, enregistrer des démos, assister à des réunions marketing, faire des séances photo pour la pochette ou pour des communiqués de presse ; je reprenais ensuite l'avion le dimanche soir, direction la Californie, afin d'être prête à répéter sur le plateau dès le lundi. Comme on est désormais entre deux saisons de la série, Maman et moi sommes revenues nous installer à Nashville pour préparer ma première tournée.

Pendant cet événement, pour la première fois de ma vie, je ne serai pas en compagnie de Maman au quotidien. Elle ne me l'a pas dit explicitement, mais nous avons la même adresse e-mail et j'ai vu un message qu'elle avait envoyé à Marcus, dans lequel elle lui apprenait la nouvelle que je redoute depuis tant d'années.

— Pourquoi tu pleures, Maman ? je demande.

Elle pique un morceau de lasagne sur sa fourchette, puis repose cette dernière dans l'assiette, comme si prendre une bouchée était au-dessus de ses forces, au vu de son état émotionnel.

— C'est juste que tu as une si belle voix…

Je sais qu'elle ment. Son bonheur-admiration ne se manifeste pas par des larmes, plutôt par une sorte d'euphorie surexcitée. L'émotion à laquelle j'assiste en ce moment est bien plus profonde. J'aimerais que Maman me parle. Qu'elle soit franche avec moi.

— Maman…

Mais je n'ose pas poser ma question. J'ai beau avoir compris ce qui lui arrive, je veux encore croire que je me trompe. J'ai besoin de l'entendre de sa bouche. J'ai besoin d'une confirmation.

— Tu as un tel coffre. Et ce refrain, il est… Wouah. »

Elle se tamponne les yeux avec un Kleenex.

— Maman, je répète, un peu plus fort cette fois – si je suis terrorisée par ce que j'ai découvert, l'incertitude m'effraie plus encore.

— Et dans le couplet, quand la mélodie descend et que tu chantes grave… Qu'est-ce que j'aime ta voix grave ! ajoute-t-elle à travers ses larmes. Elle est très belle, très sensuelle.

— Maman, est-ce que ton cancer est revenu ?

Je me sens pâlir. Je n'en reviens pas d'avoir prononcé ces mots, et je me fige. Maman a l'air aussi choquée que moi, elle en arrête de pleurer.

— Quoi ? Non ! répond-elle avec un rire qui sonne faux. Qu'est-ce qui te fait penser ça ?

Je prends une grande inspiration. Elle nie avec aplomb, et je sais qu'elle le fait pour me protéger, pour que j'aie moins peur, mais ça ne marche pas. Au contraire. Le sujet est trop grave pour le dissimuler derrière des mensonges.

— J'ai vu l'e-mail que tu as envoyé à Marcus.

Maman baisse les yeux et les larmes reprennent. Le cœur lourd, je regarde son corps menu secoué de violents sanglots. Je m'assois à côté d'elle au bord du lit et la prends dans mes bras. Elle me semble si fragile.

— Je ne veux pas rater ta tournée, gémit-elle avec une sincérité qui m'ébahit – qu'est-ce qu'on en a à faire, de cette tournée minable, à présent ?

— Je ne vais pas partir en tournée, je tranche.

Cette décision devrait être aussi évidente pour elle que pour moi et, pourtant, elle se dégage de mon étreinte. Sa tristesse s'est changée en colère.

— Nettie, je t'interdis de dire une chose pareille ! Tu iras en tournée quoi qu'il arrive. Compris ? Tu vas devenir une star de la musique.

— D'accord.

Elle reprend ses pleurs. Je l'étreins de plus belle.

38.

Ma tournée, baptisée « *Generation Love* », a pour but de diffuser au maximum mon single éponyme sur les ondes. Les attachés de presse de Capitol Records ont organisé des passages sur des dizaines de stations de radio dans tout le pays. Ils appellent ça une « tournée non conventionnelle ». Lors d'une tournée radio classique, les artistes vont interpréter leurs singles dans diverses émissions avec l'espoir d'impressionner suffisamment les cadres ou les DJ pour que ceux-ci intègrent ces titres dans leur programmation quotidienne. En ce qui me concerne, ma maison de disques a décidé qu'il serait plus malin de mettre à profit la communauté de fans d'*iCarly* afin de montrer aux décideurs ma « valeur marchande ». Ainsi, au lieu de chanter pour deux ou trois personnes dans un studio insonorisé, je donne des mini-concerts au centre commercial le plus proche de chaque station de radio devant des milliers de préados en délire.

Notre première étape : Hartford, Connecticut. Ou Philadelphie, Pennsylvanie. J'ai du mal à retenir le programme, mais peu importe : je prends vite le rythme.

Lorsque je me réveille à 8 h, dans le cirage, il nous reste en général quelques heures de route à bord du bus. Puis notre chauffeur Stewy se gare sur le parking d'un motel que la maison de disques a réservé pour la demi-journée afin que chacun des passagers puisse prendre une douche. J'y vais la première, suivie de Paul, le gentil guitariste avec son fort accent du sud des États-Unis – j'ai un faible pour lui. Après, il y a Josh – l'autre guitariste, qui ressemble à Conan O'Brien en plus petit et plus trapu –, Dave – le vidéaste à boucle d'oreille qui filme la tournée –, le représentant régional du label qui nous accompagne cette semaine-là, et, enfin, l'attaché de presse.

Dès que je suis prête et pendant que le reste de l'équipe se lave, je donne des interviews à bord du bus. Après cela, nous trouvons un endroit où déjeuner, nous faisons les balances, puis il nous reste deux ou trois heures à tuer avant le début du concert. Une fois celui-ci terminé, je signe des autographes pendant trois heures, on remonte dans le bus, et Stewy prend la route pour la ville suivante.

Jouer dans des centres commerciaux pour des milliers de jeunes spectateurs est une expérience éprouvante. Je stresse tellement que je répète mes chansons vingt ou trente fois pendant les préparatifs et, parfois, j'abîme ma voix avant même d'être montée sur scène. Les interviews et les séances de dédicace m'épuisent. Quelques interactions me font plaisir, quand j'ai l'impression que le moment est vraiment important pour les enfants que je rencontre ou pour leur famille, mais le reste de la foule me fait l'effet d'un troupeau de moutons.

— Eh, Samantha Puckett ! T'es sortie de prison ?

— Ha, ha, elle est bonne.

— T'as pas de poulet frit, aujourd'hui ?

— Ha, ha, elle est bonne.

— Est-ce que tu mets aussi des raclées aux gens dans la vraie vie ?

— Ha, ha, elle est bonne.

Mon sourire de marionnette gravé sur la figure, je regarde dans l'objectif pendant qu'une maman après l'autre s'excuse encore et encore de ne pas savoir comment fonctionne son appareil photo.

Mais je remarque deux choses importantes en dehors du travail.

Pour commencer, quelque part, je m'amuse bien – quand je ne culpabilise pas de m'amuser en dépit des circonstances, en dépit du cancer de Maman, de son absence, de ce qu'elle traverse avec ses séances de chimiothérapie et de rayons. Ce sentiment est nouveau et grisant. Je me sens libre. Je peux même prendre ma douche toute seule.

Je me rends aussi compte pour la première fois de l'énergie que je dépensais au quotidien à façonner mes envies, mes paroles, mes pensées et mes actions en fonction de ce qui plairait le plus à Maman à l'instant T. En son absence, je n'y suis plus obligée. Elle me manque terriblement, j'ai de la peine pour ce qu'elle endure, et j'éprouve une grande culpabilité à me sentir aussi légère, mais le fait est là : je me sens plus légère. Sans sa présence constante et son avis sur chacun de mes gestes, la vie est plus simple.

La deuxième chose que je remarque, c'est que je mange. Beaucoup. Le matin, je dévore des Pop-Tarts à la cannelle et le midi et le soir, je vais au restaurant avec l'équipe. Je ne demande plus le menu enfants. Je ne commande presque jamais de salade, ni de légumes. Non, je suis passée au hamburger-frites.

Maintenant que je ne suis plus sous le regard inquisiteur de Maman, chaque bouchée a le goût de la rébellion. Pendant les repas, j'entends sa voix dans ma tête :

« Demande-le sans sauce. Ne finis pas ton assiette. C'est de la malbouffe. Tu vas avoir un énorme derrière, avec ça. Fais preuve de volonté. »

Mais même cette voix ne m'empêche pas de manger. Mon comportement me dégoûte et, pourtant, l'attirance que je ressens pour ce qui se trouve dans mon assiette s'apparente à un désir quasi sexuel.

À la fin de mes repas, j'éprouve une nouvelle sensation : je me sens pleine. Hélas, elle est vite chassée par une terrible honte. Je sais que Maman n'autoriserait jamais ces excès et qu'elle serait affreusement déçue. Cette honte me pousse à manger encore plus : j'engloutis des sachets de chips, des paquets de cookies industriels, des bonbons, des barres chocolatées et tout ce que je déniche à bord du bus, parfois jusqu'à m'en faire mal à l'estomac. Je m'empiffre tellement que j'ai l'impression que je vais exploser et, quand je vais me coucher, je ne peux même plus m'allonger sur le ventre. Dès qu'il y a une balance dans ma chambre d'hôtel, je me pèse. Au fil des semaines, je vois le résultat grimper, grimper, grimper. Chaque kilo supplémentaire m'épouvante et, pourtant, je ne parviens pas à m'arrêter. Je me suis affamée tant d'années qu'à présent, mon corps me supplie de combler le manque.

Je suis très perturbée par ce nouveau rapport à la nourriture. Pendant longtemps, j'ai réussi à garder le contrôle de mon alimentation et j'ai réussi à plier mon corps à ma volonté : je suis restée un vrai fil de fer et, surtout, une enfant. Au moins, je gardais la main sur un pan de ma vie, et j'y trouvais une forme de réconfort. Aujourd'hui, la volonté et le réconfort ont été remplacés par une spirale de honte et de chaos. Je ne comprends pas ce qui m'arrive. Je suis terrorisée à l'idée de ce qui se passera quand Maman me reverra.

39.

Je ne m'attendais pas à connaître mon véritable premier baiser dans un hôtel Hampton Inn & Suites de Nashville. Comme quoi, la vie nous réserve des surprises. Me voilà chambre 223, debout devant la kitchenette, mes lèvres sur celles de Lucas. Il me tient délicatement le menton et je ne sais pas si je trouve ça agréable, mais le baiser n'est pas mal. C'est tout de suite plus naturel quand on a envie d'embrasser la personne, plutôt que quand on doit le faire pour une caméra.

Lucas s'écarte.

— Tu me plais beaucoup, tu sais. Bonne nuit, dit-il.

Du moins, je crois que c'est ce qu'il dit. Je ne l'écoute pas vraiment, et puis je m'en fiche un peu. Je suis trop occupée à penser au fait qu'à dix-huit ans, je viens enfin de vivre mon premier baiser. Enfin.

Je le regarde se diriger vers la sortie. Je n'aime pas la coupe de son jean ni ses cheveux longs, mais j'aime bien son t-shirt de Queen et la forme de ses baskets. Je n'aime pas qu'il ne parle que de musique, mais j'aime bien savoir que je lui plais. Je n'aime pas son côté balourd, mais j'aime bien sa gentillesse.

Je referme la porte derrière lui. Dans les films, à ce moment-là, les femmes s'y adossent toujours, moi, je vais m'asseoir sur le canapé. C'est quand même plus réaliste.

J'ai une sensation bizarre au niveau du vagin... Je m'en occuperai plus tard.

Sur le canapé, je me repasse toute l'histoire. Lucas et moi nous sommes rencontrés quelques mois plus tôt lors d'un concert que je donnais à Nashville. On l'a embauché pour jouer de la guitare électrique avec le groupe. Les autres musiciens ont dit qu'il était vraiment bon, le meilleur guitariste de la ville.

Cette semaine-là, au fil des répétitions, on a passé beaucoup de temps ensemble. Il était très gentil avec moi et, au début, je n'y ai pas prêté attention, vu qu'il a vingt-sept ans et moi dix-huit. Cependant, j'ai fini par remarquer qu'il m'observait beaucoup et je me suis demandé si je lui plaisais.

Le troisième jour, il m'a proposé de me ramener à l'hôtel après la répétition, et j'ai accepté ; je commençais à l'apprécier, moi aussi. Je me sentais toute drôle en sa présence, c'était un peu gênant mais pas désagréable. Le dernier jour, il m'a invitée à venir écouter un album de Queen chez lui. J'étais surexcitée.

Assis à même le parquet, on a écouté *News of the World* en entier. Il se rapprochait de moi petit à petit et n'arrêtait pas de remettre une mèche de cheveux derrière son oreille, un geste que je trouvais presque repoussant, venant d'un garçon. J'étais aussi perplexe car, malgré ça, j'avais très envie qu'il m'embrasse. Au fond, peut-être que j'avais juste envie que quelqu'un m'embrasse. Quoi qu'il en soit, il n'a rien fait. Il m'a redéposée à l'hôtel et il est rentré chez lui. Le lendemain, je suis partie en tournée.

Je ne l'ai pas beaucoup vu par la suite parce qu'il ne nous a pas accompagnés, mais le label l'a envoyé nous rejoindre pour quelques grosses dates de festivals où tous les musiciens étaient présents – le reste du temps, pour les centres commerciaux, on faisait des sessions acoustiques avec un groupe réduit. Quand on ne se voyait pas, on s'envoyait plein de textos et on s'appelait dès que j'avais un moment d'intimité, ce qui est assez rare à bord d'un bus de tournée. Il me disait des phrases comme « Tu me manques tellement » et « Tu me plais vraiment vraiment beaucoup », ce qui me mettait mal à l'aise sans que je me l'explique. D'un côté, cela me faisait plaisir d'entendre ces mots ; d'un autre, j'étais physiquement incapable de les lui répéter. Ils ne parvenaient pas à franchir mes lèvres.

J'avais tout le temps hâte de l'avoir au téléphone et pourtant, mon enthousiasme retombait rapidement au cours de la discussion. Il me parlait musique et mentionnait des tas de chansons que je ne connaissais pas, ce qui n'aurait pas été très grave si on avait eu d'autres sujets de conversation. Hélas, soit il monologuait sur sa passion, soit il m'abreuvait de compliments bateau comme « Tes yeux sont un ciel plein d'étoiles » ou « Je n'avais jamais rencontré quelqu'un comme toi avant ».

Les quelques fois où il nous a accompagnés se sont plutôt bien passées, mais ce n'était pas très pratique puisque le reste du groupe était avec nous ; on n'avait pas moyen de s'isoler pour discuter. Mais bizarrement, ça me convenait. Lucas a essayé à plusieurs reprises de m'attirer à l'écart en tête à tête, et j'inventais des excuses pour l'éviter – j'étais fatiguée, je devais préparer une interview, répéter mes chansons, répondre aux e-mails de mes managers, de Maman ou de Miranda.

Le temps passait et je ne savais toujours pas ce que je ressentais.

À présent, la tournée est terminée. De retour à Nashville pour la semaine afin d'enregistrer de nouvelles chansons, je suis installée au Hampton Inn, chambre 223 et, assise sur le canapé, j'intègre peu à peu le fait que je viens d'échanger mon premier baiser avec Lucas. Et j'ai beau être soulagée d'avoir enfin vécu ce moment clé, je suis encore plus soulagée d'avoir une réponse. Désormais, je sais quoi faire, j'en suis sûre. Il faut mettre fin à cette relation – si on peut appeler ça comme ça.

Sortant mon téléphone de ma poche pour envoyer un texto à Lucas, je sens comme une pulsation au niveau de ma vulve. Elle me semble toute chaude. Je glisse ma main dans mon pantalon et, quand je la ressors, mes doigts sont humides. C'est dégoûtant. Il faut que je prenne une douche ; je lui écrirai après.

40.

À la descente de l'avion, je tire sur mon t-shirt, rentre le ventre et m'efforce d'avoir l'air aussi mince que possible.

« Peut-être que Maman ne remarquera rien. Peut-être que si je tire encore une fois sur mon t-shirt, elle ne remarquera rien ; peut-être que si je retiens ma respiration dix secondes, elle ne remarquera rien », me souffle la voix qu'avant j'appelais le Saint-Esprit.

Aujourd'hui, je sais qu'il s'agit de la voix infernale de mes troubles obsessionnels compulsifs. Elle est moins présente que dans mon enfance et elle se manifeste uniquement au sujet de mon alimentation et de mon corps, mais elle est toujours là.

Après une grande inspiration, je pose le pied sur l'escalator qui mène au retrait des bagages. Un jeune père me demande avec un rire nerveux s'il peut faire une photo de moi avec ses filles.

— Bien sûr, dès qu'on sera descendus de l'es…

Je n'ai même pas achevé ma phrase qu'il a déjà positionné ses filles devant moi sur les marches. Il prend sa photo et manque se casser la figure lorsqu'on arrive en haut de l'escalator. Nouveau rire nerveux.

J'observe la petite foule de gens qui guette les passagers et elle est là. Ce que je découvre me consterne et, l'espace d'un instant, je suis plus préoccupée par son apparence que par la mienne.

Elle a perdu au moins cinq kilos, ce qui fait une sacrée différence sur quelqu'un d'aussi menu ; le visage émacié, le teint maladif, les os saillants, elle n'a plus ni cils, ni sourcils ; elle porte le bonnet turquoise Ugg que je lui ai offert à Noël pour cacher son crâne chauve. Je suis sidérée.

Papa est là aussi, mais je ne vois qu'elle. Je n'arrive pas à croire qu'elle ne m'ait pas prévenue de ces changements alors qu'on s'appelle cinq fois par jour.

Le temps qu'on se dise bonjour, qu'on s'étreigne et qu'on échange des « Je t'aime », le choc finit par retomber. Je reprends une contenance et, enfin, j'étudie la réaction de Maman vis-à-vis de mon physique. Elle a l'air d'éprouver à peu près la même chose que moi : un mélange de surprise et de dégoût, mal camouflé derrière un sourire factice.

La peur au ventre, j'attends son verdict tandis qu'on se dirige vers le parking. Elle va me dire que je suis laide, grosse, que j'ai commis de terribles erreurs et que je suis incapable de me prendre en main. On grimpe dans la Kia Sorento qui a remplacé notre vieux Ford Windstar. Je crains le pire.

— Nettie, qu'est-ce qui s'est passé ? demande-t-elle enfin.

Elle ne me regarde pas, elle a les yeux braqués sur l'autoroute embouteillée.

— Tu deviens grassouillette.

— Je sais. Je suis désolée.

— On va te mettre au régime. Ça devient n'importe quoi.

— Je sais.

Malgré les remords qui m'emplissent, tout au fond de moi je ressens une minuscule pointe d'enthousiasme et de soulagement, car dans ces paroles, je l'ai retrouvée. Maman n'est ni faible, ni fragile, ni douce, elle n'est pas la pauvre chose amaigrie par le cancer que j'ai vue en descendant de l'escalator. Je ne sais pas qui était cette étrangère frêle et pathétique, mais je refuse de croire que c'était ma mère. Ma mère est énergique, résolue, parfois même méchante, et elle est assise devant moi. C'est bien elle.

41.

— Allez, goûte.

— Non, merci.

— Rien qu'une gorgée.

— Je n'ai jamais bu d'alcool. Et puis, je n'ai pas encore vingt et un ans. Je risque d'avoir des ennuis, non ?

— Personne ne te regarde, Jennette. Tout ira bien.

— Je ne sais pas.

— Les acteurs de *Victorious* passent leur temps à faire la fête tous ensemble et à boire des verres. Chez *iCarly*, vous êtes vraiment trop sages. Il faudrait que vous ayez un peu plus de personnalité.

Le Créateur nous compare régulièrement aux ados qui jouent dans *Victorious*, son autre série sur Nickelodeon. Il doit penser que ça va nous motiver à nous dépasser.

— Je ne sais pas si boire de l'alcool équivaut à avoir une personnalité.

Je regarde la tasse dans la main du Créateur, qui remue sa mixture avec une petite cuillère : whisky, café et chantilly. Bon, après tout, j'aime le café.

— Juste une gorgée, alors.

— Tu vois, quand tu veux !

Il me tend la tasse et je goûte. Je trouve ça horrible.

— C'est très bon.

— Arrête de mentir. Je n'aime pas quand tu me mens.

— C'est horrible.

— Voilà qui est mieux, Jennette.

Le Créateur rit. J'ai été une gentille fille, je lui ai fait plaisir. Mission accomplie. Maintenant, je ne m'en sors pas trop mal quand je vais dîner avec lui. Il faut dire que cela se produit malheureusement de plus en plus souvent, les négociations sont en cours pour mon prochain contrat ; la série dérivée qu'il m'avait promise se prépare. Le Créateur déroule donc avec moi le plan qu'il déroule avec chaque star d'une nouvelle série – je l'ai entendu de la bouche de mes collègues. Il prend l'actrice sous son aile, et elle devient sa favorite… pour un temps. Je suis rassurée d'être sa favorite, même pour un temps. Ça prouve que je fais ce qu'on attend de moi.

— Alors, tu es contente d'avoir bientôt ta propre série ? demande le Créateur.

— Oui, oui.

— C'est tout ?

— Non, évidemment que je suis contente. Je suis super contente.

— Je préfère ça. Parce que je pourrais donner un rôle-titre à n'importe qui d'autre, tu sais. Mais c'est toi que j'ai choisie.

— Merci.

— Ne me remercie pas, je t'ai choisie pour ton talent.

J'ai du mal à suivre. D'abord, il dit qu'il aurait pu choisir n'importe qui, ce qui sous-entend que je n'ai rien de spécial. Et ensuite, il dit que j'ai du talent, ce qui signifie qu'en fin de compte… il me trouve spéciale ? Avec lui, il faut s'habituer à ne pas tout saisir. Je prends une gorgée d'eau pour me laisser le temps de réfléchir à ce que je vais bien pouvoir lui répondre. Heureusement, il me devance.

— Il était comment, ton steak ?

— Très bon.

En réalité, il était mauvais. Enfin, très bon et très mauvais. Très bon question goût, très mauvais pour mon état de nerfs. Je sais déjà que je vais m'en vouloir tout le reste de la soirée. J'ai trop mangé, trop de viande, trop de pommes de terre sautées, trop de choux de Bruxelles, et un petit pain, et des carottes confites. Incapable de m'arrêter, j'ai tout englouti. Je me sens repue. Je me dégoûte.

Maman m'a remise au régime et j'ai repris le programme Nutrisystem, comme à Nashville. On le fait à deux dès qu'on est ensemble. Hélas, c'est tout le problème : ces temps-ci, on ne se voit pas beaucoup. Maman est très occupée avec ses histoires de cancer, et je suis très occupée avec mes histoires de télé.

Quand elle n'est pas là pour me motiver et m'encourager, je n'ai plus une once de volonté et je ne parviens pas à me forcer à manger des biscuits diététiques – ces saletés ont toutes le même goût de carton. Je ne parviens pas à me forcer à commander une simple salade sans assaisonnement. Sans Maman, je suis incapable de suivre mon régime. Sans Maman, je ne suis bonne à rien.

— Ça va ? demande le Créateur.

— Bien sûr.

— Tant mieux, tu as intérêt. Tu vas bientôt être à l'affiche de ta propre série télé, tout de même ! Tu sais combien de mômes seraient prêts à tuer pour se voir offrir une telle opportunité ? Tous. Tous !

Alors que j'acquiesce sagement, il se penche et pose la main sur mon genou. Ma peau se hérisse à son contact.

— Tu as froid, constate-t-il, soucieux.

Je ne pense pas que ma réaction soit liée à la température, mais je hoche la tête. Il vaut toujours mieux être d'accord avec le Créateur.

— Tiens, prends.

Il retire sa veste et me la pose sur le dos, puis me tapote l'épaule. Bientôt, le tapotement se transforme en massage.

— Dis donc, ce que tu es tendue !

— Euh, oui…

— Et donc, qu'est-ce que je disais ? reprend-il sans cesser de me malaxer la nuque.

Il n'a pas tort : j'ai le dos bourrelé de nœuds. Mais je ne veux pas que cet homme se charge de me détendre. Je voudrais réagir, lui dire d'arrêter de me toucher, mais j'ai trop peur de le vexer.

— Ah, oui ! poursuit-il. Tous les mômes tueraient pour avoir une telle opportunité. Tu as beaucoup de chance, Jennette.

— Je sais, dis-je, tandis qu'il continue de me masser.

C'est vrai, je le sais. J'ai beaucoup, beaucoup de chance.

42.

— Je n'arrive pas à croire que ma petite fille déménage, souffle Maman.

À sa place, Mamie aurait une tout autre réaction : elle pleurerait à chaudes larmes et gémirait assez fort pour que tous les voisins l'entendent. Maman, elle, s'exprime doucement, incapable de me regarder en face. Elle n'appelle pas une société de recouvrement pour leur extorquer un délai supplémentaire, là ; elle ne bluffe pas. Il existe des différences notables entre Maman et sa propre mère, et je les apprécie à leur juste valeur.

— C'est juste pour le travail, Maman. Je rentrerai tous les week-ends, sauf quand je devrai aller à Nashville.

— Ça risque d'être souvent, soupire-t-elle. Je ne verrai presque jamais mon bébé… Qui va s'assurer que tu ne fais pas n'importe quoi avec ton alimentation ? Comment tu vas faire pour te laver les cheveux ?

— Je m'en suis plutôt bien sortie pendant la tournée.

— Mmh, oui, mais j'ai vu des photos, renifle-t-elle. Ils avaient l'air gras.

— C'est la meilleure solution, vu que je n'ai pas le permis et que tu n'es plus en état de conduire.

Je n'ai fait qu'énoncer un constat, mais elle baisse les yeux. Je l'ai blessée.

— Peut-être que je serai capable de reprendre le volant un jour, répond-elle timidement, comme un enfant qui cherche à être rassuré.

— Mais oui, c'est possible, je réponds avec un optimisme exagéré, comme l'adulte qui ne veut pas décourager cet enfant.

Nous examinons toutes les deux le fauteuil roulant qu'on lui a confié quelque temps plus tôt, « si besoin ». Elle y passe chaque jour un peu plus de temps. La première fois que son médecin a évoqué la possibilité de ce fauteuil, nous avons feint l'enthousiasme, elle et moi. Elle a plaisanté que je pourrais la pousser dans les allées de Disneyland et j'ai dit qu'on allait bien s'amuser. Ensuite, je suis partie m'enfermer dans les toilettes de l'hôpital pour pleurer et, comme il n'y avait plus de papier hygiénique, je me suis essuyé les yeux avec une protection de cuvette jetable. Puis je suis allée retrouver Maman et j'ai répété qu'on allait bien s'amuser.

Cette saloperie sur roues n'a rien d'amusant. C'est une sentence de mort. Aucune de nous ne l'admettra, mais on ne se fait pas d'illusions : une fois qu'on a mis un cancéreux dans un fauteuil, il ne le quitte plus. Jusqu'à la fin.

— Je suis là, désolé, nous interpelle Papy, qui vient de sortir de la maison et nous rejoint dans l'allée. On peut y aller, je me suis changé.

Il désigne le pantalon tout propre qu'il a enfilé après avoir renversé un mug entier de café sur le précédent.

Je m'installe à l'arrière entre les piles de cartons que j'ai déjà entassées sur la banquette tandis que Papy installe Maman sur le siège passager. Après ça, il replie le fauteuil et le cale dans le coffre ; nous voilà partis en direction de mon appartement. Mon premier appartement à moi toute seule.

Une grosse heure plus tard, nous nous garons devant une vaste résidence de Burbank, en banlieue de Los Angeles. Elle n'est pas si mal. Ce n'est pas l'endroit que j'aurais choisi, mais j'ai de bonnes raisons de m'y installer : mes nouveaux managers – j'en ai changé pendant la saison trois d'*iCarly* – ont convaincu Nickelodeon de me fournir un logement de fonction dans cet immeuble et de charger un assistant de production de me conduire au studio et me ramener chez moi le soir – je n'ai pas le permis ; Maman dit que la conduite sera sûrement trop difficile pour moi et que je perdrais un temps précieux au volant, « au lieu d'apprendre ton texte ou de programmer des tweets ».

J'ai assuré à Maman que j'allais être dévastée sans elle. Cependant, même si je ne le lui dirai jamais, je suis surtout très excitée. Compte tenu de son état de santé, je m'en veux de cet enthousiasme, mais il ne disparaît pas pour autant. Je vais pouvoir être seule. Avoir un espace à moi. Une vie à moi.

Pendant que Papy transporte Maman à l'intérieur, je me charge des premiers cartons.

— Je t'ai apporté un cadeau, Nettie ! annonce Maman une fois que Papy l'a installée sur le canapé du salon – étant donné que c'est Nickelodeon qui paye, Maman a insisté pour prendre un meublé.

Elle sort un petit objet emballé de son sac à main.

— Tu n'étais pas obligée.

— J'ai même frisé le ruban, ajoute-t-elle en me tendant un paquet de la taille d'un DVD.

Ces derniers mois, elle devient pathétique. Quant à moi, je me sens constamment en colère – je ne sais pas si c'est une conséquence directe de son attitude, mais cette dernière pèse dans la balance, c'est certain. Ma mère est si pathétique que j'en perds mon sang-froid. Plus elle s'affaiblit et plus elle prend des intonations gnangnans, faussement innocentes. Elle geint au lieu de parler. On dirait qu'elle me supplie de ne pas l'abandonner, et je dois me retenir de hurler : « MAIS PUTAIN, C'EST TOI QUI ES EN TRAIN DE M'ABANDONNER ! » Je suis prête à parier qu'elle perçoit les moments où je suis au bord de l'explosion, parce qu'elle redouble de minauderies, et je redouble de colère, mais je me contiens. Puis elle me dévisage avec ses grands yeux mouillés et… c'est impossible, évidemment que c'est impossible, mais je jurerais qu'elle est satisfaite. Qu'elle se réjouit de constater le mal que tout cela me fait. Comme si l'étendue de ma peine était une preuve de mon amour pour elle.

— Tu ne l'ouvres pas ?

— Si, si.

Il s'agit du film *L'Arnaque* en DVD. Maman adore Robert Redford. Moi aussi, mais surtout elle.

— Je pensais qu'on pourrait le regarder ce soir, quand tu auras fini de déballer tes cartons.

— Ah, d'accord. Bonne idée.

— Très bien.

Maman retire alors son bonnet pour gratter son crâne chauve.

— Et puis, je me disais aussi que… comme je n'ai pas de chimio demain, je pourrais peut-être rester dormir ce soir. Enfin, si tu es d'accord.

Elle m'observe d'un air candide en se tordant les mains, nerveuse. Je comprends aussitôt ce qui se joue dans sa question. Elle ne veut pas rester dormir ce soir, elle veut rester dormir tous les soirs. Elle est en train d'emménager. Non, je ne suis pas d'accord.

— Évidemment que tu peux rester dormir, je réponds.

Je continuerai de lui faire la même réponse tous les jours pendant les trois mois qui suivront, jusqu'à ce qu'elle ne pose même plus la question, car il sera acquis qu'elle est ici chez elle.

Ce n'est pas mon premier appartement à moi toute seule. C'est le nôtre. Désormais, nous sommes colocataires.

43.

Avec plusieurs collègues d'*iCarly*, nous passons la journée au parc d'attractions Six Flags, et je viens de m'installer à l'avant d'une « bûche » pour la grande descente de la rivière. Cinq camarades sont assis en ligne derrière moi, dont Joe, sur le deuxième siège. Il n'arrête pas de me toucher. Au début, je pensais qu'il ne faisait pas exprès – il a plus de trente ans et une petite amie – mais à présent, je suis sûre que c'est délibéré. Pourtant, je ne dis rien. C'est plutôt agréable. Je me rends compte que j'ai envie qu'il me touche.

On se tourne autour depuis quelques mois, maintenant, depuis le jour où on est arrivés tous les deux en avance pour une lecture de script. On s'est mis à discuter et Joe a mentionné son film préféré, *Génération rebelle*, que j'ai regardé dès que je suis rentrée chez moi ce soir-là afin de pouvoir en parler avec lui le lendemain. Je mourais d'envie d'impressionner cet homme plus âgé et tellement plus mûr. On s'est ajoutés sur Words with Friends, un jeu en ligne, et peu après, il me proposait de me ramener de temps en temps après le travail. En voiture, il m'a fait écouter tous les albums des Daft Punk en m'expliquant ce qui rendait leur musique si géniale. Si je n'étais pas particulièrement fan d'électro, j'étais ravie que Joe s'applique autant à me convaincre que j'avais tort.

Et voilà qu'il me touche… et ce n'est pas n'importe quel genre de toucher. Enfin, j'imagine. Après tout, personne ne m'a jamais touchée de cette façon. Oui, il y a eu ce baiser échangé avec Lucas au Hampton Inn mais, depuis, ma vie amoureuse est inexistante. Tout ce que je sais, c'est qu'il n'y a pas que de l'amitié dans ses gestes. Quand sa main se pose sur mon dos, mon corps entier frémit, submergé par une sensation à la fois enivrante et effrayante. À cet instant, je comprends que, d'une manière ou d'une autre, nous finirons par être ensemble.

44.

— Je vais dormir chez Miranda, dis-je.

Un mensonge.

Je suis en train de préparer des légumes vapeur pour notre dîner, à Maman et moi. Je dis « notre » mais, en réalité, j'ai déjà mangé au studio et j'ai trop honte pour l'avouer à Maman.

— Mais qu'est-ce que je vais faire toute seule, sans toi ? demande Maman d'un ton sincère, les larmes aux yeux. Tu vas affreusement me manquer. Je t'aime tellement, Nettie !

— Toi aussi tu vas me manquer, Maman. Mais c'est une soirée prévue depuis longtemps, juste Miranda et moi.

Deux mensonges d'un coup.

Déjà, elle ne va pas me manquer. Au contraire, je suis ravie d'avoir un peu d'espace. Depuis qu'elle a emménagé avec moi dans « mon » appartement, elle dort chaque soir dans mon lit, et ce n'est pas très reposant car elle s'accroche à moi toute la nuit.

Ensuite, il n'y a pas de soirée prévue. Il m'arrive effectivement de dormir une ou deux fois par mois chez Miranda, mais pas ce soir. Ce soir, Joe et moi irons à l'hôtel Sheraton Universal. Maman ne doit surtout pas l'apprendre. Elle n'accepte que deux types de garçons dans ma vie : les mormons et les homos. Et même avec les premiers, elle refuse de me laisser seule.

« Tu sais, Nettie, un garçon qui sait réciter le livre de 3 Néphi reste un garçon... »

Je pose l'assiette de légumes devant Maman, qui triture un bout de courgette du bout de sa fourchette avant de l'avaler.

— Mais j'ai besoin de toi en ce moment, insiste-t-elle, les yeux baissés.

— Je reviens demain, ne t'en fais pas.

Je croise les doigts pour que cela suffise à la réconforter et qu'on puisse changer de sujet. Hélas, Maman laisse s'installer un long silence, sans réagir. Elle regarde dans le vide, immobile, et je commence à avoir peur – on dirait qu'elle n'est plus là. Alors que je m'apprête à lui demander ce qui se passe, elle relève brusquement la tête, attrape la télécommande de la télé sur la table basse et me la jette à la tête. Je me baisse juste à temps pour l'éviter.

— Tu me MENS, espèce de sale MENTEUSE ! crache Maman, le visage déformé par la colère. Je vais découvrir ce que tu fabriques, tu peux compter sur moi, espèce de SALE PETITE PUTE, MENTEUSE !

Maman s'est déjà montrée très dure avec moi, mais elle ne m'a jamais parlé sur ce ton.

— Et ne songe même pas à rentrer demain avec ces bobards, je reniflerai tes mensonges dès ta sortie de l'ascenseur, persifle-t-elle – pas de doute, Maman aurait adoré être actrice. Pas vrai, Mark ?

Elle se tourne vers mon père, qui est présent depuis le début de la scène mais reste dans son coin, comme à son habitude. Il a trop peur de Maman pour s'interposer et se contente de hocher vivement la tête. J'en ai assez. J'attrape mon sac à dos et me dirige vers la porte.

— Je finirai bien par trouver ce que tu me caches, espèce de MENTEUSE ! hurle encore Maman.

Tout mon système nerveux est à l'agonie, mais je me force à l'ignorer et je quitte l'appartement en claquant la porte.

Joe me récupère à l'angle de Sunset Boulevard et Vine Street. La portière passager de sa Ford Taurus est enfoncée et ne s'ouvre plus depuis des lustres, je dois donc enjamber Joe côté conducteur pour rejoindre mon siège. Je suis encore tremblante de mon altercation avec Maman.

Quand je regarde enfin Joe, je me rends compte qu'il a les yeux vitreux et qu'une odeur douceâtre émane de lui. Oh, non. Ce soir, nous devions fêter notre première nuit ensemble en tant que couple officiel. Je rêvais d'une soirée romantique, magique, mémorable. Mais Joe est ivre et j'ai du mal à ravaler ma déception.

— C'est fait ? je lui demande, nerveuse.

— Oui, je l'ai quittée, marmonne-t-il difficilement. Je ne serais pas venu, sinon.

— D'accord… Et comment tu vas ?

Il émet un son entre le rire et le reniflement.

— À ton avis ?

Aussitôt, il baisse les yeux, comme s'il s'en voulait de son ton acerbe – j'ai l'habitude, il lui arrive d'être cassant après quelques verres. Il redémarre et prend le chemin de l'hôtel. Je n'aime pas qu'il conduise alors qu'il a bu mais je n'ose pas lui en faire la remarque, je sais que ça n'arrangera rien.

Nous arrivons tant bien que mal au Sheraton Universal et, le temps que nous nous retrouvions devant la porte de la chambre que je nous ai réservée, il est plus de minuit. Joe essaie d'introduire la clé dans la serrure mais il tient à peine debout, je finis par m'en charger.

— J'aurais pu le faire, hein, bredouille-t-il.

Il entre après moi dans la pièce et s'effondre immédiatement sur le lit. Je pense qu'il doit être très fatigué, jusqu'à ce qu'il se retourne sur le dos et que je voie les larmes qui roulent sur ses joues. Son torse est secoué de sanglots et il hoquette un râle répugnant.

— Qu'est-ce qu'il y a ? je m'exclame. Qu'est-ce qui se passe ?

— Mais qu'est-ce que j'ai fait ? Qu'est-ce que j'ai faiiiiiiiiit ! gémit-il. On était en couple depuis cinq ans. Cinq ans ! On venait d'emménager ensemble, on devait se marier…

Je m'étends à côté de lui et le prends dans mes bras, je m'enveloppe autour de lui tandis qu'il se met à énumérer ses remords et ses regrets. Si j'en valais la peine, il ne réagirait pas comme ça. Il ne serait pas aussi triste.

— Je croyais que c'était ce que tu voulais ? je tente, dans l'espoir qu'il finisse par me rassurer.

— Et tu ne veux même pas coucher avec moi ! geint-il à la place.

C'est vrai, je refuse de coucher avec lui. Ma famille a beau ne plus aller à l'église, je continue de respecter à la lettre certains préceptes, sans trop savoir pourquoi. Et donc, par exemple, pas de relations sexuelles avant le mariage.

Cela fait trois mois qu'on se fréquente, Joe et moi. On n'a rien dit à personne au travail, ce qui crée une tension érotique très puissante. Après le tournage, nous nous retrouvons presque tous les soirs chez lui – si sa copine n'est pas là – ou chez un de ses copains – si elle est rentrée. On s'embrasse, on se tripote, on se caresse, mais on n'a jamais fait l'amour et je n'ai jamais touché son pénis.

— Je suis désolée mais je ne me sens pas prête, dis-je avec une fermeté qui me rend fière.

— Tu pourrais peut-être au moins me sucer, non ?

Il a levé la tête et me dévisage avec des yeux de chien battu.

— Euh... Non, je n'ai pas envie.

Joe se laisse retomber sur l'oreiller. Les larmes disparaissent, remplacées par l'irritation.

— C'est ridicule. Je suis un homme, j'ai des besoins.

— On peut s'embrasser..., je suggère.

— S'embrasser ? J'ai trente-deux ans, bon sang.

Je me sens bête de l'avoir proposé, et j'ai honte de ne pas être assez expérimentée pour répondre aux besoins de Joe. Malgré mes dix-huit ans, j'ai l'impression d'être une gamine.

— Tu es trop jeune pour moi. Ça ne peut pas fonctionner entre nous, conclut-il, et il fait mine de se lever.

— Non, c'est bon, je vais le faire ! dis-je précipitamment.

Je me déçois – je me pensais moins influençable.

Joe se rallonge mollement, l'air blasé. On dirait qu'il est déjà passé à autre chose mais que, quitte à ce qu'on soit là tous les deux, il va se résigner à aller au bout de l'idée. Il ouvre sa braguette et sort son pénis. Je l'observe un long moment.

— Par quoi je suis censée commencer ? Je n'ai jamais fait ça.

— C'est pas avec ce genre de remarque à la con que tu vas me faire bander, tu sais.

Joe a déjà été un peu sec avec moi, mais là, c'est différent.

Je pourrais excuser son attitude en me rappelant qu'il a bu – j'ai du mal à juger de son niveau d'ébriété car je ne consomme jamais d'alcool, en dehors de la fois où le Créateur m'a fait goûter son cocktail ; pour le déterminer, je me fie en général à la manière dont il se déplace ou à son débit de parole.

Je pourrais aussi excuser son attitude en me rappelant qu'il vient juste de mettre fin à une longue relation et qu'il souffre.

Mais en toute franchise, je n'essaie même pas de rationaliser sa mauvaise humeur car tout ce qui m'importe, c'est qu'on soit ensemble. Il est tellement plus âgé, tellement plus cool que moi, je n'ai jamais ressenti quelque chose d'aussi intense pour quelqu'un, et j'en déduis que nous partageons un lien exceptionnel.

Je me penche, et je commence. Je lèche, je suce, et je croise les doigts pour que ce soit agréable. Or, je n'ai aucune idée de ce que je suis en train de faire. Cela fait dix ans que je suis actrice : sans indications scéniques, je suis paralysée.

— Je vais venir, halète Joe – je crois que c'est bon signe, mais je ne sais pas de quoi il parle. Accélère un peu.

— Merci, dis-je.

Enfin, une indication !

Soudain, un liquide au goût de plastique chaud jaillit dans ma bouche, et je recrache sur le couvre-lit.

— Y'a un truc qui est sorti ! je glapis. Oh là, là, y'a un truc qui est sorti !

— Ben oui. J'ai joui, lâche Joe, entre l'agacement et l'apathie.

— Ça veut dire quoi ?

Joe se recroqueville en chien de fusil, dos à moi. Un oreiller serré contre sa poitrine, il prend une grande inspiration.

— Mais qu'est-ce que j'ai fait ? souffle-t-il.

45.

— Aloha ! nous salue une jolie employée du Four Seasons.

Elle passe un collier de fleurs autour de mon cou, puis un collier de perles autour de celui de Joe. Le regard de ce dernier s'attarde deux dixièmes de secondes de trop sur la réceptionniste. Salope. Je la déteste. Je me promets de travailler sur ma jalousie, un jour, si j'ai le temps.

Lors de l'enregistrement à la réception, je dois expliquer plusieurs fois que la réservation est bien à mon nom, et non à celui de l'homme qui m'accompagne. Est-ce dû à notre différence d'âge ou à un bon vieux réflexe sexiste ? En tout cas, personne ne semble prêt à croire que ce soit moi qui paye cette escapade dans un *resort* cinq étoiles.

Bon, ce n'est pas vraiment moi qui paye, mais Nickelodeon. Pour fêter la fin de tournage de la saison cinq, le studio a offert à chacun des acteurs principaux un séjour de cinq jours et quatre nuits pour deux personnes au Four Seasons Resort Maui, à Hawaï.

Bien sûr, j'ai invité Joe. Cela fait désormais un an qu'on est ensemble et notre relation est stable. Certes, la moitié du temps, on est pris dans un tourbillon d'engueulades – il est ivre et moi, en pleine crise de nerfs ; il me reproche d'être trop possessive et je lui reproche d'avoir encore perdu de l'argent alors que j'ai remboursé ses dettes à peine trois semaines plus tôt –, mais l'autre moitié du temps, ça se passe très bien.

On regarde des rediffusions de *Survivor* à la télé. On a nos petites blagues un peu bêtes entre nous. On rit beaucoup. On n'a toujours pas fait l'amour, mais je m'améliore en fellation.

Pour moi, cette relation est déjà cent fois plus saine que celle de mes parents. Eux ne connaissent que les engueulades, les cris, les disputes – ils n'ont aucun des bons côtés. Le seul problème, c'est que Maman ignore encore tout de notre liaison.

Elle a dû quitter mon appartement quelques mois plus tôt pour se rapprocher du cabinet de son oncologue, dans le comté d'Orange, car ses rendez-vous sont devenus quasi quotidiens. Maintenant que nous ne vivons plus ensemble, Maman me téléphone une dizaine de fois par jour pour se tenir au courant de chaque détail de ma vie – elle tient à savoir si mon personnage a un rôle important dans l'épisode que je tourne cette semaine ou si j'ai passé de nouvelles auditions, elle me réexplique pourquoi je devrais reprendre ma carrière de chanteuse – j'ai mis fin à mon contrat quand l'état de Maman s'est aggravé. Comment vais-je réussir à tenir cinq jours et quatre nuits sans lui révéler avec qui je suis ?

Joe et moi trouvons une solution : j'expliquerai à Maman que je suis partie avec Colton, un de mes amis qu'elle apprécie parce qu'il est gay (elle est donc certaine qu'il gardera son pénis dans son caleçon en ma présence). Depuis Los Angeles, Colton se tiendra prêt à participer à nos appels téléphoniques pour donner du crédit à mon histoire.

J'ai beaucoup de mal à mentir à Maman. Quand je raccroche après avoir inventé une excuse pour protéger notre relation, je fonds en larmes dans les bras de Joe. Je me sens affreusement coupable et lui dis que j'aimerais pouvoir être honnête avec ma mère, j'aimerais qu'elle le rencontre, j'aimerais ne pas avoir aussi peur d'elle. Et Joe me caresse les cheveux et tâche de me réconforter.

Le fossé qui me sépare de Maman s'accroît de jour en jour. À chaque mensonge, je m'éloigne un peu plus d'elle. À chaque kilo de plus, chaque excès de nourriture, notre lien s'effrite.

Cette distance me déstabilise terriblement. Je meurs d'envie de me rapprocher d'elle, mais je souhaite pouvoir poser mes conditions plutôt que devoir m'effacer devant les siennes. Je veux qu'elle s'intéresse à la personne que je deviens. Qu'elle m'autorise à grandir et à changer. Qu'elle ait elle aussi envie que je sois moi-même.

Or, j'ai conscience que cela relève du fantasme, du moins pour le moment. Alors, pour le moment, je mens.

Au début, le plan se déroule parfaitement. Tous les jours, je téléphone à Colton, puis j'ajoute Maman à l'appel pour qu'on lui raconte notre sortie snorkeling, nos virées en Jeep, nos promenades sur des plages de sable blanc. Elle rit aux détails cocasses que Colton prend soin d'ajouter pour la convaincre qu'il n'est pas du tout en train de faire ses courses au supermarché de Burbank.

Hélas, le troisième jour, en fin d'après-midi, Joe et moi sommes en train de faire du paddle en face de l'hôtel quand il me dit soudain de me baisser. Sans réfléchir, je me retourne et, au loin, je devine un paparazzi tapi près d'une cabane de plage jaune banane. Il nous prend en photo.

« Merde. Merde merde merde merde. »

C'est une catastrophe. Nous rejoignons la plage à la nage, abandonnons nos planches de paddle, attrapons nos luxueuses serviettes de bain et disparaissons aussi vite que possible par l'accès arrière de l'hôtel. Le paparazzi a immortalisé chacun de nos mouvements.

Le temps qu'on arrive à notre chambre, je suis au bord de la crise d'hystérie, je n'arrive pas à penser à autre chose qu'à tout ce que Maman risque de faire pour me punir, me renier ou me menacer. Joe essaie de me calmer, en vain.

Au bout d'un long moment, exténuée par la panique, je finis par m'endormir d'épuisement. Il est 18 h.

Quand je me réveille, le lendemain matin, mon regard n'est pas attiré par les palmiers devant la fenêtre, ni par l'eau turquoise qui scintille au soleil, ni par ce couple de jeunes mariés qui se prélasse dans un hamac à l'horizon. Je n'ai d'yeux que pour l'écran dur et froid de mon iPhone, et ses notifications qui me terrifient.

Trente-sept appels manqués de Maman, seize messages vocaux et quatre nouveaux e-mails – grâce aux encouragements de Joe, j'ai fini par me créer mon propre compte. J'ouvre le premier e-mail.

Chère Nettie,

Tu me déçois tellement. Tu étais mon parfait petit ange, et maintenant tu n'es plus qu'une sale PUTE, une TRAÎNÉE, tu ne vaux PLUS RIEN. Et quand je pense que tu t'es offerte à cet OGRE ! J'ai vu tes photos sur un site Internet qui s'appelle TMZ, je t'ai vue à Hawaï avec cet homme, je t'ai vue lui frotter le ventre, ce ventre dégoûtant avec tous ces poils. Je SAVAIS que tu me mentais pour Colton. Tu n'es pas qu'une TRAÎNÉE, tu es aussi une MENTEUSE, SOURNOISE, DIABOLIQUE. Et tu es enveloppée, ça se voit que tu manges trop, sûrement pour étouffer ta CULPABILITÉ.

J'ai envie de vomir en t'imaginant avec son gros zizi en toi. Tu me DÉGOÛTES. Je ne t'ai pas élevée comme ça.

Qu'est-ce qui est arrivé à ma si gentille petite fille ? Où est-elle passée ? Qui est ce MONSTRE qui a pris sa place ? Oui, tu n'es qu'un MONSTRE HIDEUX, à présent. J'ai tout raconté à tes frères et ils ont dit qu'ils te reniaient, eux aussi. À nos yeux, tu n'existes plus.

Bisous,

Maman (ou DEBRA, devrais-je dire, car je ne suis plus ta mère)

PS : Fais-moi un virement. Le frigo a lâché.

Je me recroqueville sur moi-même. La tête enfouie dans les mains, j'éclate en sanglots. Joe me frotte le dos et m'assure que ma mère a un problème, mais je lui réponds qu'au contraire, c'est moi qui ai un problème. Et si elle disait vrai ? Peut-être que j'ai oublié qui j'étais, peut-être que je suis devenue un monstre diabolique.

— Tu ne peux pas la laisser te mettre dans cet état, insiste-t-il.

Je reprends mon téléphone et tape « TMZ » dans la barre de recherche. Joe me rappelle qu'on s'est mis d'accord pour ne pas regarder les photos – il sait que j'ai beaucoup de complexes –, mais ça m'est égal. Il faut que je les voie. Il faut que je sache si Maman a raison.

Elle a raison. Je suis immonde. Mon corps et mon visage me révulsent. C'est vrai que je suis enveloppée. Je ne porte plus de maillots une pièce, mais je mets toujours un caleçon de bain par-dessus le bas pour cacher mes fesses, que je déteste car elles sont rondes et féminines. Joe prétend que mes seins sont super dans mon haut, mais je ne suis pas d'accord. Des seins, c'est répugnant, et je hais les miens. Je voudrais être plate et n'avoir aucune forme. Je voudrais qu'il n'y ait rien de sexuel ni de suggestif dans mon corps.

Peu à peu, mes larmes se tarissent, remplacées par le venin de la haine. Joe doit sentir que la situation s'aggrave, car il me prend mon smartphone et m'annonce qu'il va l'enfermer dans le coffre-fort de la chambre. Je ne le retiens pas.

Les deux jours suivants, mon téléphone reste sous clé et mon maillot de bain demeure accroché à la poignée de la porte de la salle de bains. Joe et moi essayons de profiter de la fin de notre séjour. Nous allons marcher, nous faisons des tours en voiture, et toute autre activité qui ne nécessite pas que j'enlève mes vêtements en public. Le matin du départ, entre ces distractions et le fait que mon portable n'est pas sous mon nez, j'aurais presque oublié l'incident avec le paparazzi et les mots cruels de Maman.

Mais tandis qu'on fait nos bagages, du coin de l'œil, je vois Joe composer discrètement le code du coffre-fort et en sortir mon iPhone. Comme il s'apprête à le ranger dans sa poche, je lui demande de me le passer. Il me prévient que c'est une mauvaise idée, que cela ne peut que me faire du mal, mais je n'ai pas le choix. Il faut que je voie.

Dès que l'appareil se trouve entre mes mains, je sais que c'était une erreur. Trop tard. Quarante-cinq appels manqués de Maman. Vingt-deux nouveaux e-mails. Je les lis un par un, frénétique ; chacun est plus agressif que le précédent. Elle me traite de demeurée, de ratée, d'ordure, d'enfant du démon. Joe me signale qu'on va être en retard à l'aéroport. Ça m'est égal.

J'ouvre un autre message, celui-là intitulé « Une lettre pour tes fans » avec, en pièce jointe, un texte impitoyable. Maman explique qu'elle l'a posté sur un forum consacré à Jennette McCurdy afin de pousser mes fans à se retourner contre moi. Elle ajoute qu'elle va me voler mes fans, d'ailleurs elle les mérite plus que moi, qu'elle va se créer un compte Vine pour faire des vidéos rigolotes et qu'ils vont tous l'adorer.

Est-ce qu'elle bluffe ? Je vais consulter le forum dont elle parle. Elle était sérieuse : je découvre le message de Maman en première page des sujets de discussion. J'arrive à peine à y croire.

Je reviens à ma boîte de réception à l'instant où un autre message de Maman apparaît.

C'est de TA faute si mon cancer est revenu. J'espère que tu es fière de toi. Tu vas devoir vivre avec ça. C'est TOI qui as provoqué mon cancer.

Je commence à rédiger une réponse où je la supplie d'accepter qu'on se voie en tête à tête, elle et moi, pour éclaircir les choses. Je suis sûre d'être capable de m'expliquer et de revenir dans ses bonnes grâces. Je suis désespérée.

> *Ma petite Maman chérie,*
>
> *S'il te plaît, est-ce qu'on peut au moins se voir en personne pour se parler ? S'il te plaît. Juste toi et moi. On pourrait s'asseoir et prendre le temps de discuter. Je répondrai à toutes tes questions. Je t'en prie, Maman. Je m'en veux de t'avoir déçue, je ferais tout pour regagner ta confiance. Je suis certaine que, si tu connaissais toute la situation, tu ne penserais pas toutes ces choses. Je t'aime tellement. Je veux qu'on redevienne aussi proches qu'avant. Tu me manques.*
>
> *Je t'embrasse, Nettie*

J'enregistre le brouillon, éteins mon téléphone et le remets dans la poche de Joe. Il veut savoir ce qu'elle m'a écrit, mais je ne dis rien. Je suis sonnée, apathique. Je ne prononce pas un mot de tout le vol.

Ces dernières années, Maman et moi nous sommes éloignées. Je n'aurais jamais cru cela possible avant, mais la célébrité puis mon histoire avec Joe ont creusé un profond fossé entre nous. Sans compter la pression sous laquelle on vit depuis que le cancer est revenu…

Et si tout cela était une conséquence de cette pression ?

Pourquoi Maman refuse-t-elle d'admettre qu'elle va mourir ? Pourquoi est-ce que je refuse d'admettre qu'elle va mourir ? Je suis furieuse de l'importance qu'elle attache à ma célébrité et, aujourd'hui, elle est furieuse de l'importance que j'attache à Joe. Il semble y avoir plus de haine que d'amour entre nous ces temps-ci mais, finalement, peut-être que nous sommes juste tout aussi effrayées l'une que l'autre. Peut-être avons-nous laissé ce fossé se creuser parce qu'au fond, nous savons que bientôt, celui qui nous séparera sera infranchissable.

L'avion atterrit. Pendant qu'il roule vers la porte de débarquement, je rallume mon téléphone, je retrouve mon brouillon et je clique sur « Envoyer ». Un instant plus tard, une notification. C'est une réponse de Maman.

D'accord, je veux bien qu'on se voie. PS : N'oublie pas le virement. Les yaourts ont déjà moisi.

46.

— Jennette, tu voudras bien chanter « Wind Beneath my Wings » de Bette Midler à mon enterrement ?

Maman et moi dînons au Panda Express de Cahuenga Boulevard. Elle grignote des brocolis à la vapeur, je grignote du chou à la vapeur, et nous faisons toutes les deux semblant que tout va bien. Voilà l'état de notre relation depuis mon retour d'Hawaï.

La première fois qu'on s'est revues après ce séjour fatidique, Papa l'a conduite chez moi, installée sur le canapé et s'est éclipsé. J'ai préparé du thé et, pendant qu'il infusait, j'ai attendu qu'elle mette sur le tapis ma relation avec Joe. Pour moi, c'était la raison de sa venue : on devait discuter. Or, elle ne l'a pas évoqué. Elle s'est contentée de me poser des questions insipides sur mon travail et, en retour, je lui ai posé des questions insipides sur le dernier épisode de *NCIS : Enquêtes spéciales* – Maman adore Mark Harmon.

« Quand est-ce qu'elle va se lancer ? » me suis-je demandé anxieusement tout au long de la conversation.

En un clin d'œil, nos deux heures étaient écoulées et Papa est revenu la chercher. Je me suis retrouvée seule.

C'était il y a plusieurs mois de ça et, depuis, c'est devenu la routine : quand on se voit, on parle poliment de la pluie et du beau temps en essayant de camoufler notre chagrin et notre ressentiment. J'ai pris le pli et je ne m'en étonne plus. C'est pourquoi je suis estomaquée d'entendre Maman me faire cette requête au milieu du fast-food.

Le cancer de Maman appartient à la catégorie des sujets dont on préfère prétendre qu'ils n'existent pas. La demande de Maman enfreint cette règle tacite et je suis prise au dépourvu.

— Euh…

— Par contre, tu devras y mettre de l'émotion. Tu devras croire en chaque mot. Ce genre de chanson ne fonctionne que si on se donne à 100 %.

Je n'ai même pas encore accepté qu'elle me fait déjà des retours sur ma performance.

— Euuuh…

— Tu n'as qu'à essayer, tiens.

— Maman, on est au restaurant, je ne vais pas…

— Essaie !

— *It must have been cold there in my shadoooow*[1]…

Malgré moi, ma voix s'échappe de ma bouche. Dès que Maman veut quelque chose, mon corps est programmé pour obéir. À quelques pas de là, une serveuse armée d'une serpillière m'observe du coin de l'œil.

— *To never have…*

— Plus d'émotion, mon ange. Il faut que tu vives cette tristesse.

— *To never have sunlight on your faaaace*[2]…

Je force un peu trop sur le vibrato, mais c'est le genre de truc qui lui plaît.

— Bien, arrête. Je ne veux pas t'épuiser avant l'heure, tu es meilleure quand tu n'as pas trop répété. Alors, tu acceptes ?

---

1. *Tu as dû avoir si froid, constamment dans mon ombre.*
2. *Sans jamais sentir le soleil sur ta peau.*

Je me sens obligée de dire oui – après tout, il s'agit de sa dernière volonté. Le seul problème, c'est que je ne pense pas que cette chanson soit dans mes cordes. Les couplets sont graves, mais le refrain monte assez aigu, avec des notes qui sortent de mon registre.

Une fois que nous sommes rentrées chez moi, Maman me demande de m'entraîner sur la chanson avec YouTube, afin que je lui donne un avant-goût de ma prestation, le jour J.

— Je croyais que tu ne voulais pas m'épuiser avant l'heure.

— Oh, on s'y prend avec suffisamment d'avance, ça ne devrait pas poser de problème. Enfin… j'espère.

Ses derniers mots me coupent le souffle. Je suis furieuse, et je m'en veux aussitôt de ma réaction. Il faut vraiment être quelqu'un d'horrible pour se mettre en colère contre sa mère mourante.

En guise de repentir, je mets toute ma culpabilité au service du souhait de Maman. Je trouve le titre sur YouTube, j'ouvre un second onglet pour afficher les paroles, et je me lance. Comme prévu, le couplet ne pose pas de difficulté particulière. Hélas, dès que j'atteins le refrain, « *Did you ever know that you're my hero*[1] », c'est sans appel : on sort de ma tessiture.

— Oui, mais tu as démarré à froid, m'assure Maman. Fais quelques échauffements et recommence.

Après dix minutes de « ma-me-mi-mo-mu » et de vocalises, je retente sans plus de succès. Puis une dernière fois, par acquit de conscience.

— Je ne peux pas chanter aussi aigu, j'admets enfin.

— Ne dis pas ça ! réplique Maman.

---

1. *T'ai-je déjà dit que tu étais mon héros/mon héroïne ?*

— Désolée.

— Tu vas y arriver. J'en suis sûre. Et puis, il te reste largement assez de temps pour t'entraîner. Enfin… j'espère.

Je ne veux pas répéter la chanson que ma mère veut que je chante à son enterrement. Je ne veux pas penser à son enterrement. Je veux que tout redevienne comme avant, quand on n'abordait pas les sujets qui nous mettent mal à l'aise. Je croyais que je détestais faire semblant mais, en fin de compte, c'était mille fois mieux.

— Si tu reprenais encore une ou deux fois, ma puce ? insiste Maman.

Et elle retire son bonnet Ugg pour gratter son crâne chauve. En apparence, un geste machinal à vous fendre le cœur ; moi, je parie qu'il est tout à fait calculé.

Je clique pour relancer la musique, les premières notes de synthétiseur s'élèvent et je me lance.

47.

— Tu vas dans le mauvais sens, dis-je à Papy, que j'observe depuis ma fenêtre.

— Oups ! me répond sa voix dans le haut-parleur du téléphone.

Il fait faire demi-tour au fauteuil roulant de Maman et repart sous mon regard attentif. Mon appartement donne sur la cour de l'immeuble. C'est pile pour cette vue que je l'ai choisi – ou, pour être exacte, pile pour éviter l'autre vue. Dans cette résidence, les logements les plus prisés sont ceux qui font face à Sunset Boulevard et qui laissent admirer le tumulte de la ville. Cependant, ils font aussi face aux studios de Nickelodeon, qui affichent sur leur façade un gigantesque poster d'*iCarly* aux tons violet et jaune criards, sur lequel on peut voir mon visage retouché, mon sourire factice et ma coiffure ringarde. Il était hors de question que je me réveille chaque matin face à cette monstruosité.

Après quelques erreurs de navigation et de choix dans les boutons de l'ascenseur, Papy et Maman atteignent finalement ma porte d'entrée. Nous prenons le temps de discuter autour d'un thé, puis repartons ensemble vers le parking retrouver la voiture, où Maman et moi nous installons sur la banquette arrière pour que Papy nous conduise au restaurant.

— Où veux-tu aller déjeuner ? je demande à Maman.

Je songe déjà : « Pitié, pas Wendy's, pas Wendy's… »

— Disons, Wendy's ? suggère-t-elle innocemment.

— Parfait, j'approuve avec un sourire forcé.

Il n'y a rien de mal à manger au Wendy's. Au contraire, c'est un fast-food qui sert un menu plus que convenable – vous avez déjà goûté le Frosty en dessert ? Miam.

Mon agacement ne porte pas sur le choix du restaurant, mais sur les raisons qui la poussent à choisir cet établissement plutôt qu'un autre. Elle sait que j'ai de l'argent et que je peux l'inviter n'importe où et, pourtant, elle opte pour Wendy's non pas parce que c'est ce qu'elle préfère, mais parce qu'elle pourra ensuite raconter à ses amies ou aux gens de l'église qu'elle est si humble et si simple qu'elle se contente très bien d'une petite salade dans une chaîne de fast-food, quelle que soit l'occasion. Elle le fait même pour son anniversaire.

C'est un truc qui me rend dingue : elle cherche constamment à ce qu'on la plaigne. Elle est atteinte d'un cancer de stade 4, tout le monde la plaint déjà largement assez. Elle n'a pas en plus besoin de déjeuner chez Wendy's pour s'attirer la sympathie des gens.

Papy sort du parking et s'arrête au premier feu rouge, juste en face de l'immense poster d'*iCarly*. Mal à l'aise, je me mets à trier ce que je trouve dans les poches des dossiers des sièges avant. Des prospectus, des tickets de caisse, des serviettes sales, et un exemplaire de *La Victoire des conservateurs : Comment nous défendre contre Obama et sa politique radicale*, de Sean Hannity, un commentateur de Fox News. Papy me jette un coup d'œil dans le rétroviseur.

— Je viens de le finir, très bon bouquin. Vraiment très bon, répète-t-il en tapotant le tableau de bord. Tu veux me l'emprunter ?

— Euh, peut-être.

Non.

— Elle est là ! s'extasie Maman à côté de moi.

Et elle brandit son Kodak jetable pour prendre en photo l'affiche de ma série – elle a pourtant déjà au moins une centaine de photos de ce poster. Alors qu'elle appuie sur le bouton, l'appareil photo lui échappe, et je me penche pour le ramasser. Le temps que je me redresse, Maman s'est mise à convulser. Elle a les mains serrées en deux minuscules poings et le visage figé en une grimace affreuse, un œil plissé et la bouche tordue d'un côté ; j'ai l'impression de voir une patiente d'hôpital psychiatrique en pleine crise.

Épouvantée, je crie à Papy qu'il y a un problème. Il jure et blasphème. Maman est incapable de parler. Papy regarde rapidement à droite et à gauche puis grille le feu rouge et traverse le croisement pour entrer dans le parking des studios Nickelodeon. Carl, le vigile posté à l'entrée, le reconnaît tout de suite puisqu'il me rend souvent visite sur le plateau. Papy lui dit d'appeler les secours.

À présent, Maman a de l'écume au coin des lèvres et je suis certaine qu'elle est en train de mourir. Papy m'ordonne de l'allonger. Je détache sa ceinture de sécurité et pose sa tête sur mes genoux ; je vis le moment le plus terrifiant de ma vie.

L'ambulance arrive en un clin d'œil. Les urgentistes installent Maman sur un brancard, l'attachent et la font monter à l'arrière. Elle n'a pas cessé de convulser. Un des secouristes, qui a vu qui j'étais, me propose de faire le trajet à bord – pour une fois, je ne vais pas me plaindre d'être connue.

J'agrippe très fort la main de Maman et je lui répète que tout ira bien, alors que je suis persuadée du contraire. La sirène de l'ambulance s'élève. Depuis l'intérieur du véhicule, le son est bizarre, déformé. Le conducteur prend à droite à la sortie du parking. Tandis que je tiens la main de ma mère à l'agonie, tremblante, avec la salive qui s'accumule au coin de sa bouche, j'aperçois une nouvelle fois le poster. Mon sourire vide, ma coupe de cheveux débile. Ma vie entière se fout de moi.

48.

Nous sommes la veille de Noël. Maman est en unité de soins intensifs depuis une semaine, inconsciente. Sa tumeur au cerveau lui a provoqué une crise d'épilepsie, une complication « assez commune », d'après le docteur. Comme si le fait que ce soit « commun » rendait l'épisode moins traumatisant.

Marcus, Dustin, Scottie et moi sommes assis côte à côte dans la salle d'attente, pendant que Mamie et Papy sont dans la chambre avec Maman. Personne ne parle.

Au bout d'un moment, je propose d'aller chercher à manger pour tout le monde au Burger King. J'ai besoin d'une distraction et la nourriture est la meilleure possible. Pourtant, les garçons déclinent : ils me disent qu'ils ne peuvent « rien avaler, là ». Je suis tellement jalouse. Eux, la tristesse et le stress leur coupent l'appétit.

Je vais donc seule au fast-food en face de l'hôpital, où je commande un menu Whopper avec frites et Coca, ainsi que des tacos et des nuggets de poulet en accompagnement. La commande et le repas se succèdent si vite que j'ai l'impression de n'avoir aucun contrôle sur le processus. Après coup, mon ventre me semble trop plein.

Je songe alors à me faire vomir. J'ai déjà entendu parler de cette solution, mais je ne l'ai jamais essayée. Aujourd'hui, ça me paraît être le moment idéal pour me lancer. Je jette les vestiges de mon repas dans une poubelle qui déborde et repars vers l'hôpital. Excitée par mon nouveau plan, je rejoins le bâtiment et prends l'ascenseur jusqu'à l'accueil des soins intensifs. Mes frères ne sont plus dans la salle d'attente, ils doivent être partis voir Maman. J'en profite pour filer aux toilettes. Une fois sûre que je suis seule, j'entre dans une cabine et m'agenouille sur le carrelage froid, puis j'enfonce deux doigts dans ma bouche. Aïe ! J'appuie contre le fond de ma gorge. Ça fait mal, mais rien ne se produit. Je réessaie. Rien. Je réessaie encore. Toujours rien.

Et merde ! J'abandonne et me lave les mains. Quelle incapable je fais. Incapable de me retenir de manger, incapable de me débarrasser de ce que je mange.

Dans le couloir, je presse le pas pour rejoindre la chambre de Maman, derrière les lourdes portes de l'unité. Marcus, Dustin et Scottie sont regroupés autour de son lit. Sous les draps et les couvertures, on devine à peine son corps minuscule.

— Elle est réveillée, m'annonce Dustin.

Je me précipite au chevet de Maman et lui prends la main – oh, j'aime la sensation de ces mains miniatures avec leurs doigts si fins ! Elle a la peau luisante et tiède.

— Nettie, souffle-t-elle.

Elle tourne faiblement la tête vers moi et mes yeux s'emplissent de larmes. Peut-être qu'elle va s'en sortir, en fin de compte. Je n'arrive pas à y croire. Je suis aux anges.

— Nettie, les garçons m'ont dit que tu étais allée au Burger King. Tu ne devrais pas manger ces saletés… Tu sais combien de calories il y a dans un Whopper ?

Je souris, et une larme roule sur ma joue. Maman est vivante. Et pour le moment, elle va le rester.

— Je sais, Maman, je sais. Mais je l'ai demandé sans sauce.

Elle soupire.

— N'empêche…

49.

Miranda pleure. Je pleure. On pleure toutes les deux et on n'arrive pas à s'arrêter. En ce qui me concerne, ce n'est pas parce qu'*iCarly* se termine ou parce qu'aujourd'hui, c'est le tout dernier jour de tournage de la série. Au contraire, je m'en accommode très bien. D'ailleurs, je suis prête – mieux, excitée. Je suis un peu inquiète de démarrer mon spin-off mais, au moins, je peux faire mes adieux à ce quotidien horriblement répétitif qui me donne l'impression de vivre dans *Un jour sans fin*.

Non, la raison pour laquelle je pleure, c'est parce que je ne sais pas ce qu'il va advenir de mon amitié avec Miranda. Au fil des années, nous sommes devenues aussi proches que des sœurs, sans l'hypocrisie ni les tensions familiales. J'ai des réserves quant aux amitiés féminines : je pars du principe que les filles sont sournoises, mesquines et déloyales, mais ma relation avec Miranda est à mille lieues de ça.

Avec Miranda, tout a toujours été simple. Notre amitié est pure.

Une assistante de production nous tend à chacune un Kleenex, nous nous mouchons avec un bruit affreux. On reprend nos places pour une autre prise de la dernière scène qu'on tourne ensemble et, aussitôt, la tristesse nous submerge de nouveau et nous fondons en larmes dans les bras l'une de l'autre.

Ce chagrin exacerbé est assez commun lors des fins de tournage. L'espace de quelques semaines ou de quelques années, on en vient à connaître intimement toute une équipe de gens qu'on voit plus que notre propre famille – et puis, le projet s'achève. Au fil du temps, on discute de moins en moins avec ces gens dont on se pensait si proche, jusqu'à ne plus se fréquenter du tout. Et on en vient à se demander si les liens forgés étaient réels ou s'ils n'étaient qu'une façade, aussi éphémère que les décors du plateau.

Je n'aime pas connaître mes amis dans un contexte particulier. « Elle, on va au sport ensemble. » « Lui, il est dans mon club de lecture. » « J'ai tourné dans une série avec cette fille. » Parce qu'une fois que le contexte disparaît, l'amitié suit le même chemin.

J'ai besoin de connaître intimement et profondément les gens que j'aime, sans contexte, sans petites boîtes, et j'ai besoin qu'ils me connaissent de la même façon. Je sais que je connais Miranda intimement et profondément, mais je sais aussi que je la connais grâce à *iCarly* et cela ne me plaît pas. Je ne veux pas perdre ce qui nous unit.

50.

— Tu es sûre de toi ?

— Certaine.

— Ce n'est pas le moment de faire une croix sur notre histoire… Tu as plus que jamais besoin de t'appuyer sur moi.

— Je ne crois pas. Je pense que… Que si je traverse ces prochains mois avec toi, je risque de m'attacher.

— Pourquoi ce serait un problème ? C'est une bonne chose. C'est le principe de l'amour, non ?

— Ça m'inquiète d'être attachée à quelqu'un alors que ma Maman va… Tu sais.

Je n'arrive pas à le dire à voix haute. Plus l'éventualité se concrétise, moins je parviens à l'énoncer. Depuis un certain temps maintenant, les médecins nous préviennent que l'état de Maman se dégrade « rapidement » – d'ailleurs, je commence à me demander si on a la même définition de cet adverbe. Quoi qu'il en soit, les faits sont là : Maman ne quitte plus son fauteuil roulant. Elle n'a jamais été aussi affaiblie. Le cancer a gagné chaque recoin de son corps. La fin est proche. Je me mordille un ongle.

— Non, mais… comme je suis plus proche d'elle que de quiconque, j'ai peur que tout cet attachement finisse par retomber sur la personne avec qui je suis.

— Eh bien, ça ne me dérange pas. Au contraire, même, je suis pour.

Ce n'est pas la réponse que j'attendais. Je rétropédale.

— Je me suis mal exprimée. Je pense que c'est une distraction de trop. Et je dois me concentrer sur ma famille.

— Je suis une distraction ?

— Non. Oui. Je ne sais pas.

Je me gratte la tête. Si seulement je pouvais échapper à cet instant, à cette conversation gênante au milieu de Tony's Darts Away, le pub végane préféré de Joe à Burbank.

— Tu sais, si tu ne m'aimes plus, tu n'as qu'à me le dire. Je pourrai l'encaisser, conclut Joe, mais sa voix qui flanche le contredit.

Pile à ce moment-là, on nous apporte sa bière et sa saucisse végane. Au restaurant, la commande arrive toujours au moment exact où quelqu'un prononce la phrase la plus gênante de la discussion. C'est d'une telle précision que ça semble être un sport olympique. Je me demande si les serveurs s'entraînent.

— Mais si, je t'aime.

— Alors pourquoi tu me quittes ?

Joe prend une grosse bouchée de saucisse – non, une énorme bouchée, qui lui étale de la mayonnaise végane partout sur la lèvre. C'est dégoûtant.

Peut-être qu'elle est là, la vraie raison. Peut-être que cela n'a rien à voir avec la santé de Maman et que j'en ai juste assez de cette relation. Les bruits de mastication de Joe quand il mange m'agacent. La voix nunuche qu'il emploie tout le temps pour me parler me tape sur les nerfs. Ses blagues sont nulles. Il n'a aucune ambition. Il boit trop. Il a des accès de colère. Avant, je trouvais ça cool d'avoir un petit ami plus âgé ; maintenant, nos douze ans d'écart me gênent. Et ça me gêne que ça ne paraisse pas le gêner, lui.

Je me demande quelle liste interminable de défauts Joe pourrait rédiger à mon sujet. Il doit en avoir accumulé un paquet. Il pourrait dire que je suis égoïste. Possessive. Pas assez sociable. Que je n'aime pas ses amis. Que je suis trop critique. Que je ne m'intéresse pas assez à lui.

Joe mastique péniblement la même bouchée, ça doit faire une bonne minute qu'il est dessus. C'est fou, quand même ! Pourquoi il ne prend pas des bouchées plus petites ? La solution est à ta portée, Joe.

— Tu as entendu ? insiste-t-il. Si tu m'aimes encore, pourquoi tu me quittes ?

Et dans cette interaction luisante de saucisse-mayonnaise, quelque chose bascule en moi. Toute ma patience s'est volatilisée. Je suis dans un bar végane minable, noyée dans l'odeur de la bière – je n'aime pas l'alcool – et le vacarme des télés qui diffusent du basket et du foot – je n'aime pas le sport –, assise sur un tabouret bancal en face d'un homme que je n'aime plus. Soudain, plus rien ne m'importe.

— Je ne sais pas, c'est comme ça.

51.

Miranda est au volant de sa Porsche Cayenne et moi, sur le siège passager. On passe la moitié de notre temps ensemble dans cette voiture, et on est très souvent ensemble, ces derniers mois. Je n'aurais pas dû m'inquiéter pour ces histoires de contexte. Depuis la fin d'*iCarly*, notre amitié n'a fait que se renforcer. On se voit trois ou quatre fois par semaine et je vais régulièrement dormir chez elle.

Hier, on a passé la nuit à l'hôtel St. Regis de Laguna Beach – notre cadeau de fin de série. On aurait pu tout aussi bien être chez Miranda parce que finalement, on est juste restées dans notre chambre. On a regardé un film sur l'industrie du porno avec la sublime Amanda Seyfried et décidé que, même si le film n'était pas terrible et qu'on ne savait pas comment prononcer son nom de famille, Amanda Seyfried était un ange descendu des cieux. Nous avons longuement parlé de notre vie, et du fait qu'on était déprimées et qu'on avait honte d'être déprimées avec la chance qu'on avait. Enfin, on s'est endormies devant des épisodes de *Dance Moms*. Entre la pédagogie cruelle de la prof et la véhémence des parents, nous avions de quoi nous identifier à ces pauvres gamines.

On vient juste de partir de l'hôtel et Miranda se dirige vers l'entrée de l'autoroute. « Roar » de Katy Perry s'échappe par les haut-parleurs – on est allées voir les

Rolling Stones en concert, Miranda et moi, mais soyons sérieux cinq minutes : nous sommes deux filles de vingt et un ans, Katy Perry nous emballe beaucoup plus que Mick Jagger – et je ne sais plus de quoi on est en train de parler quand mon téléphone sonne. C'est Maman.

— Allô ?

— Nettie ! Nettie ! Aide-moi !

— Ouh là, du calme, ralentis… Qu'est-ce qui t'arrive ?

— À l'aide, j'ai peur !

— De quoi tu as peur ?

— On est en train de me descendre au bloc !

Elle doit se faire opérer, c'est prévu depuis un bout de temps, maintenant. L'implant mammaire qu'on lui a posé après sa mastectomie est percé et le chirurgien doit nettoyer la fuite et réparer l'implant. Une procédure banale, en théorie.

— Ça va aller, c'est une opération de rien du tout.

— Il y a un problème, Nettie. Je le sens.

En fond, j'entends les remontrances d'une infirmière.

— Madame, vous ne pouvez pas garder votre téléphone.

— Nettie, je t'en supplie, viens m'aider !

— Qu'est-ce que tu veux que je fasse ?

— Je ne sais pas ! J'ai besoin de toi !

Elle a l'air morte de peur, et je perçois dans sa voix un tremblement inhabituel qui me terrifie. Papa récupère l'appareil.

— Jennette ?

— Oui ?

— Elle est juste un peu bouleversée. Elle est dans son lit, les aides-soignants sont en train de la descendre au bloc opératoire. Je suis là. Tout va bien se passer.

— Est-ce qu'il faut que je vienne ?

Maman crie « Oui ! », Papa dit « Non ».

— Est-ce qu'il faut que je vienne ? je répète.

— Non, c'est bon, répond Papa. Le temps que tu arrives, ce sera terminé, de toute façon. C'est une procédure bénigne et rapide, et les médecins sont très compétents. Je t'appelle après.

Parfait. Je raccroche et monte le volume de la chanson.

— Un problème ? demande Miranda sans quitter la route des yeux.

— Non, non. Rien de grave.

Elle n'insiste pas. Nous restons silencieuses quelques minutes, et puis notre bavardage reprend. Mais maintenant, à mon tour, je sens qu'il y a un problème. Je le sens dans mes tripes. On s'arrête prendre de l'essence, on repart. Mon téléphone sonne. C'est Papa.

— Comment ça s'est passé ?

— Jennette... Maman ne va pas bien.

— Quoi ?

— Apparemment, son corps était trop faible pour l'opération.

— Hein ? Je croyais que c'était une procédure bénigne...

— Elle est dans le coma.

— Tu disais que les médecins étaient très compétents...

— Elle ne va pas bien. Il faut que tu viennes à l'hôpital. Tout de suite.

Je raccroche, sidérée. J'explique la situation à Miranda, qui propose de me déposer à l'hôpital.

Je regarde par la fenêtre. Miranda s'arrête à un feu rouge.

— Au fait, dit-elle platement, j'ai vérifié. Ça se prononce « Saille-Fred ».

52.

— Maman, tu as entendu ? Je disais que je suis hyper mince, en ce moment. Je suis descendue à 40 kilos.

Je décroise les jambes et me penche vers elle, pleine d'espoir.

— 40 kilos !

Depuis qu'elle est dans le coma, j'ai complètement arrêté de m'empiffrer. D'ailleurs, c'est génial, je ne mange presque plus rien. Je perds du poids à toute vitesse.

Bip. Bip. Bip.

Dans le rythme monotone des machines de l'hôpital, je finis par accepter que ma grande nouvelle ne suffira pas à réveiller Maman. Alors que j'essuie mes larmes, les garçons reviennent de la cafétéria. Aucun d'entre nous ne parle. C'est inutile. Mes trois frères s'installent avec moi autour du lit de Maman.

Je jette un coup d'œil à l'horloge. 14 h 30. À 12 h 30, on nous a annoncé que notre mère avait moins de quarante-huit heures à vivre. Je me demande combien de temps il lui reste, à présent. Est-ce qu'elle a encore quarante-six heures ? Dix ? Deux ? Chaque moment est si lourd, si lent. Je m'efforce de les retenir, mais ils m'échappent inexorablement les uns après les autres. Je ne me suis jamais sentie aussi mal.

— Cam oda daaaaille…

Nous relevons tous brusquement la tête. Oh, putain. Maman vient de parler. Un murmure faible, à peine audible, mais elle a parlé.

— Cam oda daaaaille…, souffle-t-elle encore, et nous restons interdits.

« Daille »… « *die* » ? Est-ce qu'elle parle de mourir ?

— Mais non, Maman, ne dis pas ça, s'empresse de la rassurer Marcus. Tu ne vas pas mourir !

— CAM ODA DAILLE ! répète-t-elle plus fort, avec une trace de colère – on l'a retrouvée.

— Canada Dry ! s'exclame alors Dustin en claquant des doigts.

Maman ouvre grand les yeux pour indiquer qu'il a visé juste. Mes frères et moi éclatons de rire. Si Maman n'était pas en train de mourir, on ne rirait pas autant, je crois. Dans ces moments tragiques, on a parfois désespérément besoin d'un peu de légèreté. Sans cela, ils seraient insoutenables.

Marcus court acheter un Canada Dry au distributeur dans le couloir. À son retour, il ouvre la canette et l'incline contre les lèvres de Maman. Nous sourions tous les quatre. C'est bon signe, non ? Maman prononce quelque chose qui ressemble à des mots, elle boit du Canada Dry. Elle va aller mieux, elle va s'en sortir. Pas vrai ?

Je rêve, je sais. Je m'accroche à des broutilles, je sais. Mais je n'ai pas le choix. Je continuerai à m'accrocher. Je ne veux pas la laisser partir.

Il y a dix jours, Maman a quitté l'unité de soins intensifs pour retrouver une chambre normale. Pour les quarante-huit heures, on repassera. Dans les dents, Dr Wiessman ! C'est ce que je me dis, parfois. Et après, le Dr Wiessman me réexplique que ça ne signifie pas qu'elle va miraculeusement guérir. Il nous le répète souvent, aux garçons et à moi ; il ne veut pas nous donner de faux espoirs. J'aimerais pouvoir le contredire, mais j'ai compris. Je vois ce qui se passe. Maman fait ses besoins dans un sac et respire grâce à une machine. La situation ne s'améliorera plus.

La première semaine d'hospitalisation, mes frères et moi avons pris une chambre dans un hôtel non loin de l'hôpital en attendant ses derniers instants. Mais elle n'est pas morte. Alors, au bout d'une semaine, on a quitté l'hôtel et la vie est revenue à la normale – si on peut dire. Dustin a repris le travail et Marcus a repris l'avion pour rentrer chez lui, dans le New Jersey. Papy et Papa prévoient des plannings alternés pour qu'il y ait toujours quelqu'un avec Maman la nuit, tandis que Scott reste avec elle la journée. Quant à moi, je lui rends visite quotidiennement, dès que j'ai fini le travail. On a débuté le tournage de ma série dérivée, *Sam et Cat*. Je donne des coups de chaussette de beurre en récitant mes répliques idiotes dans un décor criard, sous des projecteurs aveuglants, puis je me précipite dans une chambre d'hôpital pour m'asseoir sur un fauteuil élimé, dans l'odeur du désinfectant et sous la menace pesante de la mort.

Comme aujourd'hui. Je viens de boucler la dernière prise d'une scène dans laquelle je gifle un petit voyou avec un sandwich au jambon, et maintenant, je regarde une infirmière changer la poche à caca de ma mère. L'infirmière m'observe à la dérobée. Je sais ce qui m'attend : l'enfer sur Terre.

— Dites, vous ne seriez pas… ?

Si cette situation ne s'était pas déjà produite vingt-cinq fois dans ce même établissement, je serais probablement choquée que quelqu'un ait le culot de me demander si je ne serais pas Sam Puckett alors que je suis assise au chevet de ma mère mourante.

Je ne réponds pas. Je me contente de plisser les yeux dans l'espoir que cette femme se rende compte de l'indécence de sa question dans un tel contexte. Mais non.

— Vous ressemblez à Samantha Puckett… Sam. C'est vous ?

Je ne sais pas si je pourrais ressentir plus grand dégoût à l'égard de l'espèce humaine qu'à cet instant, face à cette infirmière qui manipule les excréments de ma mère.

— Non, dis-je abruptement.

— Vous êtes son portrait craché, c'est fou ! Je peux vous prendre en photo pour montrer à ma nièce ? Elle ne va pas en croire ses yeux !

Je me laisse aller contre le dossier du fauteuil, qui grince.

— Non. Je ne veux pas que vous me preniez en photo.

J'examine Maman. Le cancer l'a complètement transformée. Avant, elle avait des courbes, même pour son petit mètre cinquante. Elle avait des cuisses, un peu de fesses, et des seins – enfin, un sein, vu que l'autre était un implant post-mastectomie. Elle avait la taille fine et des épaules menues. Maintenant, elle a le ventre distendu, les seins fripés, les jambes comme deux brindilles. Ses bras ont l'air plus longs et pendouillent sur le côté de son corps tels ceux d'un singe. Elle me paraît moins humaine.

— Euuutème ! lance Maman, à personne en particulier.

C'est une des dernières phrases qu'il lui reste. Les tumeurs encrassent son cerveau au point qu'elle est quasiment en état de mort cérébrale, et pourtant elle parvient presque encore à dire « Je t'aime ». Chaque fois que je l'entends, mon cœur se serre douloureusement.

— Euuutème ! répète-t-elle, avec la tête qui dodeline et les yeux vides.

Je me mords la lèvre jusqu'à me faire saigner.

Lors de ces visites à l'hôpital, j'essaie d'observer Maman, de la savourer afin de me rappeler d'elle et, en même temps, je n'ai aucune envie de me la rappeler dans cet état. Quand je la contemple, je tourne la tête au bout de quelques instants. Parfois, je me force à lui prendre les mains et à lui dire que je l'aime et que je suis là mais, le plus souvent, je n'en ai pas le courage. Alors je vais m'asseoir sur mon fauteuil, dans un coin de la pièce, et je lui jette des coups d'œil. Le reste du temps, je me concentre sur ce qui se passe de l'autre côté de la fenêtre pour ne pas m'effondrer.

Mon téléphone émet un bip. C'est un message de Colton, qui me propose un road-trip de quelques jours jusqu'à San Francisco. Il sait que je ne vais pas bien et pense que ça pourra me changer les idées. J'appelle Papy pour lui demander son avis, et il me répond que d'après lui, l'état de Maman est suffisamment « stable » pour que je m'absente.

Je regarde une dernière fois Maman, qui baragouine des syllabes incompréhensibles ; je ne peux pas rester dans cet hôpital une seconde de plus. Je me lève, lui dépose un baiser sur le front, et m'en vais.

53.

Installée sur le siège passage de la Dodge Charger de Colton, j'évoque avec lui les souvenirs de notre première rencontre sur un tournage dans l'Utah, il y a près de dix ans. Nous ne sommes plus qu'à une vingtaine de kilomètres de San Francisco quand il suggère qu'on s'arrête acheter un peu d'alcool pour l'hôtel. Je ne bois jamais. Contrairement à ce qu'on pourrait croire, ce n'est pas parce que je garde un quelconque attachement à mes valeurs mormones ; non, c'est parce que les problèmes d'alcool de Joe m'ont vaccinée.

Mais s'il y a une personne avec qui je veux bien essayer, c'est Colton. Il est chaleureux, dynamique et, avec lui, on se sent toujours bien. En plus, il est gay, ce qui signifie que je n'aurai pas à m'inquiéter que la soirée prenne un tournant sexuel.

Dès qu'on entre dans notre chambre d'hôtel, on ouvre la bouteille et on se sert chacun l'équivalent d'un shot dans les gobelets en plastique de la salle de bains. On déballe aussi un paquet de bonbons à la gélatine pour accompagner la boisson.

— Prête ? demande Colton, excité.

J'acquiesce, et il fait le décompte.

— Un, deux, trois !

On se bouche le nez, on avale, et on engloutit nos bonbons.

— Je ne sens rien, dis-je, perplexe.

Colton non plus, alors on prend un deuxième shot.

— Mouais, peut-être un léger vertige, mais toujours pas grand-chose.

Colton est d'accord, alors on prend un troisième shot.

— Aaah, là, ça commence à monter !

Colton aussi, alors on prend un quatrième shot pour faire bonne mesure.

Pas le temps d'analyser l'effet du quatrième shot qu'on se met à sauter sur le lit, puis on va jouer à cache-cache dans les couloirs de l'hôtel, avant de se faufiler dans la piscine intérieure alors qu'elle est fermée. On décide de tourner un court métrage dans lequel on serait menottés l'un à l'autre pendant toute une semaine. On part à la recherche d'une paire de menottes. Heureusement, sans succès.

Le lendemain matin, je me réveille en pleine forme. Mon mascara me fait des yeux de panda et je porte ma tenue de la veille.

— C'était une des meilleures soirées de ma vie, je déclare.

Colton approuve, et on se demande si on ne devrait pas prendre un shot tout de suite. Finalement, on décide d'attendre le soir, pour profiter de l'attente et de l'excitation.

Et pour être excitée, on peut dire que je suis excitée. Je n'arrive pas à croire que j'ai attendu si longtemps pour me saouler. C'est une sensation extraordinaire, unique. Quand je suis ivre, tous mes soucis disparaissent : la haine que j'éprouve envers mon corps, ma honte vis-à-vis de mes habitudes alimentaires, ma détresse face à la lente agonie de ma mère, l'humiliation de jouer dans une série télé qui ne m'inspire que du mépris. Quand je suis ivre, je deviens moins anxieuse, moins inhibée, moins inquiète à l'idée de ce que Maman attend ou pense de moi. D'ailleurs, quand je suis ivre, je n'entends plus ses remarques désobligeantes dans ma tête. Elles s'évaporent. J'ai tellement hâte d'être à ce soir.

54.

TOC TOC TOC.

Le bruit me réveille en sursaut. Aïe. Mon crâne me fait un mal de chien. Je me frotte les tempes. C'est donc ça, une gueule de bois ? J'avais entendu parler des symptômes, mais je ne les avais pas encore ressentis. Pourtant, j'ai bu en quantité presque tous les soirs ces trois dernières semaines, depuis cette première gorgée de Jack Daniel's aromatisé au miel avec Colton, à San Francisco. Jusque-là, chaque matin, je me suis réveillée en forme, peu importe la quantité d'alcool ingurgitée la veille. Aujourd'hui, j'ignore pourquoi c'est différent. Est-ce que c'est la tequila ? Le whisky ? Le rhum ? Le vin ? Le mélange des quatre ? Allez savoir.

TOC TOC TOC.

Merde. Quelle heure est-il ? J'attrape mon portable : 8 h 05. Oh, putain. J'ai oublié de régler mon réveil et je devais partir pour l'aéroport il y a cinq minutes. J'imagine que c'est le chauffeur envoyé par Nickelodeon qui vient aux nouvelles.

— J'arrive ! je crie, en essayant en vain de prendre la voix de quelqu'un qui ne vient pas juste d'ouvrir les yeux.

À la porte, je découvre non pas un chauffeur en costume-cravate, mais mon conducteur de travaux, Billy, accompagné de ses trois ouvriers.

— Bonjour bonjour ! s'exclame joyeusement Billy.

Et il entre sans attendre d'y être invité, ses gars sur les talons. J'avais complètement oublié qu'il devait venir aujourd'hui, ce qui est absurde vu qu'il vient presque tous les jours.

Trois mois plus tôt, j'ai acheté une maison. Tout le monde m'expliquait que ce serait un bon investissement et l'idée me plaisait. Ma première maison ! Sans humidité, sans moisissure, sans bric-à-brac infernal ! Elle représenterait tout le chemin que j'ai parcouru.

J'ai donc opté pour une villa à deux étages à flanc de colline, entièrement aménagée et équipée – j'ai même demandé à garder les meubles d'exposition pour ne pas avoir à m'occuper de la décoration. Je n'avais aucune idée de l'atmosphère que je voulais. Mon but, c'était que quelqu'un d'autre s'en charge et que je profite du résultat.

À peine quelques semaines après mon emménagement, j'ai découvert qu'il fallait entièrement excaver les fondations pour les remplacer. Puis une conduite d'eau s'est rompue dans la salle de bains au-dessus du salon et, à cause de la fuite, j'ai dû jeter tous les meubles d'exposition. L'évier de la cuisine et un des toilettes se sont bouchés. Une marche de l'escalier s'est cassée et, à l'extérieur, des fissures sont apparues sur la terrasse en bois. Sous son apparence parfaite, la maison que j'avais acquise tombait en ruine.

Tandis que Billy et ses ouvriers se dirigent vers l'étage, j'avance sur le perron et je tends le cou. Fait chier : le chauffeur est déjà en bas. Pire, il patiente à côté de la voiture, bras croisés et mains gantées ; le moteur est en marche et le coffre ouvert. Les chauffeurs ont un degré de ponctualité et de rigueur que j'ai toujours trouvé énervant.

— J'arrive dans quelques minutes ! je lui crie par-dessus le muret.

— Très bien, Madame ! Mais il faut vraiment qu'on parte bient...

Je claque la porte. Avec le temps, je deviens de plus en plus hargneuse. Personne ne trouve grâce à mes yeux. J'ai conscience de cette transformation qui s'opère en moi, mais cela m'est égal. Non, cela me convient, même. Ma misanthropie est une armure qui m'empêche de ressentir la douleur.

Je grimpe les marches jusqu'à ma chambre, sors une valise du placard et l'ouvre sur le parquet. Accroupie, j'y jette pêle-mêle des chaussettes, des sous-vêtements, un pyjama, un jean et des t-shirts.

Devant une veste, j'hésite – est-ce que j'en aurai besoin ? Est-ce qu'il fait froid à New York, en ce moment ? Je l'envoie valser et opte pour un sweat-shirt à capuche. Enfin, je referme la valise et m'assois dessus pour essayer de la boucler. Merde ! Ma trousse de toilette !

Je fonce à la salle de bains, où les ouvriers ont commencé à donner des coups de marteau et à faire des trous. C'est le chaos. Je me mets à farfouiller frénétiquement dans le placard pour attraper chaque objet qui me vient à l'esprit, et finis par récupérer du maquillage, une brosse à dents, du fil dentaire et un flacon de bain de bouche.

Je retourne fourrer le tout dans la poche avant de ma valise. À ce moment-là, mon téléphone vibre. Je décroche.

— Oui, Papa ?

Marteau. Perceuse. Pan pan pan. Vrrr vrrr vrrr.

— Il faut que tu viennes à la maison.

— Ah bon ?

Pan pan pan. Vrrr vrrr vrrr.

— Oui...

Je m'allonge à plat ventre sur ma valise. Mais pourquoi refuse-t-elle de se fermer ?! Je tire brutalement sur la fermeture éclair et l'extrémité me reste dans la main. Je la balance à travers la pièce.

— Tu es sûr ? Je dois prendre l'avion, là, j'ai une voiture qui m'attend en bas de chez moi.

J'entends Papa prendre une grande inspiration. Il a l'air tendu.

— Tu vas où ?

— À New York, tu te souviens ?

— Pour quoi ?

Vrrr vrrr VRRRRRRRRRRRRRRRRRRRRRRRRRRR – mais c'est dingue, je n'avais jamais entendu une perceuse faire un boucan pareil !

— Nickelodeon organise la journée internationale des jeux et du…

Je m'interromps dès que je me rends compte de l'absurdité des mots que je suis en train de prononcer, puis je reprends :

— Peu importe, un truc que je dois présenter. Tu penses vraiment que je ne devrais pas y aller ?

— Les médecins disent que ce sera pour aujourd'hui.

Je me fige, mais pas longtemps. J'ai déjà vécu ce moment un certain nombre de fois. Quelqu'un m'annonce que Maman va mourir et finalement, elle ne meurt pas. Je reprends mon combat contre la fermeture Éclair.

— Oui mais bon…, je soupire. Bref, tu sais.

— Non, quoi ?

Évidemment qu'il ne sait pas. Papa ne comprend jamais ce que je pense.

— On nous a déjà dit la même chose tellement de fois. Si c'est encore une fausse alerte, il ne vaut mieux pas que je vienne. Le studio sera furieux que je les plante.

Un silence. On frappe de nouveau à la porte. Le chauffeur doit se demander ce que je fabrique. J'entends Papa déglutir.

— Il faut vraiment que tu viennes.

— D'accord.

Je raccroche à l'instant où j'arrive à décoincer la fermeture. En sueur, je me relève et m'assois au pied du lit. Je reste accroupie un court instant, le temps d'encaisser la nouvelle avant d'aller voir ma maman, peut-être pour la dernière fois. J'essaie de reprendre mes esprits mais j'ai vraiment du mal, avec tous ces PAN-PAN-PAN VRRR-VRRR-VRRR TOC-TOC-TOC.

55.

Assise sur un fauteuil, je regarde Maman, allongée dans le lit médicalisé qu'on lui a installé au milieu du salon de notre bonne vieille maison miteuse de Poubelle Grove. On a dû retirer le canapé pour dégager de la place. Cela fait maintenant trois semaines que Maman reçoit des soins palliatifs en hospitalisation à domicile, ce n'est donc pas la première fois que je la vois ainsi. Cependant, d'habitude, elle est en position assise. Et sa respiration n'a jamais été si faible.

Scottie et Dustin sont là aussi. Nous gardons le silence, épuisés par des années de montagnes russes émotionnelles. Je m'étonne qu'aucun de nous ne pleure, mais peut-être que nous n'avons plus de larmes à verser. Après tout, nous avons déjà organisé la répétition générale de la mort de Maman une bonne dizaine de fois, et nous nous souvenons tous de la cassette vidéo dominicale.

Je reçois un texto. Les représentants de Nickelodeon me disent de ne pas m'inquiéter pour mon absence à la journée internationale de blablabla. Je réponds un rapide « Merci ».

Un autre texto. Cette fois, c'est le mec avec qui je sors en ce moment. Le-mec-du-moment et moi nous sommes « rencontrés » sur Twitter. Quand on a voulu faire connaissance en vrai, j'ai invité plusieurs amis au cas où ce serait un tueur en série et, une fois que j'ai été sûre qu'il était tout à fait normal, on a commencé à se fréquenter. On est allés au restaurant, au laser game, au minigolf, et même à Disneyland pour admirer le feu d'artifice – je m'étais fendue de deux passes VIP afin de ne pas interrompre la parade ; je n'avais pas envie de provoquer la fureur de Dingo une seconde fois.

Le-mec-du-moment est adorable, attentionné et romantique. Mais je ne suis pas amoureuse de lui. Mon cœur n'a pas la place d'aimer quelqu'un alors que Maman est en train de mourir – ou peut-être que je ne ressens rien de spécial et que je mets ça sur le dos de mon chagrin, un excellent bouc émissaire. En tout cas, je découvre que ne pas tomber amoureuse me procure une puissance phénoménale.

Quand on aime, on est vulnérable, sensible, à vif. Et quand je suis amoureuse, je me noie dans l'autre. Je disparais. Il est tellement plus simple de profiter de l'excitation du début, des jolis instants partagés et des blagues légères, avant de s'éclipser dès que la situation prend un tour plus sérieux pour recommencer avec un nouveau prétendant.

Avec le-mec-du-moment, j'ai atteint la dernière étape : c'était sympa, mais je suis prête à passer au suivant.

Je lis son texto.

Qu'est-ce que tu fait ?

Je ne suis pas psychorigide des fautes, mais bon Dieu, ce n'est quand même pas compliqué de conjuguer correctement. Au moins, je suis fixée : il est temps d'en finir. Je rédige une réponse.

Coucou. Je suis vraiment désolée mais je ne peux pas continuer cette relation. Ma maman va mourir et j'ai besoin d'être seule quelque temps. J'espère que tu comprendras.

Envoyé. Et voilà, réglé. Je me concentre sur ma mère, agonisant dans son lit. Mon téléphone émet un bip.

Mais non, dis pas ça, bébé. Ta mère ne va pas mourir.

Il a ignoré le reste de mon message. Je lève les yeux au ciel. Je lui ai déjà expliqué dix fois que ma mère était en train de mourir d'un cancer et, chaque fois, il réagit comme si je lui avais dit qu'elle s'était foulé la cheville. Il ne comprend pas ce que c'est de perdre quelqu'un. J'ai l'impression que le monde se divise en deux catégories : les gens qui savent ce qu'est un deuil, et les gens qui l'ignorent. Les seconds m'inspirent une forme de mépris.

Ces jours-ci, je suis emplie d'une irritation constante. Je n'ai plus envie de me préoccuper des autres. Je repose mon téléphone à l'envers sur l'accoudoir du fauteuil. J'observe Dustin, puis Scott, puis Maman. Sa respiration semble si laborieuse... Elle peine à tenir le coup. Je déteste tout, dans cet instant.

Maman inspire un peu plus vivement, puis expire. L'infirmière à domicile fixe Papa du regard et hoche imperceptiblement la tête. Papa se tourne vers nous. Maman est morte.

Aucun de nous ne réagit. Nous ne pleurons pas, nous nous contentons de rester assis en silence. Enfin, je reprends mon téléphone. Une centaine de messages vient d'arriver. Tout le monde a appris la nouvelle, *E ! News* vient de la publier sur son site en avant-première. Je ne comprends même pas comment ces vautours peuvent déjà être au courant.

Je rouvre le dernier texto du mec-du-moment : *Mais non, dis pas ça, bébé. Ta mère ne va pas mourir.*

Et je réponds :

Raté, elle est morte.

APRÈS

56.

Nous faisons chacun nos adieux, c'est-à-dire qu'on fixe le corps mort de Maman avec un air hébété. L'infirmière fait sortir le lit médicalisé de la maison et repart avec dans sa camionnette.

Papa nous demande ce qu'on veut faire et suggère d'aller prendre l'air. Personne ne lui répond. Il propose le centre commercial chic South Coast Plaza, à une vingtaine de minutes de route. Nous nous entassons dans la voiture.

J'ai besoin d'une nouvelle coque pour mon iPhone, alors nous entrons dans l'Apple Store. Un employé pas très grand et un peu dégarni nous aborde gaiement.

— Bonjour la petite famille ! nous salue-t-il avec un sourire éclatant. Comment ça va, aujourd'hui ?

Devant nos têtes de six pieds de long, il efface vite son air guilleret et prend un ton plus neutre – je lui en suis reconnaissante.

— Je peux vous aider ?

En cinq minutes, l'achat est réglé et nous quittons la boutique. Nous nous installons dans une brasserie pour déjeuner. Je commande une salade sans assaisonnement – Maman serait fière de moi. Quand l'assiette arrive, je n'y touche même pas. Le traumatisme de ce que je traverse a enfin eu pour résultat de me couper l'appétit. Quelle chance ! Maman est morte mais, au moins, je ne mange plus. Au moins, je me sens mince, digne d'être regardée. J'aime mon corps, sa petitesse ; je ressemble de nouveau à une enfant. Quel meilleur moyen d'honorer la mémoire de Maman ?

Le soir venu, je rentre dans ma grande maison vide. Comme Billy et ses ouvriers reviennent demain, ils ont laissé tout leur équipement en plan, dont des bâches qui recouvrent les meubles du salon. Je m'assois sur l'un d'eux et examine la pièce. Je crois que je déteste cet endroit.

Au moindre geste, le plastique fait un crissement désagréable. Désœuvrée, je finis par ouvrir une bouteille de whisky et en avaler plusieurs gorgées au goulot, puis j'écris à Colton et à d'autres amis pour qu'ils viennent me tenir compagnie.

Tous ensemble, nous nous rendons dans le quartier de Little Tokyo et choisissons un restaurant de sushi pour le dîner. À peine assise, je descends une bouteille de saké. On nous distribue le menu. Soudain, en le lisant, j'ai envie de tout manger. Absolument tout.

Je n'y comprends rien. Depuis un mois, je suis incapable de m'intéresser à la nourriture. Je me contente de whisky, de Coca Zéro et de deux mini-sachets de chips goût barbecue par jour, et voilà que je suis affamée. Qu'est-ce qui m'arrive ?

Cela fait dix minutes que mes amis discutent et je n'ai pas écouté un mot de la conversation. Ils doivent prendre mon silence pour du chagrin. Ils ont tort. Une seule chose m'obsède en secret : la bouffe.

Quand la serveuse revient, je ne suis toujours pas décidée mais, l'alcool aidant, je choisis la première option sous mes yeux : le bol de poulet teriyaki. Bon, je ne mangerai que le chou vapeur, et peut-être quelques cuillérées de riz. Hélas, une fois le plat brûlant devant moi, je n'ai plus aucune retenue. Je le dévore jusqu'à la dernière miette, presque sans respirer. Puis j'enchaîne sur une autre bouteille de saké, une portion de riz supplémentaire, des pâtés impériaux et de la glace en dessert. Je vide la bouteille et mange tout ce qu'on me présente.

De retour chez moi, j'ai la tête qui tourne – j'ai trop bu. On lance un jeu de société, on écoute de la musique, mais je suis sur pilote automatique. Je ne suis focalisée que sur la quantité de nourriture que j'ai ingurgitée et ce que je vais bien pouvoir faire, maintenant.

J'essaie de mettre mes amis dehors, ce qui n'est pas évident quand vous leur avez vous-même demandé de venir vous soutenir le jour de la mort de votre mère. Pire, avant de franchir la porte, chacun d'entre eux prend le temps de vérifier que je ne préférerais pas avoir quelqu'un avec moi cette nuit.

Lorsque je referme la porte sur le dernier invité, je grimpe les marches quatre à quatre pour rejoindre ma salle de bains, j'enjambe les outils de Billy qui jonchent le carrelage et m'agenouille devant les toilettes. Je relève la lunette et enfonce deux doigts dans ma gorge.

Rien. Merde. Je réessaie, plus fort. Aïe, putain ! Un goût de sang dans ma bouche – j'ai dû m'écorcher. Hors de question que ça m'arrête. Cette fois, je vais y arriver. Je prends une grande inspiration, plonge les doigts aussi loin que possible, aussi violemment que possible et, enfin, un flot de vomi jaillit de mon estomac et atterrit dans la cuvette. Triomphante, je regarde les petits bouts de riz et de poulet flotter dans une écume de glace fondue.

J'ai déconné, j'ai craqué… et alors ? Maintenant, je peux choisir de m'en foutre. Si je fais de nouveau un écart, je n'aurai qu'à m'enfoncer les doigts dans la gorge et regarder mon erreur disparaître. C'est un nouveau départ.

57.

Devant le miroir de ma salle de bains, je me coiffe et me maquille pour l'enterrement de Maman. À chaque étape, j'opte pour ce qu'elle préférait et qui s'avère être ce que j'aime le moins : les cheveux bouclés aux bigoudis, le rouge à lèvres écarlate avec la bordure au crayon à lèvres et un trait de khôl irritant sur la muqueuse intérieure de l'œil. Le résultat me donne l'air un peu plus strict que je ne l'avais escompté, mais je n'ai pas le temps de recommencer. Ça fera l'affaire.

Comme un robot, je me glisse dans ma robe noire, tire sur la fermeture Éclair et enfile une paire de talons hauts. Marcus et sa femme Elizabeth dorment chez moi cette semaine et ils me conduisent à la cérémonie. Sur la banquette arrière, il me reste une heure et demie de route pour prendre une décision, et pas n'importe laquelle. Elle va nécessiter toute ma concentration.

Le trajet est un pur cauchemar : nous sommes coincés dans les bouchons et le tube pop du moment – « Brave », de Sara Bareilles – revient toutes les dix minutes à la radio. En temps normal, je n'ai rien contre Sara mais, le jour de l'enterrement de ma mère, je n'ai aucune envie de l'entendre me crier à répétition « TU DOIS TE MONTRER COURAGEUSE ». Je m'efforce d'ignorer les paroles et ferme les yeux pour trouver une réponse à cette angoissante question : dois-je chanter « Wind Beneath My Wings » à la cérémonie ?

La requête de Maman m'a tourmentée à chaque seconde durant les derniers mois de sa vie. À une période, je me suis même mise à répéter tous les soirs chez moi, jusqu'à ce qu'un voisin scotche sur ma porte un papier qui disait « ON N'EN PEUT PLUS DE BETTE MIDLER ».

Aujourd'hui, j'ai peur de décevoir Maman. Mon éducation mormone a laissé des traces et je suis persuadée que ma mère m'observe depuis son trône dans le royaume céleste, la plus glorieuse des destinations après la mort dans la foi mormone. Je n'imagine pas une seconde que Maman ait pu atterrir dans un paradis minable, comme le royaume terrestre ou le royaume téleste – et puis quoi, encore ?

Soudain, Sara m'arrache à mes réflexions en entonnant son dernier refrain, celui où elle sort le grand jeu vocal. Et vous savez quoi ? Peut-être qu'elle a raison. Peut-être que je dois me montrer courageuse et chanter « Wind Beneath My Wings » à l'enterrement de Maman, pour l'amour de Dieu – littéralement. Le salut de mon âme en dépend.

Marcus pénètre dans le parking de la sixième congrégation mormone de Garden Grove, l'église de notre enfance. Nous montons les marches et entrons. Je n'ai pas mis les pieds ici depuis des années et pourtant, rien n'a changé, pas même l'odeur – mmmh, ce combo produit pour le carrelage et toile de jute… Dalles blanches dans l'entrée, moquette bleue dans les couloirs et innombrables images de Jésus avec ses disciples accrochées partout – je ne suis pas fan des hommes aux cheveux longs, mais il faut reconnaître que J. C. a la mâchoire bien dessinée.

Tandis que Marcus et Elizabeth saluent les premiers arrivés, je m'éclipse dans la salle réservée à la famille, où je retrouve Dustin, Scottie et Mamie. Tous trois ont les yeux rouges. Hier soir, j'ai imprimé la partition de « Wind Beneath My Wings », au cas où, et je la sors de mon sac à main pour vérifier que je connais les paroles par cœur. Je répète dans ma tête, frémissant intérieurement à l'approche du refrain. Et merde. Au fond de moi, je sais que je suis incapable de chanter cette chanson, mais j'ai l'impression de ne pas avoir le choix. Je ne peux pas briser la dernière promesse que j'ai faite à ma mère.

Nous nous rendons enfin dans la chapelle. J'aperçois la pianiste. Je m'apprête à la héler pour lui donner la partition quand les employés des pompes funèbres font une entrée solennelle avec le cercueil de Maman. C'est leur grand moment, ils en font des tonnes. Mes frères pleurent et Mamie geint : « On n'aura jamais assez à manger ! On n'avait pas prévu qu'il y aurait autant de monde ! »

En tant qu'attraction principale de l'éloge funèbre, je m'exprimerai la dernière, ce qui signifie que j'ai tous les discours précédents pour poursuivre mes tergiversations. Ai-je la moindre chance de faire une prestation correcte ? Je pourrais peut-être descendre la mélodie d'un ou deux tons, mais les couplets deviendraient trop graves. Je songe à mettre le refrain à ma sauce, mais gardons un peu d'humilité : qui suis-je pour dénaturer un des titres phares de la grande Bette Midler ?

Mon tour arrive.

Je me poste au pupitre, tremblante. Comme je n'ai pas pu confier mes pages à la pianiste, la seule option reste de me lancer dans « Wind Beneath My Wings » a cappella. Je m'éclaircis la gorge, prends une grande inspiration et… j'éclate en sanglots. Un cri guttural sort de ma gorge – à côté, mon audition pour *Hollywood Homicide*, c'était de la rigolade. Je n'arrive plus à m'arrêter de pleurer. Et je continue jusqu'à ce que l'évêque me tapote l'épaule.

— Nous n'avons plus qu'un quart d'heure. Après, nous devons préparer la chapelle pour le baptême de John Trader.

Je descends du pupitre. Ce sera non pour Bette Midler.

58.

— Merci de ta compréhension, tu nous sauves la vie, me glisse l'assistant réalisateur, à mi-chemin entre la gratitude et la compassion.

— Pas de problème, je réponds platement tandis que deux mômes me sautent dessus.

Nous nous préparons à interpréter cette scène pour la septième fois afin de vérifier que les enfants ont bien retenu chaque détail. Le Créateur a déjà viré des petits pour des raisons dérisoires, comme un oubli de réplique ou une erreur de placement devant la caméra, alors, les jours de répétition, les réalisateurs préfèrent prendre le temps de s'assurer que tout le monde sait ce qu'il a à faire.

« Merci de ta compréhension. » Voilà une phrase que j'entends beaucoup, en ce moment. Quasiment chaque jour, d'ailleurs : de la part des assistants réalisateurs, donc, mais aussi de la part de mes managers dès que je les ai au téléphone, parfois de la part d'un scénariste ou d'un producteur, et même une fois de la part d'un cadre du studio qui m'a envoyé une carte-cadeau de 500 dollars chez Barneys avec cette phrase exacte écrite au verso.

Je sais pourquoi on me la répète aussi souvent. La carrière de ma co-star Ariana Grande est en plein essor, et elle doit régulièrement manquer le travail pour aller chanter à une cérémonie de remise de prix, enregistrer de nouveaux titres ou donner des interviews pour son prochain album. Et pendant ce temps-là, bon gré mal gré, je dois faire tourner la boutique. En soi, je comprends qu'elle ne peut pas être présente. Je ne comprends juste pas pourquoi elle en a le droit. Quand je jouais dans *iCarly*, j'ai décroché un rôle dans deux films que j'ai dû annuler parce que l'équipe de la série refusait de me laisser m'absenter.

Jusque-là, je m'efforçais d'être rationnelle – peut-être qu'on ne m'avait pas laissé participer à ces films parce qu'il aurait fallu expliquer ma disparition plusieurs semaines d'affilée dans l'histoire, alors que ma co-star ne rate que les répétitions et une demi-journée de tournage par-ci par-là.

Or, cette semaine, je n'en suis plus capable. Cette semaine, on m'a annoncé qu'Ariana ne viendrait pas du tout et que, pour pouvoir tourner sans elle, les scénaristes prévoyaient que son personnage soit enfermé dans une boîte tout le long de l'épisode.

Au début, j'ai cru que j'avais mal entendu.

Donc moi, je dois refuser des rôles dans des films, mais Ariana peut aller piailler ses notes suraiguës aux Billboard Music Awards ?

Qu'ils aillent tous se faire foutre.

À une époque, quand on me disait « Merci de ta compréhension », j'en tirais beaucoup de fierté. Maman m'avait appris à être compréhensive, aimable et conciliante, afin de me forger une réputation positive dans le milieu et de décrocher plus de rôles. Alors, dès que j'entendais ces mots, je savais que j'étais sur la bonne voie.

« Super, je me disais. On me félicite, je suis appréciée, je ne suis pas une casse-pieds, moi. Je suis la chouchoute des profs. »

Maintenant, c'est terminé : je suis aigrie, et l'assume. Je ne peux rien changer à mon existence, pourquoi changer ce qu'elle a fait de moi ? Je n'ai plus envie de faire preuve de compréhension, au contraire. Si j'étais moins accommodante, je ne serais pas dans cette situation. Je ne jouerais pas dans cette série de merde, à réciter des répliques de merde dans un décor de merde avec une coiffure de merde. Peut-être que ma vie serait complètement différente – un fantasme récurrent, chez moi.

Hélas, ma vie est ce qu'elle est. Ariana s'absente à la demande pour lancer sa carrière et moi, je joue une fille qui parle avec une boîte. Je suis furieuse contre cet état de fait, et furieuse contre Ariana. Et je suis jalouse, pour plusieurs raisons.

Premièrement, Ariana a eu une enfance beaucoup plus facile que la mienne. J'ai grandi à Poubelle Grove dans une maison envahie de bordel, avec une mère cancéreuse qui passait son temps à pleurer parce qu'on n'avait pas de quoi payer le loyer ou les factures. Ariana a grandi en Floride, à Boca Raton, une ville idyllique où n'habitent que des gens extrêmement fortunés, avec une mère en parfaite santé qui lui achetait ce qu'elle voulait quand elle le voulait – des sacs à main Gucci aux vacances de luxe en passant par des vêtements Chanel. Je n'ai même pas envie qu'on m'offre des habits Chanel – pas vraiment mon style –, je suis juste jalouse qu'Ariana en ait eu.

Deuxièmement, l'accord conclu avec Nickelodeon il y a quelques années autour du spin-off d'*iCarly* m'avait laissé croire qu'on créerait cette série pour moi, et moi seule. On devait développer *Just Puckett*, l'histoire poignante d'une ex-délinquante juvénile au caractère bien trempé qui devenait psychologue scolaire. Au lieu de ça, je me retrouve dans *Sam et Cat*, un duo bancal composé de l'ex-délinquante juvénile au caractère bien trempé et de sa « meilleure amie écervelée » qui fondent un service de garde d'enfants baptisé « Sam et Cat, expertes en baby-sitting qui déchire tout ». Tout de suite moins poignant, hein ?

Troisièmement, nous n'en sommes pas au même point dans notre carrière. Ariana vit un moment charnière : elle est dans toutes les listes des « nouveaux artistes du moment » qui paraissent. Moi aussi, je vis un moment charnière : je suis la nouvelle égérie de Rebecca Bonbon, une marque de fringues pour préados avec des dessins de chat vendue exclusivement dans les supermarchés Walmart ; mes managers en sautent de joie. Or, je commets régulièrement l'erreur de nous comparer. Je ne peux pas m'en empêcher. Nous évoluons dans le même environnement et on ne peut pas dire qu'elle reste discrète au sujet de son succès grandissant.

Au début, j'arrivais à réfréner ma jalousie. Le jour où Ariana est arrivée au studio, radieuse, parce qu'elle était invitée à se produire aux Billboard Music Awards, je n'ai pas bronché. Qu'est-ce que j'en avais à faire ? J'avais arrêté la chanson parce que je détestais ça. Elle voulait en faire son activité principale et, pour cela, elle allait devoir monter sur scène pour interpréter en public un single pop nunuche. Croyez-moi, je n'avais aucune envie d'être à sa place.

Puis il y a eu le jour où elle est arrivée au studio, enchantée, parce qu'elle allait apparaître en couverture de *ELLE* ; cette nouvelle-là m'a un peu déstabilisée. Il faut dire que mes complexes n'ont pas trop apprécié. N'étais-je pas assez jolie pour figurer en couverture d'un magazine de mode ? Est-ce qu'on me l'aurait proposé si je ne partageais pas l'affiche avec elle ? Est-ce qu'elle décrochait des opportunités qui auraient dû me revenir ? Mais j'ai ravalé ma déconvenue.

Non, ce qui m'a achevée, c'est le jour où elle est arrivée au studio surexcitée parce que, la veille, elle avait fait une soirée jeux de société chez Tom Hanks. La goutte d'eau qui a fait déborder le vase. Qu'elle soit conviée à se produire sur scène ou à se faire photographier pour des magazines, passe encore. Mais qu'elle soit invitée chez Tom Hanks, monstre sacré du cinéma, lauréat de deux Oscars ? Qu'elle joue aux devinettes avec Forrest Gump, avec Woody de *Toy Story* ? Ça allait trop loin. À partir de ce moment-là, j'ai décidé que je ne l'aimais pas. Je ne pouvais plus faire autrement.

Alors maintenant, chaque fois qu'elle s'absente, je le prends comme un affront. Chaque fois qu'elle dégote une fabuleuse opportunité, j'ai l'impression qu'elle m'en a personnellement privée. Et chaque fois qu'on me remercie d'être si compréhensive, je n'éprouve que du ressentiment. Je n'en ai rien à foutre, d'être compréhensive. Ce que je veux, c'est aller faire une soirée jeux chez Tom Hanks.

59.

Liam est au volant de sa Toyota Corolla et, sur la banquette arrière, Colton et moi enchaînons des Pocket Shots de tequila – des sortes d'échantillons de tequila dans des mini-gourdes jetables. Dégoûtant. À chaque shot, on a des haut-le-cœur, mais on continue. On compte bien être ivres morts en arrivant à destination.

Liam s'arrête à un feu rouge et se retourne pour nous demander d'un air enjôleur :

— Ça va, derrière ?

C'est la cinquième ou sixième fois qu'il pose la question et, immanquablement, il me regarde droit dans les yeux comme s'il n'y avait que ma réponse qui l'intéressait.

J'ai rencontré Liam il y a deux mois, à une fête pour le Cinco de Mayo organisée par un copain de Colton. Il se préparait une fajita au buffet. 1,90 mètre, des cheveux hirsutes et de grands yeux. Je lui ai vite mis le grappin dessus. On s'est découvert plein de points communs : on adorait tous les deux la margarita et on était très attirés l'un par l'autre. Bref, une connexion quasi mystique.

— Au top, je bredouille, avant de vider un énième Pocket Shot avec Colton.

Qu'est-ce que je suis cool, comme fille.

— Tant mieux, approuve Liam avec un clin d'œil.

Il faut vraiment être doué pour faire un clin d'œil et ne pas avoir l'air d'un pervers. Liam est doué. Le feu passe au vert et il redémarre.

Je n'ai toujours pas fait l'amour, mais je pense que le moment est venu. Je n'ai plus peur du sexe. D'ailleurs, je n'ai plus peur de grand-chose puisque plus rien n'a d'importance depuis que Maman est morte.

Liam me semble être un bon choix pour perdre ma virginité. Je l'aime bien, mais il ne m'intéresse pas plus que ça, je ne crains donc pas de m'attacher soudain à lui dès qu'on aura couché ensemble. Il s'agit là d'une vraie inquiétude pour moi : on m'a répété des centaines de fois que c'était un grand classique chez les femmes, et je tiens à l'éviter à tout prix. Hors de question d'être le genre de pauvre cruche qui s'amourache d'un homme simplement parce qu'il l'a pénétrée quelques minutes. Je ne succomberai pas à cette faiblesse.

Liam et moi, on va bientôt le faire. J'en suis sûre. Peut-être que ce soir, on va s'embrasser pour la première fois. Dans une semaine ou deux, la tension entre nous sera à son comble, on ne pourra plus résister et on fera l'amour. Mon fantasme me ravit et je descends un autre Pocket Shot.

Au bout de vingt minutes, nous arrivons au club où notre amie Emmy fête ses vingt et un ans.

Entre mon taux d'alcool et mes talons beaucoup trop hauts, je tiens à peine debout, et Colton et Liam doivent m'aider à atteindre l'entrée. Une fois à l'intérieur, nous nous précipitons au bar pour commander un verre chacun, que nous vidons d'un trait.

La soirée n'est pas trop mal, mais j'ai beau être ivre, je m'ennuie. Je remarque que Emmy épie Liam du coin de l'œil. Qu'est-ce que ça m'énerve quand les filles sont aussi transparentes ! Si on devine que vous craquez pour quelqu'un, n'importe quelle petite connasse peut débarquer et se servir de cette information contre vous, vous trahir et vous démolir, et ça, je l'ai bien compris. Maman m'a longuement expliqué pourquoi il fallait plutôt se méfier des femmes que des hommes.

« Les hommes te font du mal sans jamais vraiment te connaître, me disait-elle souvent. Mais les femmes… Les femmes prennent le temps de devenir tes amies les plus proches avant de te faire du mal. À toi de voir ce qui te paraît le plus cruel. »

Je ne fais donc pas confiance aux femmes. Je me contente de les observer, de noter leur comportement pitoyable et leurs maniérismes ridicules pour ne surtout pas leur ressembler. C'est tellement gênant d'être une femme. Je veux être mieux.

Tout en sirotant un autre verre, je regarde Emmy draguer ouvertement Liam. Elle lui parle avec animation, beaucoup trop longtemps. Elle bat des paupières, joue avec ses cheveux, lui effleure le bras dix fois « par inadvertance ». La pauvre, elle n'a rien compris. De mon côté, j'adopte la stratégie opposée et je fais comme si Liam n'existait pas de toute la soirée. C'est presque trop facile.

Deux heures plus tard, nous sommes tous les deux seuls chez moi. On a déposé Colton au passage. Liam me jette sur le lit et m'enlève ma robe cuivrée. J'ai le vertige, la pièce tourne autour de moi. Je suis saoule, je ne comprends rien. Merde, je suis où ?

— Qu'est-ce qui se passe ? je finis par demander.

— Je te fais l'amour, chuchote Liam d'un ton qui me donne la nausée – il a pris une voix presque gnangnan.

Je crois que j'ai envie que ça s'arrête. Ce n'est pas du tout ce que j'imaginais pour cette étape cruciale. Je n'avais pas prévu que ça se produise ce soir. Ce soir, il aurait dû y avoir un premier baiser parfait, et la question du sexe devait attendre une semaine ou deux. Je pensais que j'aurais le temps de m'y préparer, mentalement et émotionnellement.

D'un autre côté, je crois que j'ai envie que ça continue. Les rituels, la préparation, on s'en fiche, non ? Quelque part, je suis soulagée de pouvoir enfin me débarrasser de ma virginité.

Allez, je ne dis rien. Je plisse les yeux et m'efforce de reprendre mes esprits, au moins histoire d'y voir clair. Finalement, j'y parviens. Les mains sur mes hanches, Liam me donne des coups de reins répétés. Une goutte de sueur roule sur son front. Beurk.

Au bout d'un moment, il se retire. Il jouit. Pas moi.

Le lendemain matin, je me réveille trempée. J'ai du mal à respirer et à bouger… J'ai l'impression d'être dans une camisole de force. En ouvrant les yeux, je me rends compte que Liam s'est endormi enroulé autour de moi. Vu la quantité de sueur répandue, il a dû rester toute la nuit dans cette position. Je tente de me dégager, sans résultat. Je suis coincée sous un putain de géant ! Car oui, pour une femme menue, n'importe quel homme fait l'effet d'un géant. J'essaie de remuer, ça ne donne rien non plus. Pour finir, je lui flanque plusieurs coups de coude jusqu'à ce qu'il se réveille, puis je feins l'étonnement – peut-être qu'il conclura qu'il a rêvé.

Il plonge ses yeux dans les miens et me sourit. Me souffle qu'il a passé une soirée géniale. Je décide de mentir, je réponds que moi aussi. Je trouverai bien le moyen de le larguer une fois qu'il sera parti.

Alors qu'il fait mine de me reprendre dans ses bras, je lui dis que j'ai envie de faire pipi. En sortant du lit, j'ai mal partout et, pour rejoindre la salle de bains, je dois marcher en canard. Là, je baisse ma culotte. Il y a du sang. Je sais que ce n'est pas mes règles – je n'ai plus mes règles depuis des années, la faute à mes troubles alimentaires –, mais j'imagine que ce doit être lié à ma première fois.

Le fait d'uriner me pique et me brûle, je me retrouve donc à faire pipi par petits jets, comme si prolonger la douleur allait l'atténuer. Raté. Enfin, j'ai terminé.

Je passe dix minutes à me laver les mains. Je mets du savon, je les rince, je mets du savon, je les rince. Je gagne du temps. Je ne veux pas me retrouver avec Liam dans ma chambre. Sa présence me met soudain très mal à l'aise.

Toc toc toc.

— Besoin d'aide, là-dedans ?

Je lui dis que je ne me sens pas très bien, et il s'en va.

Après son départ, je me fais livrer de quoi petit-déjeuner – des œufs, du bacon, du pain, des pommes de terre et un latte avec de la chantilly. Affamée, j'engloutis la moitié de ma commande à toute allure avant de faire une pause.

« Je peux m'arrêter là, je songe. Je n'ai plus faim, je ne suis pas obligée de continuer. Je peux rompre le cycle. »

Décidée, je jette les boîtes du restaurant. Aussitôt, un trop-plein d'émotions m'envahit et je me rue jusqu'à la salle de bains pour vomir tout ce que j'ai mangé.

Je me rince la bouche. D'habitude, je me sens complètement vidée, mais pas cette fois. Une montagne d'angoisses refoulées refait soudain surface. Je dois les faire disparaître.

Je me précipite sur la poubelle et récupère mes restes. Alors que j'enfourne une énorme bouchée d'œufs brouillés, mon cerveau tâche d'intervenir.

« Mais qu'est-ce que je suis en train de foutre, merde, il faut que j'arrête, il faut que j'arrête… »

Je recrache les œufs et remets la fin du repas à la poubelle. Vite, je me saisis d'un flacon de parfum dans la salle de bains et en pulvérise sur la nourriture pour m'interdire de recommencer, puis je reprends tout de même les boîtes et recommence. Le goût du parfum me provoque des haut-le-cœur. Je retourne vomir.

60.

« Tu es superbe. »

« Qu'est-ce que tu t'épanouis, en ce moment ! »

« Tu n'as jamais été aussi canon. Par contre, si j'étais toi, j'arrêterais là. Sinon, tu risques de faire trop maigre. »

« Tu as vraiment un corps de dingue. »

Voilà un échantillon des commentaires qu'on m'a faits ces dernières semaines. Ils proviennent de mes producteurs, de mes agents, ou des techniciens avec qui je travaille. Je n'avais jamais reçu autant de remarques positives – et obscènes – sur mon corps.

À présent, j'ai dix ans de troubles du comportement alimentaire derrière moi. Il y a eu l'anorexie, l'hyperphagie et, maintenant, la boulimie. L'expérience m'a enseigné qu'on ne peut pas se fier à ce qu'on voit d'un corps pour en déduire l'état de santé de quelqu'un : au cours de ces dix années, le mien a traversé des changements fréquents et parfois drastiques mais, que je m'habille chez les enfants en 12 ans ou chez les adultes en 38, mon poids et mon apparence sont toujours le résultat d'un trouble alimentaire.

Personne ne semble comprendre cet état de fait, à moins d'avoir souffert d'un de ces troubles. Les gens jugent le physique des autres selon des catégories étriquées : mince, c'est « bien » ; gros, c'est « mal » ; trop mince aussi, c'est « mal ». La fenêtre de tir du « bien » est minuscule et, en ce moment, je me trouve dedans, alors que mon hygiène alimentaire est déplorable. Chaque jour, je maltraite mon corps, je suis malheureuse, épuisée. Et les compliments pleuvent.

« Il faut que je te dise, quand on fait les filages et que tu dois sortir de scène, j'ai vachement de mal à ne pas te mater le cul. J'espère que tu ne trouves pas ça bizarre, hein, c'est juste un compliment. »

61.

Nous sommes lundi, le jour de la semaine que je préfère, pour deux raisons. D'une, les répétitions finissent plus tôt le lundi. De deux, la journée commence par la lecture du script. On nous dépose la dernière version du programme de la saison, avec les titres des épisodes, les noms des réalisateurs et les dates de tournage et, chaque fois, j'ai le bonheur de voir mon nom inscrit sous un des titres au poste de réalisatrice.

J'ai avant tout accepté de m'engager sur ce spin-off pour faire plaisir à Maman. Mais j'ai aussi accepté parce que le Créateur m'avait fait cette promesse : je pourrais réaliser moi-même un épisode. Bon, les séries du Créateur ne sont pas vraiment l'endroit rêvé pour laisser s'épanouir son inventivité, étant donné qu'il est présent à chaque minute du tournage, qu'il a une idée très précise de ce qu'il veut et qu'il n'est pas vraiment ouvert aux suggestions. Mais cela reste une chance de prouver à ce milieu que je ne suis pas qu'une actrice sur une chaîne pour gosses. Un moyen de montrer que je suis plus que l'étiquette qu'on m'a collée. Bref, cette opportunité me tient à cœur.

On a déjà repoussé les dates de tournage de mon épisode plusieurs fois, en m'assurant que c'était simplement pour s'adapter aux contraintes d'emploi du temps des réalisateurs extérieurs au studio. On m'a aussi confirmé que les dates fixées depuis quelques semaines ne bougeront plus : je vais réaliser un des derniers épisodes de la saison.

Dans la salle qui accueille la lecture du script, je me sers un café et m'installe. Je suis un peu en avance. L'assistant de production s'occupe de distribuer les programmes, un devant chaque chaise. Allez Bradley, accélère.

— Voilà pour toi, me dit-il en me tendant la feuille rose saumon.

Aussitôt, mes yeux filent en bas de la page, là où sont listés les épisodes finaux. Là où je devrais voir mon nom dans une des cases, sous la mention « réalisé par ».

À la place, je lis « Non confirmé ». Il y a forcément une erreur. Je balaie la pièce du regard à la recherche d'un producteur qui pourrait m'expliquer ce qui se passe, mais aucun d'eux n'est encore arrivé. Seuls sont présents quelques membres de l'équipe technique et notre costumière, celle qui passe son temps à coudre. Elle ne pourra pas me renseigner.

Ma respiration se fait saccadée. Je n'arrive pas à y croire. J'ai l'impression que je viens de recevoir un coup de poing dans le ventre.

Enfin, les cadres du studio et les producteurs entrent en file indienne. Je croise le regard de l'un d'eux, celui en qui j'ai le plus confiance – ce qui ne veut pas dire grand-chose, étant donné qu'on ne peut se fier à aucun de ces escrocs.

« On en discute plus tard », articule-t-il en silence.

Certainement pas. Je ne veux pas discuter plus tard, je veux régler cette histoire tout de suite. Qu'est-ce qui se passe, bordel ? Ils ne s'attendent quand même pas à ce que je reste sagement assise à lire leur script alors qu'ils viennent de m'arracher la seule raison pour laquelle j'ai accepté de subir tout ce cirque ?

Des larmes me piquent les yeux lorsque je comprends ma naïveté. J'ai cru que ces gens tiendraient parole. Maintenant que je suis venue docilement au travail chaque jour, que je me suis comportée en professionnelle, que j'ai ravalé ma colère et que j'ai porté cette série à bout de bras pendant quarante épisodes, maintenant qu'ils ont obtenu ce qu'ils voulaient de moi, ils me retirent la seule chose que je comptais tirer de ce calvaire. C'est une trahison.

Dès que la réunion est terminée, je téléphone à mes agents et à mes managers. Tous me conseillent de ne pas faire de vagues et de me montrer compréhensive – c'est mon point fort, après tout. J'en ai plus que marre d'être compréhensive. Je ne sais pas combien de temps je vais tenir.

Vendredi, la même semaine. Jour de tournage. Patti – ma maquilleuse, qui est devenue une amie proche – a eu besoin d'une heure et demie pour me préparer, vu que je suis encore trop désemparée pour arrêter de pleurer. Je suis dans un état lamentable, blessée, furieuse, et la brûlure de la trahison ne s'atténue pas. J'ai raconté la situation à Patti, et elle m'a accompagnée plusieurs fois jusqu'aux bureaux des différents producteurs afin que je puisse obtenir une explication. Hélas, chaque fois, je trouve porte close. Personne n'accepte de me parler, ils restent tous muets. C'est bien la première fois que je les vois former une équipe aussi soudée – j'ai l'impression d'être dans le dernier *Avengers* et que quelqu'un a crié « Rassemblement ! » juste avant mon arrivée.

Apathique, j'enfile le costume qu'on m'a préparé et me dirige vers le plateau. Je n'ai pas pris la peine d'apprendre mes répliques. Je n'en ai plus rien à faire. Si seulement ils pouvaient me virer… Cet environnement est malsain et néfaste pour ma santé mentale déjà trop fragile. Je ne veux plus être ici.

La scène se déroule sur un ring de boxe – un des acteurs de la série joue le rôle d'un boxeur dont le manager est un enfant de dix ans. Je feuillette le script sans un mot.

Le tournage démarre. Première prise : j'arrive au bout, non sans peine. Deuxième prise : même chose. Troisième prise… Je n'y arrive plus. Au beau milieu d'une réplique, ma respiration m'échappe et accélère brusquement, comme avant une crise de panique. Merde. Je vois des points noirs, j'ai peur de tomber dans les pommes quand, soudain, mes jambes se dérobent sous moi. Je m'effondre. Ma poitrine est prise de spasmes, de la bave s'échappe de mes lèvres et je lâche le sanglot le plus violent et le plus affreux de toute ma vie. Là, devant tout le monde, les acteurs, les techniciens, les figurants.

Un de mes collègues – celui qui joue le boxeur – finit par me porter jusqu'à ma loge, où il s'assoit près de moi. Patti nous rejoint. Tous deux me réconfortent, ils me disent qu'ils comprennent, qu'ils sont là pour moi.

Puis on frappe à la porte. Je me fige, tendue. Patti crie qu'on a besoin d'une minute mais, de l'autre côté, on exige d'entrer. Je reconnais la voix, c'est quelqu'un de la production.

— Eh bien, pas pour le moment, rétorque vertement Patti.

Qu'est-ce que je l'aime ! Je l'admire d'avoir le courage de tenir tête à ces gens.

— Est-ce que je peux juste parler à Jennette une minute ? Je compatis, vraiment, insiste la personne.

Une partie de moi a envie d'y croire ; une autre demeure sur ses gardes. Je choisis d'ouvrir la porte. La personne demande à me parler en tête à tête et mes deux alliés nous laissent.

On prend place sur le canapé.

— Sympa, ta déco, plaisante mon visiteur.

Il faut dire que je n'ai absolument rien fait pour égayer cette pièce. Ma loge est une pièce froide et impersonnelle. Cependant, je ne ris pas. L'autre toussote.

— J'imagine que tout ça est lié au programme. Parce qu'on t'a retirée de la liste des réalisateurs.

— C'est lié à beaucoup de choses.

Un silence. L'autre reprend :

— Je tiens à ce que tu saches que je t'ai défendue. Je voulais vraiment que tu réalises cet épisode. Sauf qu'il y a une personne ici qui refuse qu'on te laisse cette chance. Catégoriquement. Au point de dire que, si tu le faisais quand même, on recevrait sa démission. Or, on ne peut pas se permettre de perdre cette personne. Nous avons donc dû revenir sur le programme et retirer ton nom, mais je veux que tu saches que ce n'est pas ta faute.

Je suis assommée, incapable de dire un mot. Le visiteur se lève et sort en fermant doucement la porte derrière lui.

Quelqu'un ne voulait pas que je réalise un épisode… au point de menacer de partir ? Je ne comprends même pas comment une chose pareille a pu se produire. Je me lève à mon tour et vais me faire vomir, encore, encore et encore. Je ne connais pas d'autre moyen de gérer ce qui m'arrive. Je ne connais pas d'autre moyen d'affronter l'idée que je n'ai pas le moindre contrôle sur ma vie. J'examine les murs blancs qui m'entourent. Peut-être que je devrais la décorer un peu, cette loge, en fin de compte. L'accessoiriste toque à la porte. Il vient m'apporter la chaussette de beurre dont j'aurai besoin pour la scène suivante.

62.

J'erre au rayon surgelés du Whole Foods, un supermarché bio hors de prix. J'ai décidé d'y acheter tous mes fruits, mes légumes et mes plats préparés de la semaine, dans l'espoir que dépenser une somme d'argent délirante pour mes repas me retienne de tout vomir à la fin.

Depuis quelque temps, j'ai conscience que la boulimie n'est pas un système viable. Ma gorge saigne quotidiennement, mes dents me paraissent plus molles, j'ai le visage bouffi, mon estomac a de plus en plus de mal à digérer la nourriture et, au fil des mois, j'accumule les caries. Je voudrais arrêter mais, pour le moment, la volonté seule ne m'a menée nulle part. Chaque matin au réveil, je me dis que je ne vomirai pas aujourd'hui et, chaque matin avant 10 h, je me suis déjà fait vomir. Devant cet échec, j'ai décidé de changer de stratégie, d'où le plan courses-trop-chères chez Whole Foods.

J'attrape un repas tout prêt – pain de viande et légumes – et je consulte les informations nutritionnelles sur l'étiquette. 440 calories, 15 grammes de graisse. Même pas en rêve. Je repose cette saloperie.

Une autre de mes nouvelles stratégies, c'est de limiter mon apport calorique, comme quand j'étais petite. Si je n'ingère rien qui soit susceptible de me faire grossir, peut-être que je ne ressentirai pas le besoin de m'en débarrasser.

Du moins, c'est ce que je me dis. Mais je sais quel but je recherche réellement.

Je rêve de redevenir anorexique. La boulimie est une humiliation quotidienne. Avant, je croyais que c'était une solution gagnant-gagnant : on avale ce qu'on veut, mais on reste mince. J'avais tort. Je vis un échec permanent.

Après les repas, je suis submergée par la honte et l'angoisse, tant et tant que je ne vois pas d'autre moyen pour m'en libérer que d'aller me faire vomir. Il me semble que c'est la seule façon d'apaiser ce que j'éprouve. D'ailleurs, une fois que c'est fait, je me sens légèrement mieux : je suis épuisée, vidée, il ne me reste plus rien. Hélas, j'écope aussi d'une terrible migraine, d'un mal de gorge, de traces de bile sur mon bras et dans mes cheveux, et d'une nouvelle dose de honte car non seulement j'ai trop mangé, mais j'ai vomi. Bref, la boulimie n'est pas la solution.

L'anorexie, oui.

L'anorexie, c'est royal. Le contrôle absolu. À côté, la boulimie ne représente qu'un pathétique manque de volonté. J'ai des amies anorexiques et je vois bien qu'elles ont pitié de moi. Je sais qu'elles savent : quiconque a déjà souffert d'un trouble alimentaire devient capable de repérer ses semblables. Les signes ne trompent pas.

Maintenant que j'ai mon plan Whole Foods et ma mission hypocalorique, j'ai retrouvé une motivation que je n'avais plus depuis la mort de Maman. D'accord, je n'ai que très peu de prise sur ce qui m'arrive. Je perds des êtres chers, je joue dans une série qui me fait honte, on m'enlève la possibilité de réaliser un épisode. Mais je suis encore capable de reprendre le contrôle de mon alimentation.

J'inspecte le rayon tout en poussant mon caddie, et j'attrape un paquet de steaks végétaux aux haricots noirs : 180 calories par steak, 5 grammes de graisse.

Reconnaissante, je dépose avec délicatesse cette nourriture descendue des cieux dans mon caddie. Ces steaks sont mes alliés. Ils vont m'aider dans ma mission.

Alors que je continue d'avancer, mon téléphone sonne. Mamie.

Je n'ai jamais beaucoup aimé ma grand-mère. Déjà toute petite, je détestais sa façon de me caresser le dos ou les cheveux. On aurait dit qu'elle ignorait qu'on pouvait toucher avec tendresse et chaleur, elle ne savait toucher qu'avec séduction. Ses gestes me répugnaient.

En grandissant, j'ai découvert que Mamie avait trois passions dans la vie : commérer au téléphone, aller se faire faire une permanente et se plaindre. Elle a mal aux pieds, son tee-shirt est trop serré, le coiffeur a raté sa couleur, Louise ne la rappelle jamais, Papy ne rentre pas assez tôt du travail, l'essence coûte trop cher, son restaurant préféré a changé son menu.

Et Mamie n'est pas de ces vieilles femmes aigries et un peu bourrues qui radotent avec une cigarette au coin des lèvres. Ça, au moins, ce serait drôle. Non, elle est larmoyante, geignarde et elle met constamment ses problèmes sur le dos des autres.

Donc je ne l'aime pas, et je n'éprouve aucun respect pour elle. D'ailleurs, je ne crois pas qu'elle m'aime beaucoup non plus, même si elle ne l'admettrait jamais. Elle est trop occupée à se plaindre que je ne l'aime pas.

Depuis la mort de Maman, je m'efforce d'améliorer les choses entre nous. J'essaie de répondre à ses textos dès que je le peux, je l'appelle régulièrement et je lui écris un e-mail par semaine. Cette relation me demande déjà plus d'efforts que je ne veux en fournir et, pourtant, ça ne lui suffit toujours pas, comme elle ne manque pas de me rappeler dès que nous avons l'occasion de nous parler.

Émotionnellement, je suis à bout de forces, mais je continue de m'épuiser parce que je ne veux pas être la garce qui coupe les ponts avec sa grand-mère alors que celle-ci a perdu sa fille.

Je rempoche mon téléphone, reprends mes courses et mets la main sur un sachet de légumes surgelés. La sonnerie reprend.

Encore Mamie.

Je lui écris : « Je te rappelle dans une minute » et range de nouveau mon téléphone, avec un peu d'agacement cette fois.

Au rayon primeur, j'attrape un sac de pommes Pink Lady, des bâtonnets de carotte et une noix de coco – je ne sais pas trop ce que je vais en faire, mais elle est jolie.

La sonnerie retentit une troisième fois. Je réfrène mon envie de balancer mon iPhone à travers le magasin et décroche.

— Mamie, je peux te rappeler quand je serai rentrée ? dis-je avec un soupçon d'irritation dans la voix, afin qu'elle comprenne bien qu'elle me dérange. Je fais mes courses, là.

Au bout du fil, j'entends alors qu'elle est en larmes. Elle prononce des mots incompréhensibles à travers ses sanglots. Inquiète, je lui demande si tout va bien, mais elle continue de pleurer bruyamment. Je lui repose la question. Enfin, elle lâche :

— Tu… Tu… Tu ne m'appelles jamaiiiiiiiis !

Chaque fois qu'elle me téléphone dans cet état, j'ai peur que Papy soit mort – ces derniers temps, sa santé s'est beaucoup dégradée. Elle sait parfaitement que c'est la première chose qui me traverse l'esprit car je lui en ai déjà parlé à plusieurs reprises : je lui explique que je voudrais qu'elle limite les cris et les larmes, elle me promet qu'elle ne recommencera plus, et elle recommence.

Dans mon Whole Foods, je déclare fermement que je la rappellerai une fois chez moi et je raccroche. Le téléphone sonne à nouveau. À présent, il n'y a pas que moi que son insistance dérange : je remarque que le bruit a fait tiquer une yogi sans une trace de maquillage vêtue d'une tunique en chanvre, qui fait ses courses à quelques pas de moi. J'envie sa peau lisse comme du verre. Elle me dévisage et je rougis.

Mamie rappelle encore, et je cède. J'abandonne mon caddie au milieu de l'allée et je quitte le magasin sous le regard satisfait de Madame Peau-Parfaite. Je devrais peut-être demander des injections de collagène à mon dermatologue.

Sur le parking, je découvre qu'un orage a éclaté pendant ma rapide virée dans le supermarché – un événement rare à Los Angeles, ville qui doit voir une tempête par an. En général, j'évite de prendre ma voiture sous la pluie, car je ne suis déjà pas très à l'aise avec la conduite. Je me réfugie dans ma Mini Cooper. À l'instant où j'allume le moteur et que j'active les essuie-glaces, Mamie rappelle. Mon téléphone est connecté en Bluetooth et sa voix résonne fort dans les haut-parleurs. Elle est encore en pleine crise de larmes.

— Mamie…

J'ai parlé doucement pour tenter de l'apaiser. En vain : elle est hystérique. Au milieu de ses pleurnicheries, je parviens à décrypter une longue complainte qui porte sur l'affront que je lui ai fait en lui raccrochant au nez. Je sors du parking et j'emprunte l'artère principale vers ma maison.

— Mamie, dis-je encore, aussi calmement que possible alors que mes joues s'embrasent de colère. Je faisais les courses. Ça y est, je suis au téléphone avec toi. Pourquoi est-ce que tu m'appelais ?

Immédiatement, ses larmes se changent en venin.

— Ne prends pas ce ton avec moi, *salope.*

Ma grand-mère me traire régulièrement de « salope ». Et elle prend toujours soin de bien appuyer le mot.

— Mamie, je t'ai déjà prévenue. Si tu continues de m'insulter et de me faire culpabiliser à chaque coup de fil, je vais finir par bloquer ton numéro.

— Arrête avec tes menaces, *gamine.*

— Ce n'est pas une menace, c'est un fait.

— « C'est un fait », répète Mamie d'un ton moqueur. Mes autres petits-enfants m'appellent tous plus que toi, reprend-elle, plaintive.

— Comment vas-tu ?

— À ton avis, hein ? Tu n'as rien entendu de ce que je viens de te dire ? Tu te comportes très mal avec moi. Ta mère doit se retourner dans sa tombe.

J'aimerais que cette dernière phrase me passe au-dessus. J'aimerais pouvoir balayer ces mots d'un revers de main, conclure aux élucubrations d'une pauvre vieille dame folle à lier. Mais j'en suis incapable. Maman reste mon point sensible, une part de moi qui ne doit pas être entachée. Je refuse qu'on se serve d'elle contre moi et, quand cela se produit, je prends des mesures drastiques.

— Bien, Mamie, je vais raccrocher. Et je vais bloquer ton numéro.

— N'y pense même pas ! Ta pauvre mère qui nous regarde de là-haut en serait inconsolable !

Mais merde ! Elle me fait toujours ce coup-là : dès qu'elle voit qu'elle a réussi à m'atteindre, elle remue le couteau dans la plaie. Comment une grand-mère peut-elle avoir envie de faire du mal à sa petite-fille ? Je sais qu'elle n'a pas eu une vie facile, qu'elle est triste et qu'elle a besoin qu'on s'intéresse à elle, et que ma froideur lui fait de la peine, mais quand bien même. Je ne pense pas que cela suffise à excuser ses actions.

— Au revoir.

Je raccroche. Et elle rappelle, encore et encore. Excédée, je m'arrête le long du trottoir, déverrouille mon iPhone et appuie sur « Bloquer ». Quel soulagement ! J'ai l'impression d'avoir pris la bonne décision. Une énorme quantité de stress disparaît de ma poitrine et je peux à nouveau respirer. Je repars.

Enfin chez moi, je monte précautionneusement les marches trempées du perron. Je comptais commencer mon plan « restriction calorique et anorexie » ce soir, mais je rentre éreintée et les mains vides. Le plan sera pour une autre fois. Je commande à manger à un restaurant près d'ici – du bacon, des choux de Bruxelles, des frites et des brochettes de bœuf. Puis je me sers un verre de tequila rempli à ras bord pour accompagner mon repas.

Je vide le verre avant même le passage du livreur. Quand ma nourriture arrive, je me jette dessus, j'avale le tout aussi vite que possible et, dès que j'ai fini, je vais me faire vomir.

Et puis merde. La boulimie est un bon système, pour moi. Ma grand-mère ne peut plus m'appeler, mon corps est vide. C'est tout ce dont j'avais besoin.

63.

Ça fait désormais des semaines que je suis sur pilote automatique au travail. Je jette un coup d'œil à mon texte le matin, sans faire l'effort de mémoriser mes répliques pour les répétitions. Je suis à peine présente entre les prises, même pour la presse – chaque jour, la moitié de ma pause déjeuner est dédiée à des interviews pour des magazines de préados. Depuis l'histoire de l'épisode que je n'ai pas pu réaliser, je tiens un compte à rebours jusqu'à la fin de la saison.

Plus que vingt jours et quatre épisodes. Je ne suis pas certaine d'être capable d'aller au bout.

Je guette le moment où la boulimie me provoquera une crise cardiaque. Quelque part, je l'attends presque avec impatience. Au moins, je ne serais plus forcée d'être là. Les idées noires et morbides se multiplient dans ma tête. Si, au début, elles m'ont inquiétée, je m'y suis habituée. Elles font désormais partie de moi.

Les peines s'accumulent dans ma vie. À chaque nouveau coup dur, mon désespoir s'accroît. La mort de Maman à elle seule aurait suffi à m'anéantir et, depuis cet événement, la pile continue de grandir.

Je n'arrive pas à reprendre les rênes de ma boulimie. Au contraire, elle a pris le pouvoir et j'ai arrêté de me battre. Jamais je ne serai plus forte qu'elle, autant abdiquer. C'est plus simple de l'accepter, d'y sombrer, même.

J'ai aussi fini par regarder la vérité en face : je n'aime pas ce métier. J'ai réussi à tenir le coup toute la saison parce que je voulais ma chance d'être réalisatrice mais, à présent que cette opportunité m'est passée sous le nez, je sais que je ne suis qu'une actrice. Rien de plus. Pire, une actrice ringarde. Qui voudrait d'une fille qui a passé dix ans dans l'univers puéril et niais de Nickelodeon ? Qui verrait en moi une comédienne capable d'assumer un « vrai » rôle dans un projet sérieux ? Je ne suis pas allée à l'université, et je n'ai aucune compétence ni aucune expérience en dehors du show-business. Même si je cherchais à me reconvertir, cela prendrait des années.

Les hommes ne m'intéressent pas non plus. Ce sont des distractions, et encore. Le soir, je préfère autant me distraire avec une bouteille de vin, un grand verre de whisky, ou le premier truc qui me tombe sous la main. Même de la vodka, alors que j'ai commencé à développer une intolérance – dès que j'en bois, ma peau se couvre de gros boutons rouges. Mais mieux vaut ça que ne pas boire.

Je suis désespérée, et je traîne mon désespoir partout où je vais. Je marche lentement, les épaules voûtées, les paupières tombantes. Je ne me souviens plus de la dernière fois que j'ai souri sans que ce soit demandé dans le script.

Je pourrais croire que mon aigreur déteint sur tout le monde et que c'est à cause d'elle que l'ambiance sur le plateau de tournage est aussi catastrophique, ces derniers temps. Cependant, je connais la raison de cette déprime collective.

Le Créateur a de gros ennuis : la chaîne a enfin réagi aux accusations de harcèlement au travail portées contre lui. Ça lui pendait au nez, mais je trouve tout de même que les conséquences se sont fait attendre.

Au moins, Nickelodeon prend vraiment ça au sérieux et ses cadres ne se sont pas contentés d'une petite tape sur les doigts. Non, désormais, le Créateur n'a plus le droit de se trouver sur le plateau en même temps que les acteurs. Autant vous dire que ça complique sérieusement la communication entre chaque prise.

Le Créateur s'est installé dans une petite pièce sur le côté du bâtiment, un peu comme une grotte, entouré d'assiettes de charcuterie (son en-cas préféré), de ses récompenses aux Kids' Choice Awards (symboles chéris de sa réussite) et de quatre écrans qui retransmettent ce que filment les quatre caméras. Dès qu'il a une remarque à faire, il l'adresse à un assistant réalisateur qui doit ensuite traverser tout le bâtiment au pas de course pour nous la transmettre. Nos journées de travail duraient treize heures, elles en font maintenant dix-sept. Bref, l'atmosphère générale se résume à une gêne permanente mêlée à un agacement qu'on pourrait résumer avec un « Bon sang mais qu'on en finisse ».

Aujourd'hui, la dernière scène à tourner se déroule dans un de nos décors principaux, un restaurant à thème futuriste où les serveurs sont des robots – quelle originalité. Mon personnage est censé bondir sur une table et se jeter sur quelqu'un, ou quelque chose. Je ne sais plus et je m'en fiche. Les scènes, les déplacements, les répliques… tout se mélange, à présent.

J'ai déjà répété ma cascade plusieurs fois et, entre l'effort physique, les journées à rallonge et la boulimie, je suis éreintée. Je ne veux qu'une chose : rentrer chez moi boire un whisky.

Enfin, à 1 h du matin, on nous libère. Je rentre, je me sers un grand verre dont je vide la moitié avant d'aller me doucher pour me débarrasser de mes faux cils, de mes dix couches de fond de teint et des tonnes de laque dans mes cheveux. Quand je sors de la salle de bains, le whisky a commencé à faire effet. Le regard un peu trouble, j'allume mon ordinateur pour consulter mes e-mails. Ils arrivent en masse mais je n'en lirai pas la moitié – ces jours-ci, je ne suis pas très rigoureuse avec quoi que ce soit dans ma vie, et ma boîte de réception n'échappe pas à la règle. Alors que je m'apprête à cliquer sur la croix rouge, j'aperçois un objet inquiétant vers le bas de la liste interminable de messages non lus. Mes managers veulent qu'on s'appelle demain à la première heure.

Je ferme ma boîte mail, je reremplis mon verre et j'essaie d'aller dormir.

64.

Le lendemain matin, je suis donc conviée à une conférence téléphonique avec toute mon équipe : mes trois agents, mes deux managers et mes deux avocats. Je ne sais plus à quel moment ils se sont retrouvés si nombreux, et je ne suis toujours pas sûre d'avoir compris l'intérêt (je ne me souviens pas de la dernière fois que l'un d'eux a eu une bonne idée au cours d'un de ces appels – la plupart du temps, ils se contentent de répéter ce que quelqu'un d'autre vient de dire et de rire trop longtemps), mais apparemment, c'est ce qui se fait quand on devient un peu connu.

— Attendez… Vous voulez dire que la série va être annulée ? je m'exclame, incapable de dissimuler ma joie.

— Eh oui ! acquiesce Agent n° 1. On savait que ça te ferait plaisir.

— Et la meilleure nouvelle, dans tout ça…

Agent n° 2 s'interrompt pour ménager son suspense – je vous jure, les agents feraient d'excellents comédiens – avant de conclure :

— … c'est que la chaîne veut te donner 300 000 dollars.

Il me faut quelques secondes pour absorber cette annonce bizarre.

— Pourquoi ? dis-je enfin.

Manager n° 2 intervient. Je crois que les autres membres de l'équipe l'intimident. À chaque fois qu'il prend la parole, il débite une phrase à toute allure, comme s'il s'y était longuement préparé et qu'il avait rassemblé son courage pendant que les autres discutaient.

— Tu-n'as-qu'à-voir-ça-comme-un-cadeau-de-remerciement, lâche-t-il rapidement.

Puis il pousse un soupir soulagé – j'imagine qu'il se dit qu'il a fait sa part et qu'on ne s'attend plus à l'entendre le reste de la conférence.

De mon côté, la suspicion ne fait que grandir.

— Oui, voilà, un cadeau de remerciement, approuve Manager n° 1. Les représentants de la chaîne te donnent 300 000 dollars et, en retour, ils demandent juste que tu ne t'exprimes jamais en public au sujet de ton expérience au sein de Nickelodeon.

Et donc de mon expérience avec le Créateur.

— Non, je réponds instinctivement.

Longue hésitation chez mon équipe.

— N… non ? balbutie Agent n° 3.

— Certainement pas.

— Cet argent, c'est pour te permettre de rebondir, insiste Manager n° 1.

— Non, cet argent, c'est pour acheter mon silence.

Une lourde tension s'installe. Un des hommes toussote.

Au fil des années, j'ai appris non sans difficulté que, dans ce milieu, il y a un monde entre ce qui est prononcé et ce qui est réellement dit – un fonctionnement auquel je suis incapable de m'adapter. Les autres semblent parvenir à jouer leur rôle dans ces petites saynètes, à tourner autour du pot juste assez pour qu'on saisisse le sujet de la discussion sans jamais avoir à l'énoncer. Moi, en général, je ne comprends rien à ce qui se passe et je finis par demander tout haut qu'on me l'explique.

Cependant, il arrive parfois que je comprenne très bien ce dont il est question, comme aujourd'hui. Dans ces cas-là, je mets les pieds dans le plat. Cela peut entraîner des rires ou une gêne palpable. En ce moment, c'est plutôt la deuxième option.

— Oh, je ne verrais pas ça comme ça, si j'étais toi, tente Manager n° 1, faussement enjoué.

— Mais si, ils veulent acheter mon silence. Et je ne veux pas de leur argent.

— Eh bien, euh… d'accord. Si tu es sûre de toi…, marmonne Agent n° 1 ou Agent n° 2 – ils ont exactement la même voix.

Sur ce, ils raccrochent tous. Clic, clic, clic. Jusqu'à ce qu'il ne reste plus que moi en ligne. Je raccroche à mon tour et, assise sur mon lit, je réfléchis.

Je n'en reviens pas ! Nickelodeon me propose 300 000 dollars pour ne jamais mentionner ce que j'ai vécu avec cette chaîne ? Le harcèlement que m'a fait subir le Créateur ? Ce studio crée des séries pour les enfants, putain. Ne devraient-ils pas avoir une once de sens moral ? Ne devraient-ils pas au moins essayer de se tenir à une certaine forme d'éthique ?

Adossée à ma tête de lit, j'allonge les jambes et les croise. Puis j'étire les bras et je cale les mains derrière mon crâne, plutôt fière de moi. Tout le monde n'aurait pas eu une telle force de caractère ! Je viens quand même de refuser 300 000 dollars.

Attendez…

Je viens quand même de refuser 300 000 dollars. C'est beaucoup d'argent. Avec mes trente-cinq épisodes de *Sam et Cat*, je n'ai pas mal gagné ma vie, mais pas non plus de quoi balayer 300 000 dollars sur un coup de tête. Merde. J'aurais peut-être dû accepter.

65.

La série s'est achevée il y a maintenant trois semaines et demie et, dans la presse, on rapporte qu'elle a été annulée parce que j'étais fâchée que ma co-star soit mieux payée que moi. Cette rumeur m'énerve parce qu'elle est fausse. D'après mes managers, *Sam et Cat* a été annulée parce que quelqu'un a accusé un de nos producteurs de harcèlement sexuel.

Peu importe la raison : le grand public a besoin d'un bouc émissaire, c'est tombé sur moi et je ne peux rien y faire.

À part… dire la vérité. J'y ai réfléchi sérieusement plusieurs fois, mais je ne me résous pas à sauter le pas. Si je parle de la série et de mes années chez Nickelodeon, tout le monde continuera de m'associer à cette chaîne alors que j'aimerais m'en détacher. Ça ne fera que renforcer ce rôle qui me colle à la peau, celui de « la fille sur Nickelodeon ». Le rôle de « Sam ».

Je suis connue pour avoir joué Sam, et je déteste ça. À un point inimaginable. J'ai beau essayer de m'y faire, je n'y arrive pas. Quand quelqu'un me dit : « Vous ressemblez à la fille dans *iCarly* ! » Je réponds : « Ah non, vous devez confondre. »

Chaque jour, sans relâche, des inconnus m'interpellent à coups de : « Sam ! », « Ouh ouh, poulet frit ! » ou encore

« Eh, toi, la fille de *iCarly* ! » et ils veulent qu'on fasse une photo. Je refuse systématiquement et passe mon chemin. Parfois, ils continuent de m'appeler dans mon dos, me crient que je suis malpolie. Je ne ralentis pas.

Néanmoins, je prends volontiers une photo avec ceux qui connaissent mon nom – une petite marque de courtoisie qui me touche sincèrement. Les autres, c'est non.

Dès mes seize ans, j'ai développé une aversion vis-à-vis de la célébrité. Aujourd'hui, à vingt et un ans, je la méprise ouvertement.

Détail non négligeable : je suis célèbre pour quelque chose qui a débuté alors que je n'étais qu'une enfant. Je me demande à quoi ressemblerait la société si tout le monde était connu pour une particularité qui remontait à leurs treize ans, comme le groupe de rock que Machin a fondé avec ses copains, l'exposé que Truc a fait en SVT en cinquième, ou la pièce de théâtre dans laquelle Bidule a joué en quatrième. Le collège, c'est la période qui permet de prendre des risques et de se planter, une période qu'on peut jeter aux oubliettes une fois qu'on est passé à autre chose. Dès nos quinze ans, on est déjà quelqu'un d'entièrement différent.

Je n'aurai pas cette chance. Pour le grand public, je resterai à jamais celle que j'étais à treize ans, une gamine que je suis certaine d'avoir laissée derrière moi il y a déjà bien longtemps. Mais non, le monde me refuse cette évolution. Le monde veut que je sois Sam Puckett, et personne d'autre.

Je suis aigrie, je le sais, et je n'en ai plus rien à foutre. J'éprouve un immense ressentiment à l'égard de cette série qui m'a volé ma jeunesse, qui m'a empêchée de vivre une adolescence normale au cours de laquelle le moindre de mes faits et gestes n'aurait pas été critiqué, disséqué ou tourné en ridicule par les médias.

J'ai bien conscience que mon petit laïus geignard doit être insupportable à lire. Des millions de gens rêvent d'être célèbres, non ? Pourtant, j'estime être en droit de me plaindre puisque ce n'était pas mon rêve à moi, mais celui de Maman, et qu'elle m'a forcée à le réaliser.

Il me semble que j'ai encore le droit de haïr le rêve de quelqu'un d'autre, même si ce rêve est devenu toute ma vie.

66.

Je suis sur la banquette arrière d'un Uber avec Colton, vêtue d'une minuscule robe noire avec des talons beaucoup trop hauts. Je continue d'espérer que des centimètres supplémentaires me débarrasseront de quelques complexes, bien que cette stratégie n'ait encore jamais marché.

Au début, la boulimie m'a aidée à rester mince et à maintenir l'objectif de poids fixé par Maman. Mais très vite, elle m'a trahie. Désormais, mon corps a l'air de vouloir s'accrocher à la moindre miette de nourriture. Il refuse de rétrécir et, pire, il grossit.

Depuis la fin de cette idylle, j'ai pris cinq kilos. Cinq kilos auxquels je pense dès que j'ouvre les yeux le matin, auxquels je pense plus qu'à n'importe quoi d'autre au cours de la journée, auxquels je pense encore quand je pose ma tête sur l'oreiller le soir. Ces cinq kilos m'obsèdent. Ils me torturent.

Je ne comprends pas. Pourquoi mon corps refuse-t-il de m'obéir ? Pourquoi ma boulimie ne m'aide-t-elle plus ? Je pensais que nous étions amies, elle et moi. Qu'elle était mon alliée. À l'évidence, je me suis trompée sur le sens de notre relation. Hélas, j'ai beau avoir compris que je ne peux pas lui faire confiance, je ne parviens pas à la quitter. Elle m'a réduite en esclavage. Je suis piégée dans une relation de codépendance avec ma boulimie.

Le chauffeur nous dépose devant le bar. Colton et moi nous précipitons à l'intérieur, où des amis nous attendent.

— Joyeux anniversaire ! me crient-ils simultanément en levant leurs verres.

L'un d'eux me tend un shot de tequila. Je le vide d'un trait, puis un deuxième, un troisième.

En moins d'une heure, je suis déjà complètement saoule. Une cinquantaine de proches sont là pour célébrer mon anniversaire et la soirée se passe plutôt bien, jusqu'au moment où je me fige. Mon amie Bethany s'avance vers moi, un gâteau hérissé de bougies entre les mains.

Merde. Pas les bougies. Tout mais pas ça.

De son bras libre, Bethany me serre fort contre elle – très fort, elle me fait mal. Il faut dire que Bethany est un peu une brute.

— Oh là là mais sérieux, toi, t'es pas hyper douée en câlins ! s'exclame-t-elle avec sa surexcitation habituelle.

— Oui, enfin…

— J'ai apporté un gâteau à la vanille, ton préféré ! En plus, il a un glaçage à la crème au beurre vanillée, et c'est censé être trop wahou !

— Génial, je mens.

— Mais trop ! On souffle les bougies ? Allez, on souffle les bougies !

Elle se tourne vers le reste des invités, claque des doigts et crie pour attirer leur attention. Tous se tournent vers nous.

Je suis trop ivre pour discerner la masse de visages flous qui chante devant moi. On dirait que chacun a choisi une tonalité différente. Pourquoi est-ce que « Joyeux anniversaire » est la chanson la plus difficile du monde à interpréter, alors que c'est aussi la chanson la plus populaire de la planète ? Le compositeur a dû vouloir faire une sale blague à l'humanité.

Au moins, les « cha-cha-cha ! » sont passés de mode. C'est toujours ça de pris. Fin du refrain, on me dévisage attentivement en attendant que je souffle sur les petites flammes.

Et voilà. La raison pour laquelle je ne voulais pas de gâteau ni de bougies. Je ne voulais pas avoir à faire un vœu. J'ai vingt-deux ans et, pour la première fois de ma vie, je ne sais pas quoi souhaiter pour mon anniversaire, parce que ce que j'ai souhaité toute ma vie n'a plus lieu d'être. Terminé. Au fond de moi, tout ce temps, j'espérais avoir une once de contrôle sur ma plus grande peur. Désormais, je sais que c'était faux. Je n'avais aucun contrôle.

Le but de mon existence, tout faire pour que Maman reste en vie et heureuse, a été vain. Ces années passées à me dévouer pour elle, à ajuster chacune de mes pensées et de mes actions au prisme de ses désirs… Tout cela n'a servi à rien. À présent, elle est morte.

Je me suis désespérément efforcée de connaître et de comprendre ma mère – de déterminer ce qui la rendait triste, joyeuse, et tant d'autres choses – et, en conséquence, je ne me connais pas. Sans Maman pour me guider, je ne sais pas ce que je veux. Je ne sais pas ce qu'il me faut. Je ne sais pas qui je suis. Et surtout, je ne sais pas quel souhait faire.

Je me penche et souffle les bougies, l'esprit vide.

— Tu dois absolument le goûter ! s'écrie Bethany, déjà occupée à couper le gâteau. Et tu me diras ce que tu penses du glaçage !

Elle me tend la première assiette. J'avale une cuillérée et ouvre de grands yeux pour témoigner de mon émerveillement gustatif, et je croise les doigts pour faire illusion. Apparemment, le stratagème fonctionne : Bethany applaudit et se met à sautiller.

J'en profite pour m'éclipser aux toilettes et vomir.

67.

De l'espoir. Pour la première fois depuis des années, j'ai de l'espoir. On m'a proposé le rôle principal dans une série Netflix. NETFLIX ! Sortez les confettis ! Et attention, plus question de partager l'affiche : dans cette série, c'est moi la star. Bon, en réalité, il s'agit d'une distribution d'ensemble avec plusieurs acteurs principaux, mais je suis le premier rôle. Et vu que, côté studio, c'est une sacrée promotion, je m'en contenterai.

J'admets que je n'ai pas été convaincue tout de suite. Dès la lecture du scénario du pilote, j'ai émis des réserves. Dans le cinéma et la télé, la politesse, c'est de dire « J'ai du mal à me projeter dans le personnage », quand la traduction donnerait à peu près « J'ai vraiment peur que ce soit une grosse bouse ». Pourtant, mes agents m'ont poussée à accepter – le salaire était plutôt correct et on ne m'avait proposé jusque-là que des sitcoms nunuches ou des téléréalités. Enfin, d'après eux, le jeu en valait la chandelle, ne serait-ce que pour me rapprocher d'une société de production aussi cotée que Netflix. Face à cette logique imparable, j'ai fini par signer.

Le 1er octobre, je rejoins donc mon QG pour les trois prochains mois : Toronto. J'ai l'impression de m'installer à New York, en plus propre et plus accueillant. Je défais mes valises dans ma suite d'hôtel, très enthousiaste. Mieux : je me sens motivée. Enfin, ma chance a tourné. Ce rôle est exactement le coup de pied aux fesses dont j'avais besoin pour me remettre sur les rails.

Je joue dans une vraie série. Fini, les feuilletons pour gosses. Fini, la starlette Nickelodeon boulimique empêtrée dans ses excès d'alcool. Les stars Netflix ne font pas n'importe quoi, elles. Ce sont des personnes sérieuses. Elles assurent.

Le jour où je découvre mon nouveau quartier, Yorkville, je décide d'entamer ma transformation en personne sérieuse qui assure. J'entre dans une librairie et j'en ressors avec une pile de bouquins de développement personnel. En une semaine, je les ai dévorés et j'ai concocté un plan solide sous forme d'affirmation positive, un mantra dont j'estime qu'il résume au mieux tout ce que j'ai appris ces sept derniers jours :

« Je ferai en sorte de me focaliser sur moi. »

J'écris cette phrase dans mon journal intime et je la touche cinq fois du bout de l'index (il me reste encore quelques TOC ; je dois aussi faire un tour sur moi-même dès que j'entre dans ma salle de bains, mais celui-là est plutôt rigolo).

Ce ne sera pas facile, je le sais. Cette résolution va exiger du temps, de la détermination et des efforts constants. Je vais devoir regarder mes problèmes en face plutôt que de les laisser faire office de distraction, ou de minimiser leur gravité. Je vais devoir les affronter, pour de vrai. Entreprendre une introspection éprouvante mais nécessaire pour comprendre d'où viennent mes angoisses, mes mauvaises habitudes et mes instincts autodestructeurs. Interroger ces angoisses, modifier ces mauvaises habitudes et ces instincts autodestructeurs, et m'accrocher même quand les événements de la vie me pousseront dans mes retranchements.

Je suis prête à me débarrasser de tout et de tous ceux qui m'entourent si besoin. Je suis prête à me focaliser sur moi.

Et puis je rencontre Steven.

Premier jour de tournage. Assise dans ma caravane, je suis en train de feuilleter les scénarios des épisodes deux à six quand je comprends quelque chose de terrible.

Je crois que je vais être à l'affiche du tout premier flop de Netflix. J'ai encore plus de mal à me projeter dans le personnage qu'à la lecture du pilote. Le budget est plus bas qu'on ne nous l'avait annoncé. On peut faire des trucs géniaux avec un petit budget, mais on peut difficilement créer un vaste univers apocalyptique dans lequel un virus se met à décimer tous les habitants d'une petite ville âgés de plus de vingt et un ans.

Je suis aussi perplexe ; pas un seul représentant de Netflix n'a assisté à une des soirées de bienvenue organisées pour l'équipe technique et les acteurs. D'habitude, le studio envoie quelqu'un pour ces événements.

Je décide de téléphoner à mes agents pour leur faire part de mes inquiétudes. Celui que j'ai en ligne me fournit alors une explication. Le projet auquel je participe est en réalité un partenariat entre le géant du streaming et un studio canadien, CityTV. CityTV produit la série, Netflix n'est que le distributeur.

Ooooh. Oh oh oooooooh.

Il ne s'agit donc pas d'une série Netflix, mais d'une série CityTV – bref, remballez les confettis.

D'un côté, je regrette d'avoir posé la question. J'aurais pu continuer de me raconter naïvement que je jouais dans une série Netflix. De l'autre, je regrette de ne pas l'avoir posée plus tôt. J'aurais pu tenter d'échapper à ce piège.

Après avoir raccroché, j'observe mon reflet dans le miroir. J'ai tellement honte, de moi-même, de ma carrière. J'ai conscience qu'il y a pire dans la vie qu'apparaître dans une série pas terrible, mais ça m'est égal, et la vérité demeure : j'ai honte.

Je voudrais participer à quelque chose qui vaille le coup, quelque chose dont je puisse être fière. Ce désir revêt une importance capitale à mes yeux. Je veux donner du sens à mon travail ou, au moins, en avoir l'impression. Sans cette connexion à ce que je crée, tout me semble inutile, fade. Moi y compris.

Je sais que si je me fais vomir, je vais avoir les joues bouffies, les yeux larmoyants et que cela se verra à la caméra. Mais je suis incapable de me retenir. La honte que j'éprouve m'est insupportable et c'est le seul mécanisme de défense que je connaisse. J'ai besoin de ce sentiment de vide qui m'envahit après chaque purge. Alors que je me lève, on frappe à la porte de ma caravane. L'assistante de production vient me chercher, on va démarrer. Merde, je n'ai plus le temps. À contrecœur, je la suis.

Le tournage débute en extérieur, au milieu d'un blizzard. Et là, parmi les flocons qui tourbillonnent dans les bourrasques, je le vois. Les cheveux auburn, des yeux verts expressifs, une adorable silhouette voûtée. Vêtu d'un pantalon en toile, d'une doudoune et d'un bonnet à pompon, il est adossé à une grosse camionnette, un pied appuyé sur la roue, une cigarette à la main. Quelle classe ! Il est au téléphone et parle un mélange bancal d'italien et d'anglais.

— *Si, si*, Ma, *si si*. Je ferai ça. *Ti amo. Ciao*, Ma.

Il profite de ses pauses pour appeler sa mère ? Je vais fondre. Il rempoche son iPhone et rallume une cigarette dans la foulée.

— Steven ! On va démarrer ! crie l'assistante de production à l'attention de mon nouveau grand amour.

Steven est donc assistant réalisateur sur le tournage. Mon cœur fait un bond : ça signifie que je vais le voir tous les jours de la semaine pendant les trois prochains mois.

— Ça marche, lâche platement Steven avant de nous emboîter le pas.

Je rêve déjà à la manière dont je vais me retrouver en couple avec lui. Mes livres de développement personnel ont souligné qu'il fallait rester flexible avec ses objectifs, et savoir ajuster en fonction de la situation. Eh bien, je suis prête à m'ajuster et à changer de cap illico. Je vais laisser tomber cette histoire de rester focalisée sur moi. Je n'ai plus du tout envie de me pencher sur ma honte, mes humiliations, mon deuil, ma boulimie et mes problèmes d'alcool.

En fin de compte, elle ne sera peut-être pas si mal, cette série CityTV. Peut-être qu'on attendra un peu avant de remballer les confettis.

68.

Après plus de deux interminables semaines à me débrouiller pour croiser « inopinément » Steven au catering, mes efforts finissent par payer : il m'invite à aller prendre un verre.

Nous nous retrouvons au Sassafraz, un bar situé dans la rue de mon hôtel. Il boit un whisky-gingembre et moi, un gin tonic.

Steven dégage une douceur surprenante. Il n'a rien à voir avec le cliché du mec bien sous tous rapports – un genre de mec assez chiant, il faut le dire. Non, sa douceur joue en sa faveur. Peut-être que c'est sa voix qui fait cet effet. Oh là là, sa voix ! C'est ce que je préfère, chez lui. Calme et rocailleuse, probablement le résultat de ses deux paquets par jour – mais je ne vais pas mettre la charrue avant les bœufs, on règlera le problème du cancer du poumon le moment venu.

Steven a un côté un peu *bad boy*, que nuance à la perfection un tempérament effacé. J'ignorais qu'on pouvait être aussi cool et aussi humble. Cet homme est un paradoxe sur pattes. Je suis sous le charme.

Pour notre deuxième rendez-vous, nous allons manger dans un Jack Astor – une chaîne de *diners* canadienne –, où nous partageons une soupe et des nachos, que je m'empresse d'aller vomir aux toilettes après coup. Je gobe ensuite une pastille à la menthe pour rafraîchir mon haleine et sors retrouver Steven, qui me fait coucou depuis notre table. Quand je pense qu'il y a quelques semaines, j'étais prête à essayer de me débarrasser de ma boulimie ! Elle fait pourtant partie intégrante de moi. Je suis soulagée de ne pas avoir perdu ma béquille.

Après le repas, nous allons chez moi boire quelques verres et regarder des spectacles de stand-up sur mon ordinateur. Il y a une telle aisance, entre nous, un tel naturel dans nos échanges. Nous parlons de ce que nous voulons dans la vie, et de ce que nous craignons. De cette période étrange que nous vivons, entrés depuis peu dans l'âge adulte. De nos précédentes relations. Des blessures du passé. De nos rêves pour l'avenir. Du sérieux, quoi ! On discute jusqu'à 1 h du matin, puis on s'embrasse et on se câline pendant une bonne heure, et on se remet à discuter jusqu'à 4 h.

Pour notre troisième rendez-vous, sur une idée de Steven, nous sortons dans un club. Une fois assez ivre pour perdre mes inhibitions, je me mets à danser avec lui. Ce moment que je devrais trouver complètement ridicule me semble complètement magique, et c'est grâce à lui. Je n'ai jamais ressenti une chose pareille. Jusqu'à présent, j'aurais dit que Joe était mon premier amour, mais aujourd'hui, même mes sentiments pour Joe me paraissent immatures et enfantins à côté de ce que je vis. Il se crée entre Steven et moi une connexion authentique, profonde et pure. J'ai l'impression qu'il comprend parfaitement qui je suis, et je pense que c'est réciproque.

Pour notre quatrième rendez-vous, nous restons chez Steven à regarder *The Voice*. Il a des goûts discutables en matière de télévision, mais si ça me permet de passer du temps avec lui, je suis prête à écouter en boucle les compliments de Christina Aguilera aux candidats. À nous deux, on vide une bouteille de vodka et, alors qu'on finit les dernières gouttes, on se met à s'embrasser furieusement sur le canapé. Steven me retire mon haut, enlève son pantalon, et il met un préservatif – mais c'est qu'il est responsable, en plus ?!

Nous faisons l'amour pour la première fois, une expérience extraordinaire. La litanie de pensées qui défile habituellement dans ma tête pendant l'acte a disparu.

Chaque fois que j'ai couché avec quelqu'un par le passé, le sexe en lui-même était à l'arrière-plan de tout ce qui me traversait l'esprit à ce moment-là, et je feignais des gémissements de temps en temps pour donner le change. Pas cette fois. Cette fois, je suis immergée dans l'instant présent. Je m'oublie dans les bras de Steven et j'adore ça.

Je me mets à pleurer. Comme il s'inquiète, je lui dis la vérité : je pleure parce que je viens de comprendre ce qu'on est supposés ressentir, pendant l'amour. Il redouble d'ardeur dans ses baisers, et nous refaisons l'amour plusieurs fois. Il me demande de rester dormir. Il ajoute qu'il ne veut plus jamais s'endormir sans moi. Christina félicite une jeune femme qui vient de s'époumoner sur un tube de Whitney Houston. Je suis bien.

69.

Dans mon salon, assise sur mon canapé, j'attends un appel. À l'étage, Billy s'active avec son perforateur. Cela fait trois longues semaines que je suis rentrée à Los Angeles et la magie de Toronto a fini par s'estomper.

Là-bas, mon obsession pour Steven était parvenue à calmer mes angoisses. Aujourd'hui, sans sa présence rassurante, je me les reprends en pleine figure.

Est-ce que cette série Netflix-mais-pas-Netflix va signer la fin de ma carrière ? Ou, pire, est-ce qu'elle aussi va devenir un succès humiliant qui ensevelira toute ma personnalité ?

Et en même temps… quelle personnalité ? Qu'est-ce que c'est, au juste, une personnalité ? Toute mon enfance, mon adolescence et mon entrée dans l'âge adulte, j'ai dû faire semblant d'être quelqu'un d'autre. Cette période pendant laquelle on est censé développer notre richesse intérieure, je l'ai consacrée à développer la richesse intérieure des rôles que j'incarnais. Je n'ai jamais pris le temps de découvrir qui j'étais, de me forger une identité.

Je suis plus que jamais convaincue que je dois arrêter ce métier. Jouer la comédie n'améliore ni ma santé mentale, ni ma stabilité émotionnelle, au contraire – même si, bien sûr, mes troubles alimentaires et mes problèmes d'alcool ont leur part de responsabilité.

Je sais pertinemment qu'il faut que j'arrête toutes ces choses – le métier d'actrice, la boulimie, l'alcool. Pourtant, je me rends soudain compte que je ne pense pas en être capable. J'ai beau les détester, d'une certaine manière elles me définissent. Elles sont devenues mon identité. C'est peut-être même la raison pour laquelle je les déteste.

Le stress de cette prise de conscience me pousse à me précipiter aux toilettes pour vomir – réflexe classique. Quand je reviens m'asseoir sur le canapé, j'ai un appel manqué de Steven.

Lui et moi sommes officiellement en couple depuis le jour de mon départ de Toronto. Quel soulagement ! J'étais morte de peur à l'idée que notre relation ne soit qu'une brève aventure. Une distraction de tournage, pour éviter de passer trois mois à s'ennuyer. Ça aurait voulu dire que j'avais mal compris, mal interprété, que j'avais été idiote. J'étais convaincue qu'il existait un lien profond entre Steven et moi, mais j'avais besoin qu'il mette les mots sur notre histoire pour appuyer ma réalité.

Le matin de mon vol retour pour la Californie, Steven m'a réveillée avec une lettre qui me demandait si je voulais bien être sa « légitime ». Le quitter ce jour-là a été une véritable torture. Le moment des au revoir, alors que je devais monter dans le taxi, a été un des plus intenses de ma vie, un tourbillon d'émotions. J'étais tremblante, terrifiée, à la fois dévorée par la passion et impuissante. J'ignorais où l'avenir nous mènerait, surtout compte tenu de la distance. Et si ces derniers mois n'avaient été qu'une illusion ? Peut-être que Steven allait reprendre sa vie, et moi la mienne, qu'on retrouverait chacun nos petites habitudes et que, en dépit de notre engagement, on finirait peu à peu par s'oublier.

C'est pourquoi je suis si soulagée en voyant l'appel manqué de Steven. Je sais ce qu'il signifie. Hier, pendant notre visio quotidienne – trois heures tous les soirs –, il a promis qu'il allait chercher un vol pour Los Angeles parce qu'il ne pouvait plus supporter d'être loin de moi. Il a dit qu'il m'appellerait ce matin s'il trouvait un billet en dernière minute. Cet appel signifie qu'il a réussi. Que Steven vient me rendre visite… aujourd'hui. Cet appel signifie que notre relation n'était pas qu'une brève aventure.

L'avion de Steven atterrit. Comme il ne vient que quelques jours, il n'a qu'un bagage cabine et quitte vite l'aéroport à bord d'un Uber. On s'envoie des textos tout le long de son trajet. Folle d'impatience, je mets Billy à la porte et il laisse ses outils en plan – mais quand est-ce qu'il aura fini cette foutue rénovation ? Ça fait plus d'un an qu'il a commencé !

On frappe à la porte. C'est tellement dingue de voir Steven en chair et en os après trois semaines à ne le regarder qu'à travers un écran ! Au début, nous sommes un peu intimidés. La conversation est laborieuse. La crainte m'envahit : est-ce qu'on a changé ? Est-ce que la magie entre nous n'opérait qu'à Toronto ?

Enfin, après les quatre minutes les plus longues de toute ma vie, Steven me prend dans ses bras et m'embrasse. Il commence à retirer mes vêtements, je commence à lui arracher les siens, et il sort un préservatif de sa poche (bien sûr). Il le déroule rapidement sur son pénis et se rapproche. Je suis en extase. On baise trois fois sur le canapé, puis on se met à discuter. Les choses sont rentrées dans l'ordre ; tout est de nouveau simple et naturel. Le malaise à son arrivée n'était dû qu'à la tension sexuelle, ouf !

Une heure s'écoule, à papoter dans les bras l'un de l'autre, et Steven se lève pour aller aux toilettes. Quand il ressort, il semble tracassé. Il reste planté dans l'encadrement de la porte, à distance, sur la réserve. Il ne dit rien.

— Quoi ?

— Jenny…, dit-il, le ton préoccupé.

— Quoi ? je répète, soudain plus inquiète. Tu me fais peur. Qu'est-ce qui t'arrive ?

— Eh bien, j'ai…

Steven baisse les yeux et frotte le parquet en cerisier du bout de sa chaussette. Je n'ai pas la moindre idée de ce qu'il s'apprête à dire et son hésitation est un supplice. Qu'il crache le morceau !

— Est-ce que tu as un problème ? demande-t-il enfin.

— Un problème ?

— Oui. Un problème.

— Je ne suis pas sûre de te suivre.

— J'ai vu du vomi séché sur la lunette des toilettes.

— Ah, ça ? je réponds, feignant la désinvolture. Oh, je ne pense pas qu'on puisse parler d'un problème. C'est simplement un… un truc que je fais.

À l'évidence, il n'est pas convaincu. J'essaie d'être aussi franche que possible.

— Par exemple, toi, tu fumes. Moi, je me fais vomir. Ce sont juste des trucs qu'on fait.

— Ce n'est pas pareil, insiste Steven. La boulimie, ça peut te tuer.

— La cigarette aussi.

— Oui, mais moi, je vais arrêter.

— Bien sûr. Moi aussi.

Il soupire.

— Je tiens à toi, Jenny. J'ai besoin de savoir que tu vas bien.

— Mais je vais bien.

— Je ne crois pas.

— Et moi, je t'assure que si.

Il m'observe un long moment avec un air de pitié et un peu de condescendance. Je ne lui connaissais pas cette expression. Elle ne me plaît pas. Soudain, je comprends qu'il va rester campé sur ses positions. Je n'arriverai pas à le convaincre de laisser tomber.

— Écoute, Jenny, il faut que tu te fasses aider. Sinon, je… Je ne pourrai pas rester avec toi. Je refuse de te regarder te détruire.

Abasourdie, je le dévisage. Sérieusement ?

Son expression est inflexible. Sérieusement.

Et merde.

70.

Me voilà dans la salle d'attente de Laura dans le quartier de Century City, à Los Angeles. C'est ma première fois chez une psy et je ne m'attendais pas du tout à cet environnement. Je pensais que ces endroits dégageaient une ambiance plutôt froide et aseptisée. Là, on n'y est pas du tout : l'atmosphère est douillette, accueillante. Mais après tout, Laura est une « psychologue-thérapeute-coach de vie ». Peut-être que les psys à tirets sont plus branchés déco, qui sait ?

Dans un coin, un pouf bleu turquoise en crochet est lové contre une bibliothèque remplie de bouquins de développement personnel ; moi, je suis assise dans un fauteuil orange agrémenté d'une couverture en laine crème savamment disposée sur le dossier. Bref, style boho-chic. J'aurais sûrement pu m'y préparer si j'avais pris la peine de lire les commentaires sur Yelp, mais je me suis contentée de prendre rendez-vous sur la foi des avis cinq étoiles. Et puis, je n'allais tout de même pas m'enquérir de l'opinion d'inconnus qui n'ont rien d'autre à faire de leur journée que de rédiger des avis sur Yelp. On ne peut pas faire confiance à des gens pareils.

Une main caressant distraitement la couverture sur mon dossier, je réfléchis à mon entrée en matière. Je voudrais commencer sur une note légère. Aucune envie d'être la douzième casse-pieds du jour à venir pleurnicher sur le sofa de sa psy pendant que ladite psy regrette amèrement son choix de carrière.

Laura ouvre alors la porte de son bureau.

— Jennette ?

Il n'y a que moi dans la salle d'attente et probablement que moi qui aie rendez-vous à cette heure-là, mais je joue le jeu.

— Laura ?

Elle révèle alors un des plus beaux sourires que j'aie vus de ma vie. Elle aussi, elle doit utiliser des bandelettes blanchissantes pour les dents.

— Bonjour ! m'accueille-t-elle, et elle s'avance vers moi.

Je ne sais pas comment décrire sa démarche, mais on dirait qu'elle flotte. C'est peut-être l'effet de sa longue jupe à fleurs qui caresse le sol à chacun de ses pas, ou c'est peut-être parce que Laura lévite, tout simplement. Cette femme m'intrigue.

Sans hésiter, elle m'enlace. Je ne suis pas très câlins, en général, mais Laura dégage une telle chaleur et un tel sérieux qu'on a envie de lui faire confiance, et je me laisse aller contre elle. Elle sent le linge propre. Je la renifle avec autant de discrétion que possible – mmmh, Laura, ton adoucissant m'a séduite.

Lorsqu'elle s'écarte, elle me retient par les avant-bras et plonge ses yeux dans les miens. Avec n'importe qui d'autre, chacune des étapes de cette interaction m'aurait mise sur la défensive. Mais avec Laura, c'est comme si les règles ne s'appliquaient plus.

— On s'y met, si tu veux bien ? me propose-t-elle, avec – et je vous jure que ce n'est pas une figure de style – une étincelle dans le regard.

Oh oui, Laura, je veux bien.

Dans son petit bureau, décoré dans le même style que la salle d'attente, je m'assois en face d'elle. Je m'aperçois que, décontenancée par cette rencontre, j'ai oublié mon entrée en matière.

Elle me demande ce qui m'amène ; je lui parle de l'ultimatum posé par Steven et j'ajoute que, comme je l'aime et que je tiens à notre relation, j'ai accepté de prendre ce rendez-vous.

— D'accord, très bien. Cependant, débuter une thérapie est une décision qu'on doit prendre par soi-même. Il faut avoir véritablement envie d'aller mieux, non pour quelqu'un d'autre, mais pour soi.

Elle boit une longue gorgée de thé avant de conclure :

— Alors, Jennette… As-tu envie d'aller mieux ?

— Oui, oui, j'affirme.

Je sais que ma réponse est plus compliquée que ça, mais je sais aussi que c'est celle que Laura attend. Au fond, je suis une petite fille face à une directrice de casting, une petite fille qui s'efforce de dire pile ce qui lui permettra d'obtenir une deuxième audition. Oui, je sais nager. Oui, je sais faire du bâton sauteur. Oui, j'ai envie d'aller mieux.

— Parfait, acquiesce Laura.

Puis elle me pose des questions : qu'est-ce qui ne va pas, en ce moment ? Pour quelles raisons Steven a-t-il suggéré que je consulte ? Je n'y vais pas par quatre chemins : je mentionne la mort de Maman, ma boulimie, mes problèmes d'alcool et tout le tralala. Je me contente d'un survol rapide – on aura largement le temps d'entrer dans les détails au cours des sessions suivantes.

De sa voix onctueuse, Laura m'explique la façon dont nous allons procéder.

— Je me fonde sur une approche holistique, c'est-à-dire que j'applique une vision d'ensemble au processus de guérison. Ainsi, nos sessions pourront être très différentes de l'une à l'autre. Aujourd'hui, nous allons esquisser une roue de la vie pour évaluer ton état. Ce point de départ nous permettra de mesurer tes progrès au fil des semaines.

Je hoche diligemment la tête – aucune idée de ce qu'est une « roue de la vie », Laura, mais vas-y, fais-la tourner.

— Au cours des quatre prochains mois, ensemble, nous ferons tes courses et la cuisine. Nous testerons diverses activités pour identifier tes passions et tes centres d'intérêt. Nous lirons un certain nombre d'ouvrages consacrés aux troubles alimentaires et noterons ce qui te parle, et ce qui ne te parle pas. Enfin, nous chercherons quelles activités sportives non obsessionnelles pourraient te convenir.

Oui, car mes troubles alimentaires se reflètent aussi sur mon rapport au sport : je cours l'équivalent d'un semi-marathon deux fois par semaine, et entre sept et douze kilomètres un jour sur deux.

Ce programme m'a l'air très bien, surtout parce que je sais que Laura m'accompagnera. Et que sans cela, je risque de perdre Steven.

Passe-moi le stylo, ma grande, je signe tout de suite.

71.

Un mélange de tartine brûlée et de pipi de chien… Oui, c'est bien le parfum de mon autobronzant qui me parvient soudain aux narines. Je me demande si Dwayne Johnson le sent, lui aussi. Il est à côté de moi mais, si l'odeur l'incommode, il n'en laisse rien paraître. The Rock, un vrai gentleman.

Je suis en coulisses d'une cérémonie quelconque – le People's Choice Award ou le Teen Choice Award ou le MTV Award ou… je ne sais plus, ils se mélangent tous dans ma tête –, à attendre la fin de la coupure publicitaire pour aller présenter un prix. Je porte des talons hors de prix dont les lanières me mordent les chevilles et un ensemble turquoise à fleurs alors que je déteste les motifs à fleurs. Mais c'est la tenue choisie par le studio et je n'ai pas eu mon mot à dire.

Ma série Netflix-mais-pas-Netflix n'est pas encore sortie et on diffuse régulièrement de nouveaux épisodes de *Sam et Cat* à la télé, je reste donc connue par le seul biais de Nickelodeon. Je continue aussi d'apparaître en couverture d'innombrables magazines pour préados avec un air effronté, une main sur la hanche et un sourire éclatant – l'image même de la jeune starlette insouciante qui a le monde à ses pieds. Ha ha ha.

Cela fait un mois que je vois Laura et, pourtant, je vais encore plus mal que la première fois que je me suis assise dans son fauteuil rembourré. Premièrement, parce que j'ai accepté d'aller m'asseoir dans ce fauteuil rembourré pour faire plaisir à Steven et que, comme Steven est en déplacement pour un tournage à Atlanta, son soutien au quotidien me manque. Deuxièmement, parce que j'ai pris conscience de l'ampleur du problème. Je ne peux plus fermer les yeux sur ma consommation d'alcool (excessive), ma boulimie (dramatique) ou le chagrin que j'éprouve depuis la disparition de Maman (insurmontable).

Durant les trois premières semaines du programme de Laura – au rythme de cinq séances par semaine –, notre but était de rassembler un maximum d'informations afin d'évaluer mon état général. Et laissez-moi vous dire que je n'aime pas du tout les infos qu'on a rassemblées.

Cinq à dix fois par jour, je mange compulsivement puis je vomis. Chaque soir, j'avale au moins huit ou neuf shots d'alcool fort.

Ces trois premières semaines avec Laura m'ont dépeint un tableau très glauque de ma situation : je suis devenue une loque.

Mais nous venons d'entamer la quatrième semaine, celle où, au lieu de simplement se pencher sur les détails pathétiques de ma vie quotidienne, Laura commence à m'accompagner dans le changement. Ensemble, nous avons identifié les plus gros éléments déclencheurs de mes crises de boulimie ou d'excès d'alcool. « SOIRÉE AVEC TAPIS ROUGE » s'est placé presque au sommet de la liste, en majuscules, et pas juste à cause du stress inhérent à ce genre d'événements. Non, c'est parce qu'à ces cérémonies, on trouve des tonnes, des tonnes et des tonnes… de nourriture. Et qui dit tonnes de nourriture dit tonnes de possibilités de manger compulsivement, et donc de vomir. Compte tenu de ces facteurs, Laura et moi avons décidé que, ces prochains mois, elle m'accompagnerait lors de ces déplacements afin de surveiller mon comportement et de me procurer un soutien psychologique.

Sur la scène, les projecteurs ne sont pas encore allumés. Je peux distinguer les visages de l'assistance. Laura est assise au premier rang. Lorsque je croise son regard, elle articule « Ça va aller ! », mais à la dernière syllabe, elle se fait bousculer par une femme qui entraîne une flopée d'enfants vers leurs sièges. Laura commence à faire la grimace, façon « Je ne vous dérange pas ? », à l'attention de la mère… avant de se rendre compte qu'il s'agit d'Angelina Jolie. La grimace se transforme aussitôt en un immense sourire, façon « Oh mais allez-y, je vous en prie, cher ange descendu des cieux ! ».

Le direct va reprendre, et je cherche à nouveau à capter le regard de Laura, ne serait-ce que pour une seconde. J'ai désespérément besoin de son soutien, je suis sûre que mon désespoir envoie des ondes vers son cerveau, mais en vain : je n'existe plus, j'ai été remplacée par Angelina. Et je ne peux même pas en vouloir à Laura. À sa place, je serais tout aussi subjuguée.

Le caméraman, Chip – je ne connais pas son nom mais il est caméraman, il y a donc 90 % de chances qu'il s'appelle Chip –, démarre le compte à rebours avec ses doigts. Je ravale ma nervosité.

Les spots aveuglants s'allument. J'ai beau avoir déjà participé à un nombre incalculable de cérémonies de ce genre, je ne me suis jamais habituée à l'éclat des projecteurs. C'est un miracle que, parmi celles et ceux qui montent sur scène pour remettre ou recevoir une récompense, il n'y en ait pas plus qui fassent leur discours les yeux plissés.

Je commence à réciter les mots qui s'affichent sur le téléprompteur, avec un grand sourire et ma voix « trop sympa ». Je me rends compte que je fais de grands gestes avec les mains, mais je ne parviens pas à m'en empêcher. Durant toute mon intervention, j'ai la sensation de flotter au-dessus de mon corps et de m'observer.

Nick Jonas me rejoint sur scène d'un pas nonchalant pour accepter son prix, puis les lumières s'éteignent. J'inspire une grande goulée d'air, comme si je venais de retenir mon souffle trop longtemps. Je baisse la tête. Mes yeux ne s'étant pas encore accoutumés au changement de luminosité, je n'arrive pas à voir mes mains, mais je sais qu'elles tremblent.

Un vigile s'approche. À sa dégaine, je devine le mec qui commande toujours le plat le plus épicé possible au restau pour que personne ne remette en doute sa virilité. Alors qu'il m'escorte vers les coulisses, je sens deux ruisselets tièdes dévaler mes joues. Merde. Je pleure.

Quand nous atteignons le couloir miteux qui mène des coulisses aux loges, je peux enfin examiner mes mains sous les néons. Deux petits poings trop serrés et secoués de tremblements. La conclusion est claire : je fais une crise d'angoisse. Et je sais très exactement ce qui l'a provoquée.

Je n'ai pas vomi de la journée. Pour m'accompagner à cette soirée, ma psychologue a posé une condition : elle m'a demandé de la retrouver un peu plus tôt pour qu'on déjeune ensemble. Elle avait deviné que mon réflexe serait de m'affamer avant la soirée, ce qui risquait de provoquer une crise de boulimie plus tard.

Laura nous a commandé un plat équilibré à chacune et a attendu patiemment que je mange, pendant que je tripotais ma nourriture du bout de ma fourchette comme une gamine boudeuse.

— Je sais que tu n'as pas faim, mais il faut que tu manges. Tu ne peux pas te rendre à un événement de ce genre sans rien dans le ventre.

Nous sommes restées là presque une heure, mon assiette intacte entre nous deux. Quand la Cadillac Escalade qui venait nous chercher pour nous emmener à la cérémonie s'est garée devant le restaurant, je me suis levée, mais Laura m'a jeté un regard sans appel. Tant que je n'aurais pas rempli ma part du marché, elle ne monterait pas dans cette voiture. Je me suis rassise et me suis forcée à avaler quelques bouchées. Laura m'a encouragée à en avaler quelques-unes de plus, puis on est parties.

Le trajet jusqu'au lieu des festivités a été une torture. J'étais obnubilée par la honte d'avoir tant mangé, le nombre de calories ingurgitées et le fait que je ne pouvais pas m'en débarrasser. Tout ce que je voulais, c'était des toilettes, et au lieu de ça, j'ai eu droit à trois quarts d'heure de bouchons au son de ballades mièvres – Laura avait choisi la radio et elle a des goûts musicaux douteux.

— Euh… Vous allez bien, Madame ?

Pas maintenant, Monsieur Piment-Viril, je vis un moment compliqué. Je marmonne deux ou trois mots, essuie mes larmes et pousse la porte des loges communes. Mon regard tombe aussitôt sur l'inévitable buffet. Crudités, olives, saucisses cocktail, verrines de crevettes, mini-nuggets, mini-croque-monsieur, mini-cheeseburgers.

Oh putain, non !!! Des mini-cheeseburgers !!! Je rêve d'engloutir ces petites merveilles dégoulinantes de fromage et d'aller les vomir juste après. Les purges me provoquent une poussée d'adrénaline, mais surtout un épuisement qui ne laisse que peu de place à mes angoisses. Il me faut ma dose.

Mais je sais que je ne devrais pas. C'est pour ça que Laura est là. Laura ! J'ai besoin de Laura, où est-elle ?

Paniquée, je parcours la pièce des yeux. Manny de *Modern Family* discute avec Sheldon de *The Big Bang*

Theory. Dans un coin, Fergie des Black Eyed Peas parle à Kristen Stewart, qui se mordille les ongles. Enfin, tout au fond, j'aperçois Laura qui s'extasie devant Adam Sandler, un immense sourire aux lèvres. À l'évidence, elle craque pour lui. Comme tout le monde, non ? Quand j'étais petite, la scène de *Billy Madison* où Adam Sandler chante dans sa baignoire, c'était quasiment un film érotique, pour moi.

J'hésite. Est-ce que j'interromps la conversation entre Laura et l'acteur le plus drôle de sa génération pour dire à ma psy que je suis en pleine crise d'angoisse ? Ou est-ce que je me jette sur le buffet pour m'empiffrer au maximum avant d'aller m'enfermer aux toilettes ? Est-ce que je craque ?

Je fonce vers le buffet. Dédaignant les assiettes, j'attrape un mini-cheeseburger dans chaque main et mords furieusement dans le premier. Je prends soin de tourner le dos à tout le monde. Je dévore bouchée après bouchée, et je suis au milieu du deuxième sandwich quand j'entends...

— Je trouve cela très encourageant que tu manges. Cependant, j'aimerais que tu ralentisses un peu. Et je tiens à ce qu'on s'éclipse dans un petit coin à l'écart, après, afin que tu prennes le temps de ressentir tes émotions sans recourir à la purge. Qu'est-ce que tu en penses ?

Dans ma poitrine, mon cœur se fige et, dans mon estomac, le mini-cheeseburger me fait soudain l'effet d'un lourd rocher. Je sais que Laura n'a que de bonnes intentions mais, en ce moment, je la hais Je suis furieuse qu'elle entrave mon processus et m'empêche d'aller vomir.

— Tu sais quoi ? On devrait peut-être y aller, suggère-t-elle finalement.

Elle a dû remarquer les traces de larmes sur mes joues et mes poings serrés. Ou alors elle m'a parfaitement cernée et sait que je vais être dévastée de ne pas pouvoir me débarrasser de ce que j'ai ingurgité.

Nous montons en voiture et, aussitôt, j'éclate en sanglots. Ma crise d'angoisse est à son apogée. Je suis au plus mal.

— NOOOOON ! PAS LES CHEESEBURGERS !!! POURQUOI J'AI MANGÉ CES PUTAINS DE CHEESEBURGEEEEERS ?! ! je hurle.

— Je sais, ma puce, me murmure Laura en me caressant les cheveux. Tu te débrouilles très bien, je t'assure.

Ah bon ? On ne doit pas avoir la même définition de « se débrouiller très bien », parce que je suis en train de piquer une véritable crise de nerfs juste parce que j'ai dû balbutier trois mots écrits sur un téléprompteur et avalé deux mini-sandwichs gastronomiques. Laura poursuit, m'expliquant que ma réaction est tout à fait normale : mon corps a été habitué à se purger après chaque repas et, jusqu'ici, cette habitude m'avait permis de refouler mes émotions. Mais je ne trouve pas ma réaction normale, je la trouve humiliante et, pourtant, je suis incapable de me calmer.

Tandis que mes pleurs redoublent, le chauffeur reste de marbre, les yeux sur la route. Si une starlette boulimique et hystérique en train de barbouiller ses beaux sièges en cuir d'autobronzant orange ne suffit pas à le perturber, je préfère ne pas savoir à quel genre de scène il a assisté dans cette Cadillac.

— Vous pourriez mettre la station KOST 103.5 ? lui demande poliment Laura.

Il s'exécute et la voix de Gloria Estefan chantant « Rhythm is Gonna Get You » s'élève dans l'habitacle.

— Maman adorait Gloria Estefaaaaaaan, je sanglote de plus belle, et je m'effondre sur les genoux de Laura.

Je remarque qu'elle bat la mesure avec le pied. Le rythme l'a emportée – la prédiction de Gloria s'est réalisée.

— Jennette…, commence Laura.

Elle s'interrompt pour se lécher les lèvres, sa mimique chaque fois qu'elle s'apprête à prononcer une phrase importante.

— La guérison n'est pas un long fleuve tranquille.

Les épisodes les plus douloureux pour moi, socialement parlant, sont ceux où quelqu'un dit quelque chose qui lui paraît très émouvant et qui me semble à moi une monstrueuse platitude. Je vis très mal ce décalage émotionnel, et il se produit en ce moment même dans cette voiture. Comme pour l'aggraver, Laura FERME LES YEUX et répète :

— La guérison…

Ah non, Laura, ne me fais pas ce coup-là ! Ne me fais pas le coup du silence solennel au milieu de ta…

— … n'est pas un long fleuve tranquille.

72.

Assise en face de Laura dans le fauteuil rembourré, je pousse un soupir. Pas de lassitude, de satisfaction – la satisfaction d'avoir accompli une tâche dont on est content d'être débarrassé, mais dont on a aussi très envie de se vanter.

J'ai enfin réussi. Au cours des dernières vingt-quatre heures, je ne me suis pas fait vomir une seule fois. Peut-être que ce n'est pas très impressionnant dit comme ça mais, pour moi, si. Ça fait trois ans que je me fais vomir tous les jours, plusieurs fois par jour. Trois ans que cette maladie a pris le contrôle de mon corps. Alors même que je fais des progrès avec Laura, avant aujourd'hui, je n'avais pas été capable de tenir une journée entière sans me purger. Nos séances sont éprouvantes et, dès que je rentre chez moi, je me fais vomir jusqu'à ce que je me sois vidée du tourbillon d'émotions qui s'est accumulé en moi ; le lendemain, je retourne voir Laura pour l'informer à contrecœur de mon échec et nous reprenons le processus depuis la case départ. Ce cycle exténuant et mon amertume vis-à-vis de cette déconvenue quotidienne n'améliorent pas mon état général.

Pourtant, j'ai enfin réussi.

Depuis notre session, hier matin, je ne me suis pas fait vomir une seule fois. Mon soupir est celui d'une guerrière victorieuse, et Laura le devine tout de suite. L'ombre d'un sourire aux lèvres, elle me demande si j'ai quelque chose à lui dire. Je lui annonce la bonne nouvelle, elle applaudit et me demande comment j'y suis parvenue, et comment je m'en suis tirée.

Là, ma fierté s'estompe un peu. C'était très difficile et je ne suis pas certaine de pouvoir le refaire. Pour m'empêcher de vomir pendant vingt-quatre heures, j'ai dû écrire constamment dans mon journal pour consigner tout ce qui se passait dans ma tête ; exercice délicat pour moi qui ai tant de mal à différencier mes émotions. Ce serait plus simple si je pouvais noter « émotions ressenties : toutes celles qui rendent triste ». J'ai eu plusieurs crises de larmes et j'ai appelé Laura trois fois dans la nuit – afin de m'aider à franchir ce pas décisif, elle a accepté de se rendre disponible au téléphone à toute heure.

Devoir VIVRE ce déluge d'émotions déconcertantes plutôt que de me réfugier dans la boulimie est un défi monumental. Parce que la boulimie est un abri – un abri temporaire et fragile, certes, mais un abri quand même. Affronter la tempête me semble impossible. Je ne suis déjà pas en mesure d'identifier chacune de ces émotions, comment pourrais-je m'y confronter ?

J'exprime mes craintes à Laura, qui parvient à me rassurer : elle m'assure que, pas à pas, nous finirons par y arriver. Puis elle m'explique que, maintenant que j'ai passé une journée sans me faire vomir, maintenant que je sais que c'est possible, nous allons pouvoir nous intéresser aux origines du problème. Cette expérience avait pour but de retrouver de la motivation, mais nous ne pouvons pas nous contenter de traiter mes symptômes sans nous intéresser à leurs causes. Si nous voulons comprendre ce qui se cache sous la boulimie, ce qui l'alimente, pour ainsi dire, nous allons devoir creuser.

— D'accord…, dis-je avec hésitation – je ne suis pas sûre de savoir ce que cela implique, et cette incertitude me déplaît.

— Je voudrais que tu me parles de la petite Jennette, poursuit gentiment Laura. Je sais déjà que, dès ton plus jeune âge, tu as eu beaucoup de pression sur les épaules et beaucoup de responsabilités à endosser. Mais j'aimerais que tu me donnes des détails.

On en revient TOUJOURS à l'enfance, avec ces gens-là. J'ai vu suffisamment de films et de séries pour savoir que l'enfance est le bouc émissaire de tous les psys. Si vous êtes comme vous êtes, c'est parce qu'il vous est arrivé une saloperie quand vous étiez môme qui vous a fichu en l'air.

Mais pas moi. Mon père n'était pas alcoolo, mes frères ne me torturaient pas quand mes parents avaient le dos tourné. D'accord, on était pauvres, on vivait dans une maison en bordel et oui, Maman a eu un cancer quand j'étais petite, ce qui n'était pas facile à gérer, c'est vrai. À part ça, rien à signaler. Je raconte tout cela à Laura, d'un ton qui suggère poliment que je n'ai aucune intention de rentrer dans son jeu et de pleurnicher sur ma pauvre enfance gâchée.

— D'accord, dit Laura.

Elle esquisse un sourire entendu qui m'agace profondément sans que je comprenne pourquoi. J'adore Laura ; elle ne m'agace pas, d'habitude.

— Et si tu me parlais de ta maman ? De votre relation à toutes les deux quand tu étais petite, par exemple.

Aussitôt, je suis sur la défensive. Pourquoi veut-elle parler de Maman ? C'est quoi, le problème avec Maman ? Il n'y a aucun problème avec Maman. Maman était parfaite.

Au fond de moi, j'ai conscience que je ne le pense pas vraiment et que la vérité est bien plus compliquée, mais pourquoi discuterais-je de ça avec Laura ? Je n'ai jamais raconté à quiconque les détails de ma relation avec ma mère et je ne le ferai jamais. Je ne suis même pas sûre de les comprendre moi-même. Et je n'en ai pas envie. Je n'en ai pas besoin.

— Maman était merveilleuse. Franchement, c'était… une mère parfaite.

— Ah oui ? En quoi était-elle parfaite ?

J'affiche un immense sourire hypocrite. Laura est maligne, je suis sûre qu'elle ne se laisse pas berner par ses patients, en général. Mais moi, j'ai passé dix ans à jouer dans une sitcom merdique. Réciter mon texte avec conviction, même si je n'y crois pas, c'est ma spécialité.

— Oh, en tout, vraiment. Elle s'occupait de moi et de mes frères, et je suis sûre que c'était très difficile pour elle.

— Mais c'était son rôle.

C'est un interrogatoire, ou quoi ? Je ne sais plus ce que je dois dire. Pour mieux m'expliquer, j'accélère.

— Non, avec elle, ce n'était pas pareil qu'avec les autres parents.

Merde. Ça sonnait différemment dans ma tête.

— Tu peux développer ?

Je me donne quelques secondes pour me calmer. Je ne vais pas me laisser déstabiliser. Quand je reprends, je parle d'un ton égal, mesuré.

— Elle a tout sacrifié pour moi. Elle a passé sa vie à se priver pour prendre soin de moi. Elle pensait toujours à moi avant de penser à elle-même.

— Mmmh… Et tu trouves que c'est sain, comme attitude ?

Mais qu'est-ce que c'est que ce traquenard ? On dirait qu'il n'existe pas de bonnes réponses, pour elle ! Je n'ai aucune idée de ce que je peux faire pour montrer Maman sous son meilleur jour.

— Eh bien, euh... Moi aussi, je pensais toujours à elle avant de penser à moi, alors ça s'équilibrait. On s'équilibrait toutes les deux... en pensant chacune à l'autre... en même temps.

Laura m'observe sans un mot, avec une expression indéchiffrable. Le silence est assourdissant.

— On était meilleures amies, je précise enfin.

— Ah oui ? Est-ce que ta maman avait d'autres amis de son âge, ou est-ce que c'était toi, sa relation amicale principale ?

« Qu'est-ce que tu attends de moi, Laura ? » je songe tout en me tortillant sur mon siège.

— Tu es bien ass... ?

— Je suis bien assise, oui.

— Est-ce que ta maman avait d'autres...

— J'ai entendu la première fois, merci, dis-je d'un ton acide.

Laura semble surprise et, soudain, je m'en veux. Depuis le début de cette conversation, elle me parle avec une curiosité bienveillante et je réagis à toutes ses phrases comme si elle m'agressait. Peut-être qu'elle ne sous-entend rien de mal. C'est une conversation anodine.

— Désolée.

— Ce n'est vraiment pas grave.

Tu aurais pu dire que ce n'était « pas grave », tu sais, Laura. Tu n'étais pas obligée d'ajouter un « vraiment ».

« Mais pourquoi elle m'énerve à ce point ? » je songe.

Je lui souris, plus tendue que je ne le voudrais. Elle me sourit à son tour, plus douce que je ne le voudrais.

— Alors..., reprend-elle.

— Elle connaissait des gens de loin, mais elle disait souvent qu'elle n'avait pas le temps d'avoir des amis, je réponds – et avant que Laura ait pu me relancer, j'enchaîne : C'est logique, d'ailleurs, vu qu'elle était très occupée à m'emmener à mes auditions, mes tournages, et tout.

— Ah, oui, acquiesce Laura, pensive. Dis-moi, à partir de quel âge tu as voulu devenir actrice ?

Ça, c'est une question piège ou je ne m'y connais pas.

— En fait, c'est Maman qui a voulu que je devienne actrice, parce qu'elle voulait que j'aie une meilleure vie que la sienne.

— Oh, donc tu n'as pas demandé à jouer la comédie ? C'est ta maman qui t'a poussée dans cette voie ?

— Oui, je répète avec une agressivité mal contenue, parce qu'elle voulait que j'aie une meilleure vie que la sienne. C'était très attentionné et généreux de sa part.

— D'accord.

— Vraiment.

— Je comprends.

Un silence.

— Jennette, te souviens-tu de la première fois que tu as pris conscience de ton poids ou de ton corps d'une manière...

Elle s'interrompt pour choisir ses mots.

— ... significative, ou marquante ?

Là, je n'ai pas envie de répondre, mais je devine que si je tourne autour du pot, Laura n'hésitera pas à revenir à la charge.

— Eh bien... À onze ans, je ne voulais pas que mes seins se développent, ça m'inquiétait. Alors Maman m'a expliqué le principe du régime hypocalorique pour m'aider.

— Pour t'aider ?

— Oui.

— Mais t'aider à quoi ?

— Je ne voulais pas que mes seins se développent.

— Et en quoi te mettre au régime pouvait t'aider ?

— Parce qu'en surveillant mes calories, je pouvais retarder mon entrée dans l'âge adulte.

Laura m'examine de nouveau de cet air indéchiffrable. Je ne sais pas précisément ce qui lui passe par la tête, mais je devine qu'elle s'interroge et je ressens le besoin de compléter mes explications.

— C'était aussi pour ma carrière. J'ai toujours joué des personnages plus jeunes que moi et, pour continuer de décrocher ces rôles, il était important que je continue d'avoir l'air d'une enfant. Grâce à Maman et au régime hypocalorique, j'avais plus de chances de réussir.

Et j'appuie ma dernière phrase d'un signe de tête. J'espère que j'ai réussi à faire pencher la balance en faveur de Maman mais, au bout de quelques secondes, je me rends compte que ça n'a pas marché.

— Jennette, ce que tu me décris… Ce n'est pas sain du tout. Pour reformuler, ta mère a cautionné ton anorexie. Elle l'a encouragée. Pire, elle… elle te l'a enseignée. C'est de la maltraitance.

Soudain, je repense à la première fois que j'ai entendu le mot « anorexie », assise sur la table d'examen de la salle numéro 5, dans le cabinet du Dr Tran. J'ai la sensation d'être subitement redevenue cette fillette de onze ans, perdue, hésitante et effrayée. Cette fillette de onze ans qui n'était plus sûre de tout comprendre à sa situation, qui n'était plus sûre que sa mère soit l'héroïne qu'elle prétendait être, mais qui a enfoui cet instant de doute au plus profond d'elle-même.

Les larmes me montent aux yeux. Gênée, j'ai aussitôt recours à mes trucs habituels pour les ravaler – je suis rodée, je pleure et je me retiens de pleurer sur commande. Je me mords les joues pour me distraire et je cligne rapidement des paupières.

— Tu as le droit de pleurer, me dit Laura, penchée vers moi.

MAIS TU VAS LA FERMER, LAURA ? Alors ça y est, j'ai réussi à tenir vingt-quatre heures sans vomir et maintenant, tu veux que je démolisse la figure de ma mère et que je renie le récit auquel je me suis accrochée toute ma vie ?

Je me lève brusquement.

— Il faut que j'y aille.

— Attends, Jennette, c'est une belle avancée. On touche à un point important.

— Il faut que j'y aille, je répète par-dessus mon épaule en ouvrant la porte.

Et je quitte le bureau aussi vite que possible.

Sur le trajet du retour, les larmes roulant sur mes joues, je m'efforce de digérer la séance. Laura a suggéré que ma mère m'avait maltraitée. Mon existence entière repose sur des piliers immuables : Maman veut ce qu'il y a de mieux pour moi, Maman fait ce qu'il y a de mieux pour moi, Maman sait ce qu'il y a de mieux pour moi. Même au cours des dernières années, quand la rancœur faisait surface ou que des tensions apparaissaient entre nous, j'enfouissais cette rancœur et ces tensions, je les réfrénais pour pouvoir continuer mon chemin sans toucher à ces piliers qui me paraissaient essentiels à ma survie.

Si Maman ne voulait pas réellement ce qu'il y avait de mieux pour moi, ça signifie que ma vie, ma vision des choses et mon identité ont été bâties sur des mensonges. Regarder ces mensonges en face me forcerait à détruire méthodiquement tout ce que je sais de moi afin de me reconstruire sur de nouvelles bases, et je n'ai pas la moindre idée de la marche à suivre. Ma vie s'est toujours déroulée dans l'ombre de ma mère, le moindre de mes choix a toujours été dicté par ses demandes, ses besoins ou son approbation. Je ne sais pas comment faire autrement.

Je me gare devant ma maison vide. Encore au volant, sans même couper le moteur, j'attrape mon téléphone et rédige un e-mail à l'attention de Laura.

> *Laura, je te remercie pour toute ton aide ces dernières semaines, mais je ne vais plus pouvoir venir à nos rendez-vous. Merci, Jennette.*

Mon pouce hésite quelques secondes au-dessus du bouton « Envoyer ». Enfin, je clique, je sors de ma voiture et rentre à toute vitesse chez moi pour me précipiter à la salle de bains. Là, je me fais vomir à plusieurs reprises. J'enfonce furieusement mes doigts dans ma gorge, encore et encore et encore, jusqu'à tousser du sang. Je continue. Du vomi strié de traînées rouges jaillit dans la cuvette, coule sur mon bras, se prend dans mes cheveux. Je continue. J'en ai besoin.

Je prends un bain pour me détendre. Quand j'en sors, j'ai un peu de fièvre et mal partout, comme après chaque purge.

Éreintée, ankylosée, je me glisse dans mon lit et me recroqueville sous les draps. Je jette un coup d'œil à mon téléphone. Trois appels manqués de Laura et un message vocal. J'efface son numéro. La prochaine fois que je serai invitée à une cérémonie, je crois que je devrai y aller toute seule.

73.

Postée sur le perron, je frotte fébrilement mes mains moites sur mon pantalon en regardant le taxi de Steven s'arrêter devant la maison. Steven a été embauché sur un projet à Los Angeles, il va donc s'installer avec moi pour toute la durée du tournage – six mois. On va vivre ensemble ! C'est un grand pas pour nous, et je suis ravie.

Le gros problème, c'est que je vais devoir lui annoncer que j'ai arrêté d'aller chez la psy. J'ignore quelle va être sa réaction mais, étant donné que l'idée de voir un thérapeute venait de lui, je me doute qu'il ne va pas sauter de joie.

Il ouvre sa portière et sort, vêtu d'un pull à col bateau et d'un pantalon en toile. Tandis que le taxi s'éloigne, Steven sautille vers moi, des sacs de sport dans une main et sa valise à roulettes dans l'autre. Je le trouve plus dynamique que d'habitude. Normalement, Steven n'est pas du genre à sautiller, plutôt à flâner, à errer, à déambuler. J'imagine qu'il est très enthousiaste de me revoir, ce qui ne fait qu'ajouter à ma culpabilité. Dès qu'il me rejoint sur le perron, il lâche ses bagages pour me serrer fort dans ses bras et entonner *Un jeu d'fou*.

— Jenny Jenny bo Benny, Banana fanna fo Fenny, Fi fa mo Menny, Jenny ! chante-t-il en me secouant dans tous les sens.

Je reprends la chanson avec son prénom à lui mais je m'interromps à la moitié parce que… c'est un peu trop mièvre pour moi. Enfin, il me repose. Je prends mon courage à deux mains. Je dois lui dire. Je vais lui dire.

— Steven…

Avant que je puisse aller plus loin, Steven se met à parler à toute vitesse. Comme je l'avais deviné, il est très, très enthousiaste. Mais pas à l'idée d'être à LA, ni de démarrer ce nouveau projet, ni de s'installer avec moi. Bref, rien de ce que j'avais anticipé. Non, si Steven se montre aussi enthousiaste, c'est à l'idée de… m'emmener à l'église.

À l'église ? Je n'ai pas remis les pieds dans une église depuis l'enterrement de Maman et je ne comptais pas y retourner tout de suite (traduction : jamais). Je sais que la famille de Steven est catholique mais, d'après ce qu'il m'a raconté, ils n'allaient jamais à la messe quand il était petit. Il ne me semblait pas que la religion ait eu une quelconque importance au cours de son enfance, et encore moins aujourd'hui. Bref, je suis perplexe. Steven consent à s'expliquer.

— Je ne sais pas… Je me dis juste que la vie a probablement plus à nous offrir. Qu'il y a un sens plus profond à notre existence.

Je ne comprends pas le rapport. Pourquoi Steven pense-t-il que le catholicisme l'aidera à trouver un sens à sa vie ? Il est tellement excité que je ne veux pas doucher son enthousiasme, alors je lui rappelle avec un maximum de tact les conversations qu'on a eues quand on commençait tout juste à se connaître. À l'époque, on s'accordait tous les deux à dire que la religion avait plutôt pour effet d'entraver l'épanouissement personnel que de l'encourager.

— Oui, oui, acquiesce-t-il. Mais maintenant, je pense tout le contraire.

D'aaaaaccord. Je lui demande des précisions.

— J'ai vu *Dieu n'est pas mort* sur Netflix et ça m'a vraiment marqué. Je pense qu'il y a beaucoup de vérité, là-dedans. Beaucoup. Et je veux qu'on essaie d'aller à l'église ensemble. Je veux qu'on essaie de trouver une religion qui nous convienne.

— Donc tu as regardé un navet de propagande catho sur Netflix et ça t'a convaincu de renier toute ta personnalité ?

Je vois aussitôt que je l'ai blessé. Un blanc. Je commence à me demander si Steven va bien. Il n'a pas l'air dans son état normal. Cependant, notre relation est encore nouvelle – on n'est ensemble que depuis quelques mois. Peut-être que c'est ce qui se produit une fois passés les débuts idylliques ? Peut-être que je suis en train de découvrir le vrai Steven ?

— Steven… J'ai arrêté de voir ma psy.

Je n'en reviens pas d'avoir prononcé ces mots, ceux qui me terrifiaient tant un instant plus tôt. J'ai dû me lancer juste pour parler, pour combler le silence. Ou pour changer de sujet et oublier ces histoires d'église. Peu importe : c'est dit, maintenant. J'attends la réaction de Steven, qui a arrêté de farfouiller dans son sac pour me dévisager.

— Ce n'est pas grave, dit-il enfin.

Ah bon ? Ce n'est pas grave ? C'est trop beau pour être vrai. Puis il ajoute :

— On n'a pas besoin de psy quand on a le Seigneur auprès de soi.

74.

Steven et moi sommes assis à la dernière rangée d'une église protestante de Glendale, à écouter le chœur. L'hymne est oubliable, mais certaines des choristes sont extraordinaires.

En dépit du talent des chanteuses, j'ai du mal à garder les yeux ouverts. Nous assistons à notre quatrième office de la semaine. Je n'ai pas bronché, j'étais trop heureuse qu'il ne me force pas à retourner en thérapie. Je veux bien me prêter à son jeu le temps qu'il faudra, d'autant plus que je suis persuadée que sa nouvelle passion ne fera pas long feu. Ce n'est pas cher payé pour ne plus jamais revoir Laura ou un autre thérapeute qui se donnerait pour mission de mettre en pièces le mythe de Maman.

D'abord, on a assisté à une messe catholique, mais Steven ne s'est pas senti « à sa place ». Puis on a assisté à un office non confessionnel à Hollywood, mais Steven l'a jugé « trop Hollywood ». Après, on est allés au centre de Scientologie – Steven s'en méfiait d'avance, mais il voulait essayer, au cas où. Bref, on joue à *Boucle d'or et les Trois Églises*, sauf que notre héroïne n'a toujours pas trouvé celle qui serait « pile comme il faut », et nous voilà donc à l'église numéro 4.

Steven semble très investi. Il hoche la tête avec approbation pendant le sermon, il note des versets de la Bible dans son iPhone, il lève les mains vers le ciel pour accompagner les hymnes. Enfin, on nous congédie. Alléluia ! En ce qui me concerne, c'est à ce moment-là que je suis le plus proche de croire en un dieu quelconque.

Le temps de rentrer, je suis plus que prête à profiter d'un verre de vin agrémenté de vodka, ma boisson de prédilection ces derniers mois. Steven continue de me bassiner avec la cérémonie. Je ne l'écoute que d'une oreille, jusqu'à ce qu'il dise...

— Et tu sais, Jenny... J'ai beaucoup prié, et je suis arrivé à la conclusion qu'on devrait arrêter d'avoir des relations sexuelles. Je vais faire vœu d'abstinence.

— Tu vas quoi ? je m'étrangle.

— Oui, je... Je pense que c'est un péché et qu'il faut qu'on arrête.

Je serre de toutes mes forces le pied de mon verre à vin.

— Tu comprends, poursuit Steven, j'y ai longuement réfléchi pendant mes prières, et on doit se libérer de ce péché. J'espère que tu peux l'accepter.

Euh... non. Pour la première fois de ma vie, je suis épanouie sexuellement. Déjà que si tout allait bien à côté, je ne serais pas d'accord, mais là, en plus, on ne peut pas dire que tout roule. Je suis malheureuse. Le sexe est mon seul répit, le seul moment où je peux me laisser aller et m'oublier. Il est hors de question que je fasse une croix sur l'unique joie de mon existence.

— Et si je refuse ? je finis par lâcher d'une voix étranglée.

J'avale la fin de ma vinodka et repose mon verre sur la table d'un geste pseudo-séducteur, en laissant lentement glisser mes doigts le long du bord. Attention les yeux, Marion Cotillard est dans la place. Je m'approche de Steven et l'embrasse. Il me rend mon baiser, d'abord un peu hésitant, puis plus passionné. Je te tiens.

Très vite, j'ai la main sur son pénis. Il bande. Et pas qu'un peu.

— Tu es tellement dur pour moi, je lui murmure à l'oreille.

— Jenny, arrête, me dit-il, tout rouge.

— Tu veux que j'arrête ? je réponds.

J'ai pris ma voix la plus cochonne, un mélange entre l'innocence et la bouderie mutine – le résultat fait très gamine, mais c'est efficace. C'est fou ce qu'un homme devient bête quand il a une érection. Je fais mine de retirer ma main, mais Steven la rattrape.

— Non… Non, ne t'arrête pas.

Et il la repose sur son entrejambe. Je baisse sa braguette, lui retire son boxer et je me penche pour lui faire la plus belle fellation de sa vie. Je sors le grand jeu, je donne tout. Cette fellation entrerait au panthéon des fellations : je suce, je caresse, je souffle, je branle, je lèche. Je suis à 150 000 %. Steven jouit dans ma bouche.

Je me redresse fièrement, certaine qu'il va m'annoncer qu'il revient sur sa décision et qu'il lui sera impossible de se retenir de faire l'amour avec moi. Qu'il en aura trop envie, trop besoin, à chaque seconde de chaque jour. Je m'apprête à déglutir d'un air aussi sexy que possible quand Steven se frotte le menton, pensif, et déclare :

— Ce n'était pas une bonne idée, Jenny, et je m'en veux. On ne peut plus recommencer. Vraiment, on ne peut plus.

À son air résolu, je comprends que je ne reverrai pas ce pénis en tête à tête avant un long moment. Un filet de sperme s'échappe de mes lèvres, me coule sur le menton et goutte sur mes genoux. Je dévisage mon petit ami, abattue. Mais qu'est-ce que j'ai fait ?

75.

— Et… est-ce que tu te souviens d'une bonne phase dans ta relation avec Maman, ou est-ce que ça a toujours été… ce que j'ai connu ?

Je connais bien la version de Maman de cette histoire : Papa avait « probablement plusieurs liaisons », il ne s'occupait « pas assez de sa famille », ou tout autre critique qui lui venait ce jour-là. « Ton père est un fainéant et un incompétent, voilà tout. Un homme incapable d'affection, avec l'intelligence émotionnelle d'un radis. »

De mon côté, je me souviens de quelques bonnes choses. Je me souviens que j'adorais l'odeur des chemises à carreaux de Papa, une odeur de pin avec une touche de peinture fraîche. Parfois, j'en prenais une en guise de pyjama, pour mieux dormir. Je me souviens qu'il m'a appris à attacher les lacets de mes baskets roses Winnie l'Ourson un jour, au supermarché, pendant que j'étais assise dans le caddie et que Maman pestait au sujet du prix du papier toilette. Je me souviens aussi qu'il m'a invitée à la fête de Noël des employés du magasin de bricolage où il travaillait. Je n'arrivais pas à croire qu'il m'ait choisie, moi ! Bon, je ne l'ai pas cru longtemps, vu que j'ai vite appris que c'était Maman qui voulait que je l'accompagne afin de glaner un maximum d'informations sur les collègues avec qui il aurait pu la tromper.

— Et rappelle-toi, on ne peut pas exclure Don. Je me suis toujours demandé si ton père n'était pas un homosexuel refoulé. C'est dans sa manière de s'asseoir, de croiser les jambes...

Il n'empêche que j'ai passé une très bonne soirée. Les sapins invendus étaient répartis tout autour de la pièce et on avait suspendu aux murs de grands rideaux rouge et vert en mousseline. J'ai appris à jouer au black-jack. Ce jour-là, je me suis sentie très aimée par Papa.

En dehors de ces quelques exemples, le reste n'est pas folichon. Dans l'ensemble, je me souviens que Papa était rarement là et que, quand il l'était, il se montrait surtout indifférent. Je me souviens qu'il a essayé de nous lire l'album *Stan the Hot Dog Man* à Scottie et moi tous les soirs pendant peut-être trois ou quatre semaines, mais qu'avec mon frère, on a laissé tomber parce qu'on en avait marre qu'il s'endorme toujours au milieu de l'histoire. Il oubliait mes récitals de danse et il somnolait pendant les soirées visionnage que Maman organisait dès que je passais à la télévision. Il y a aussi eu le grand scandale parental de 2003 : Maman avait surpris Papa à regarder un film porno – un péché grave chez les mormons – et elle l'a mis dehors. Cette fois, ça a duré un mois et, à son retour, Maman a insisté pour que je n'appelle plus Papa que par son prénom, Mark. Ce que j'ai fait jusqu'à ce qu'elle meure.

Pourtant, aujourd'hui, assise en face de Papa et de sa nouvelle petite amie, je ne veux pas entendre la version de Maman, je ne veux pas chercher dans ma mémoire, je veux entendre sa version à lui.

— Oh, ça fait tellement longtemps que je ne me rappelle pas vraiment, finit-il par lâcher au bout d'une pause de dix secondes.

Et il se tourne vers sa petite amie pour guetter son approbation. Papa est en couple avec Karen, la meilleure amie de lycée de Maman, celle qui lui a piqué le prénom de son bébé. Tandis que j'examine Karen, je me rends compte que Maman se maquillait comme elle. À moins que ce ne soit elle qui se maquille comme Maman. Quoi qu'il en soit, le résultat me met un peu mal à l'aise.

Je veux que Papa soit heureux, évidemment, mais il est… un peu trop heureux. Maman est morte depuis un an, à présent, et il a commencé à fréquenter Karen une semaine après son décès. À l'after de l'enterrement – c'est bien comme ça qu'on appelle la petite sauterie après la cérémonie, celle où les gens mangent des petits-fours et viennent vous dire qu'ils comprennent ce que vous traversez parce qu'ils ont perdu leur chat il y a quelques années ? –, Papa semblait plus pressé de récupérer le numéro de Karen que de pleurer l'épouse avec qui il avait partagé trente années de sa vie.

Papa a tourné la page plus vite que nous ne nous y attendions, mes frères et moi, et ce n'est pas évident à gérer pour nous. Cependant, on continue de faire des efforts pour entretenir une relation avec lui. On a déjà perdu notre maman, on ne veut pas aussi perdre notre papa.

À sa décharge, Papa aussi fait des efforts, beaucoup plus que quand Maman était encore là. Il nous appelle régulièrement pour prendre des nouvelles et, à Noël, il nous a demandé de créer des listes de souhaits sur Amazon afin qu'il sache quoi nous offrir.

Quand il m'a téléphoné la semaine dernière pour me proposer de se voir « en face à face pour discuter », j'ai eu beau être un peu étonnée par sa formulation, j'ai pris sa proposition pour une de ces tentatives de maintenir un lien.

Mais maintenant, devant Papa et Karen et dans ce malaise ambiant, je comprends soudain que ce n'est pas le cas. Non, ses gestes sont plus raides et empruntés que d'habitude. Papa veut m'annoncer quelque chose.

C'est mon tour de me raidir. Et merde. Papa et Karen vont se marier. Oh, non, est-ce que je vais devoir les féliciter ? Faire semblant d'être contente pour eux ? Je me mets à me triturer les ongles pour éviter de les regarder et je me jette à l'eau.

— Et sinon… De quoi tu voulais me parler ? je demande.

— Euh, eh bien… Euh…

Papa se tourne furtivement vers Karen, et elle ouvre de grands yeux encourageants qui lui disent « Allez, vas-y. » Oh, non, c'est parti.

C'est parti…

— Dustin, Scottie et toi, vous n'êtes… vous n'êtes pas… mes enfants biologiques.

…

…

…

HEIN ?

Sidérée, je sens tout le sang quitter mon visage. Je suis certaine que je vais m'évanouir.

— Quoi… ? je finis par lâcher, la bouche sèche.

Papa se contente d'acquiescer. Karen n'est pas loin de pleurer.

— Mais il reste quand même ton père, intervient-elle d'une voix que l'émotion fait trembler. Cet homme est ton père.

Mon vertige s'estompe peu à peu, mais je suis encore hébétée. Les larmes roulent sur mes joues.

— Je voulais juste que tu le saches, ajoute Papa, la tête baissée.

Il se frotte les mains de nervosité. Maman détestait voir Papa se frotter les mains. Elle disait toujours : « Mets-toi de la crème, et qu'on en finisse. »

Je me rapproche de lui et nous nous prenons dans les bras sous le regard ému de Karen.

— Merci de me l'avoir dit, je souffle.

Le front appuyé contre sa chemise à carreaux, je retrouve cette odeur familière de pin et de peinture. Je ne vois plus que sa poche de poitrine, que j'inonde de mes larmes.

Karen se penche au-dessus de moi et pose un bras maladroit autour de mes épaules. Chaque fois que deux personnes s'étreignent devant une troisième, cette dernière se sent obligée de venir participer au câlin et je ne comprends pas cette réaction. Un câlin, c'est une activité qui se pratique à deux. Va faire un tour, numéro 3. Merci.

— Quand il me l'a avoué, je lui ai tout de suite dit qu'il ne pouvait pas vous le cacher plus longtemps, murmure Karen dans mes cheveux. Je lui ai dit qu'il vous devait la vérité.

Je me redresse pour mettre fin à ce câlin surpeuplé et me tourne vers la fenêtre pour ne pas regarder Papa et Karen. Dans ces moments d'émotion très intenses, le fait de regarder les autres dans les yeux a tendance à souligner et démultiplier la gravité de la situation, et je n'ai pas besoin de ça.

À cet instant, je songe à parler à Papa de mon père biologique. J'ai soudain une tonne de questions à poser, je meurs d'envie de tout savoir. Qui est-ce ? Est-ce qu'on a des choses en commun ? Est-ce que je m'entendrais mieux avec lui qu'avec Mark ? Est-ce qu'il y aurait une dynamique plus naturelle entre nous ? Je suis sur le point d'ouvrir la bouche quand je me ravise. Je ne voudrais pas faire de la peine à Papa. Enfin… « Papa ». Pour ce soir, on va en rester là. J'aurais tout le temps de l'interroger plus tard.

« Papa » reprend la parole :

— Bon, vous voulez aller au ciné, ou… ?

Qu'est-ce que je vous disais ? Un radis.

76.

Je suis tellement stressée à l'idée d'annoncer la nouvelle à Steven que j'ai repoussé cette discussion jusqu'au dernier moment – littéralement. Dans une heure, je dois partir en tournée promotionnelle à Sydney pour le lancement de Netflix Australie. Le service de streaming envoie plusieurs acteurs et actrices de diverses séries originales pour faire le buzz, je vais donc rejoindre Daryl Hannah, Ellie Kemper et Aziz Ansari. Il se murmure même qu'on pourrait apercevoir là-bas notre grande déesse à tous : Robin Wright. Je croise les doigts.

— J'ai quelque chose d'important à t'annoncer, dis-je à Steven alors qu'on est chacun assis à un bout de la table pour le dîner.

Cela fait une semaine que Mark m'a dévoilé qu'il n'était pas mon père et je suis loin d'avoir digéré la nouvelle. Depuis, les jours ont défilé en un clin d'œil. Pour tenir le coup, j'enchaîne les purges et les shots.

J'ai pu poser une partie de mes questions à Mark. Est-ce qu'il savait que ma mère le trompait, à l'époque ? (« Oui. ») Est-ce que mes frères sont au courant ? (« Non.) » Est-ce qu'il est absolument certain à 1 000 % que c'est la vérité ? (« Oui. ») Est-ce qu'il connaît l'identité de mon père ? (« Oui. ») Hélas, en dehors de ces quelques explications rudimentaires, mes autres interrogations se soldent par une variation sur le thème de « Je ne sais pas. »

Pourquoi est-il resté avec Maman toutes ces années, alors qu'il savait qu'elle entretenait une liaison dont étaient nés trois enfants ? (« Je ne sais pas… ») Mon père biologique sait-il que j'existe ? (« Je ne suis pas sûr… ») Comment la liaison a-t-elle pris fin ? (« Euh… Aucune idée. »)

Cependant, la question qui me taraude au-delà de toute autre est la suivante : pourquoi Maman ne nous a-t-elle rien dit ? Pourquoi n'a-t-elle rien dit avant qu'il ne soit trop tard ? Comment a-t-elle pu nous cacher une telle information ?

J'ai essayé de justifier sa décision, d'y trouver une sorte de logique. Mais plus je retourne tout ça dans ma tête, plus je m'efforce d'excuser ses actes ou simplement de les comprendre, plus ma colère grandit.

Peu importe le « pourquoi », le fait est qu'elle ne nous a rien dit. Et cela suffit à me dévaster.

Pour moi, Maman était la personne la plus importante de l'univers. Je la plaçais au centre de mon existence. Ses rêves étaient les miens, son bonheur était le mien. Elle était ma raison d'être et elle a choisi de me dissimuler tout un pan de mon identité. Comment a-t-elle pu me faire ça ?

Je pourrais prétendre qu'elle n'a pas eu l'occasion de nous en parler, qu'elle aurait voulu nous l'expliquer mais que ce n'était jamais le bon moment… mais je sais que c'est faux. Elle a eu beaucoup d'occasions. Elle savait qu'elle ne serait pas éternelle et, à plusieurs reprises, elle a cru qu'elle allait mourir. Il me semble que, lorsqu'on sent la fin venir, on met de l'ordre dans ses affaires, on prépare l'après, on avoue à ses enfants que leur père n'est pas leur père. Pourquoi Maman n'a-t-elle pas fait cela pour nous ? Pourquoi s'est-elle entêtée à nous cacher la vérité ?

Mon impuissance me fait bouillir de rage. Moins j'ai de réponses, plus j'ai de questions, et plus j'ai de questions, moins j'ai de réponses. Bref, je me rends folle. J'ai besoin de vider mon sac, de me confier à quelqu'un qui saura m'écouter et me donner un avis apaisé sur la situation.

J'ai délibérément évité d'aborder le sujet avec Steven toute la semaine. J'attendais que cette histoire d'église lui soit passée. À mon sens, un couple ne peut pas gérer à la fois la découverte d'un père biologique et une passion nouvelle pour la religion. Hélas, je dois bientôt partir pour l'aéroport et je n'ai plus le choix. Ce serait étrange d'attendre mon retour pour confier ce que j'ai appris à la personne qui partage ma vie.

— D'accord…, répond Steven, intrigué par mon entrée en matière. D'ailleurs, moi aussi, j'ai quelque chose d'important à t'annoncer.

— D'accord, dis-je à mon tour, déroutée. Eh bien, tu n'as qu'à commencer. Moi, c'est quand même un gros truc.

— Non, non, toi d'abord, insiste Steven. Moi, c'est VRAIMENT un gros truc.

— Vas-y, s'il te plaît.

— Très bien, soupire Steven, l'air accablé. Je… Je suis la réincarnation de Jésus Christ.

…

…

…

HEIN ?

Mon premier instinct est d'éclater de rire. Le genre de fou rire incontrôlable qui sort par réflexe, provoqué par un mélange détonnant de surprise, de tristesse, de colère et d'incrédulité. Steven se prend pour Jésus Christ ? LE Jésus Christ ? Notre Seigneur ? Non, il se fiche de moi. Dès que je comprends qu'il est sérieux, un second instinct m'envahit. J'ai envie de pleurer. J'ai envie de me recroqueviller sur moi-même et de tout lâcher.

— Il faut que tu me croies, Jenny, poursuit Steven, solennel. Je sais que ça paraît dingue, mais il faut que tu me croies.

Je finis par me reprendre et vais vomir dans la salle de bains pour réfléchir. Comment venir en aide à mon petit ami qui se prend pour le Messie dans les quelques minutes qu'il me reste avant de m'envoler pour l'Australie ?

À l'évidence, Steven ne va pas bien du tout, mais je ne sais pas quoi faire de cette information. Notre relation est encore récente et je n'ai pas les numéros de téléphone de sa famille ou de ses amis – ceux qui seraient le plus à même de lui venir en aide. J'essaie de demander discrètement à Steven le numéro d'un ami à lui qui habite Los Angeles, mais il fond en larmes et me supplie de ne dévoiler son secret à personne.

— Ça doit rester entre toi et moi, Jenny, gémit-il.

— Non, je pense que tu devrais en parler à tes parents…

J'insiste, car je suis sûre qu'ils comprendraient aussitôt qu'il y a un problème et qu'ils sauteraient dans un avion pour venir s'occuper de lui.

— Je ne peux pas, dit-il en secouant la tête. Je ne peux pas. Ils ne me croiront pas. Tu es à seule à pouvoir me croire, Jenny !

Je ne réagis pas, parce que je n'en ai plus la force. Je suis désemparée. Steven est mon premier grand amour. Jusqu'à cette conversation, la joie que m'apportait cette relation était le seul point positif de ma vie. Je ne suis pas prête à tirer un trait dessus. Alors que j'essuie une larme du bout de ma manche, mon regard tombe sur l'horloge accrochée au mur. Je vais être en retard ; il faut que je parte.

Je prends Steven dans mes bras et il me serre fort contre lui. Sur le trajet de l'aéroport, je reçois un texto de mon manager. Robin Wright a confirmé sa venue.

77.

Le vol jusqu'à Sydney est un véritable enfer : quatorze heures à vomir dans les toilettes de l'avion. Je mange deux plateaux-repas que je rends juste après, et dès que le personnel navigant passe dans l'allée avec un chariot, j'achète quelque chose – des oursons en gélatine, des gâteaux apéritifs, des Doritos. Le moindre sachet est à peine descendu dans mon estomac qu'il ressort. C'est le chaos. À tout moment, soit je mange, soit je vomis, soit je réfléchis à la façon de me lever pour la douzième fois sans écoper d'un regard suspicieux de l'homme d'affaires à postiche assis à côté de moi.

Lors de mon dernier passage aux sanitaires, j'ai l'impression que je vais perdre connaissance. Le vomi m'a laissé un film aigre dans la bouche et j'ai mal partout. Pourtant, j'enfonce mes doigts dans ma gorge, les yeux exorbités par l'effort, et une cascade de liquide marronnasse avec des morceaux de nourriture jaillit de mes lèvres. C'est alors que, au fond de la cuvette grise, j'aperçois une sorte d'osselet blanc tout dur. En me passant la langue sur les dents, je me rends compte qu'il m'en manque une en bas à gauche. Après des années de boulimie, l'acidité des sucs digestifs sortis de mon estomac a grignoté peu à peu mon émail. Je viens de perdre une molaire.

Un goût métallique sur ma langue. Je me redresse et crache un filet de sang dans le minuscule lavabo. À contrecœur, je place mes mains en coupe sous le robinet et me rince la bouche – beurk, l'eau des toilettes de l'avion... Je réitère l'opération quatre ou cinq fois avant de croiser mon regard dans le miroir. J'essaie d'ignorer mon reflet, mais c'est impossible. Cet espace est trop petit, et la glace est trop grande. Je me dévisage un long moment. Je n'aime pas ce que je vois.

Après l'atterrissage à Sydney, je viens de repérer la Nissan Sentra que le studio m'a envoyée quand je reçois une notification sur mon téléphone : un message vocal des parents de Steven. Ils me racontent qu'ils ont reçu un appel très agité de leur fils, qui les a tellement inquiétés qu'ils ont sauté dans un avion pour le rejoindre et l'ont emmené dans une clinique psychiatrique. Là-bas, un médecin leur a dit que Steven pourrait souffrir de schizophrénie, ils doivent donc lui faire passer des examens avant de poser un diagnostic. Je finis d'écouter le message et monte dans la voiture.

— Hello, comment ça va ? me demande un chauffeur Uber très enjoué.

Je garde les yeux fixés devant moi. Comment ça va ? Atrocement mal. Ma mère m'a menti toute ma vie au sujet de l'identité de mon père biologique. Je viens de traverser une crise de boulimie d'une rare violence. Je vais devoir faire une tournée promotionnelle de plusieurs jours avec une molaire en moins. Et pour couronner le tout, mon petit ami est schizophrène. Je ne vois pas comment ça pourrait être pire.

— Ooh, j'adore cette chanson ! s'exclame le chauffeur. Ça vous embête si je monte le son ?

Sans attendre ma réponse, il tourne le bouton du volume et j'entends Ariana Grande entonner son dernier single, « Focus ».

— *Fo, fo, focus on me…*, scandent les chœurs.

Enthousiaste, le conducteur fredonne, hoche la tête en rythme, pianote sur le tableau de bord.

— Elle est encore mieux que sa dernière, hein ?

Par la vitre, au loin, je devine l'Opéra de Sydney. Du bout de la langue, je tâte l'emplacement vide de ma molaire. Peut-être qu'Ariana n'a pas tort. Peut-être qu'il est temps, moi aussi, que je me « con-con-concentre sur moi ».

78.

— Bonjour, Jennette.
— Bonjour, Jeff.
— Pour commencer, vous voulez bien monter sur la balance ?

Euh… pardon ? Je n'ai vu aucune mention d'une pesée sur les formulaires que j'ai dû remplir avant ce premier rendez-vous avec ce spécialiste des troubles alimentaires trouvé sur Internet. Dans le cas contraire, je ne suis pas sûre que j'aurais pris le rendez-vous. Et si, par miracle, j'avais rassemblé le courage de le faire, j'aurais porté ma tenue spéciale pesée-en-public, celle que j'enfile dès que je vais chez le médecin, qu'importe la météo : une jupe en popeline et mon débardeur le plus fin. Je n'aurais certainement pas mis un jean, un putain de jean trop lourd. Ni un gros pull en laine bien épais.

— Je suis obligée ?
— Oui. Mais rien ne vous oblige à regarder le nombre qui s'affiche et rien ne m'oblige à vous l'annoncer. C'est simplement pour mon suivi. Je noterai votre poids au début de chaque séance.

Très perturbée, je me tords les mains.

— Vous semblez embêtée.
— Je ne veux pas me peser.
— Cela fait partie de notre démarche, mais je comprends bien que ça puisse être éprouvant pour vous. Pour

être honnête, votre réaction est plutôt calme, comparée à ce que je peux voir d'habitude.

— Comment réagissent les autres ?

— La plupart des gens se mettent à pleurer, parfois ils crient. Un jour, une femme a jeté son sac à main contre le mur. C'était amusant.

Je ris.

— Votre attitude face à vos ressentis sera l'indicateur le plus significatif de l'évolution de votre état. La première étape consiste donc à vous confronter à ce que vous ressentez vis-à-vis de la nourriture, des repas, de votre corps… et des pesées. Je serai à vos côtés pour vous accompagner au cours de ce processus mais, si vous voulez aller mieux, vous allez devoir affronter ces émotions dans leur totalité.

— On dirait que vous ne me laissez pas vraiment le choix, Jeff.

Il émet un petit rire qui s'arrête d'un coup, puis reste silencieux. Il se contente de m'observer.

Jeff est grand, peut-être 1,90 mètre ; il a les yeux bleus et doux et une barbe blonde parfaitement taillée qui s'accorde à ravir à ses cheveux blonds parfaitement coiffés, avec une raie sur le côté. Il porte un pantalon de ville, une cravate sur une chemise à petits carreaux et une ceinture noire avec une boucle argentée. Ses gestes sont aussi précis que sa manière de parler : Jeff ne montre aucune hésitation, ni dans ses paroles, ni dans ses mouvements. Cet homme ne dit jamais « Euh », un trait de caractère que je respecte. Il est très difficile d'être une personne sans « euh ».

Je me lève, me dirige vers la balance et, les yeux fermés, je prends une grande inspiration. Puis je monte dessus. J'entends Jeff noter quelque chose sur son dossier.

— Vous pouvez descendre.

Je retourne m'asseoir sur le canapé. Jeff me sourit – il a beau y mettre une pointe de douceur, c'est le sourire de quelqu'un qui n'est pas là pour plaisanter.

— Allez, au travail.

79.

— Je n'arrive pas à croire que je me prenais pour Jésus, s'esclaffe Steven avant de croquer dans une frite.

Nous sommes assis l'un en face de l'autre à une table du Laurel Tavern, un bar dans le quartier de Studio City. Je sirote un mezcal mule tout en examinant attentivement Steven. Je savoure sa présence comme je savourais celle de ma mère après les épisodes où elle frôlait la mort pour s'en tirer de peu – avec un mélange de stupéfaction et de gratitude. Quel bonheur de pouvoir observer une autre personne en songeant : « Tu es toujours là. Tu es vraiment là. »

Quand Steven a été interné en clinique psychiatrique, j'ai cru que je n'aurais plus jamais de ses nouvelles. Pourtant, dès qu'on lui a rendu son téléphone, il m'a appelée. On a tous les deux pleuré. Il avait l'air d'être redevenu lui-même. Enfin, presque : il s'exprimait avec une léthargie nouvelle, une torpeur que je ne lui connaissais pas. Il m'a expliqué que c'était l'effet du lithium qu'on lui avait prescrit et m'a assuré qu'avec le temps, il serait exactement comme avant sa maladie. J'aurais tout donné pour que ce soit vrai.

Deux mois plus tard, je le regarde et je commence à y croire. Nous vivons à nouveau ensemble et il semble aller de mieux en mieux. Il voit très régulièrement son psychologue et son psychiatre. Il est sous traitement. Il a abandonné son vœu de célibat et notre vie sexuelle se porte à merveille. Et surtout, il plaisante au sujet de son épisode psychotique avec le genre de légèreté qu'on ne peut développer qu'après avoir réellement tourné la page d'un incident éprouvant.

— Moi non plus, j'acquiesce.

Steven me prend la main. Il a les doigts tout gras à cause des frites et je m'en fiche.

— Tu as dû avoir tellement peur, me dit-il avec gravité.

— Oui…

— Je suis désolé de n'avoir pas pu être là pour toi.

— Ce n'est pas grave. Et puis, je n'étais pas là pour toi non plus. Il faut dire qu'avec tout ce qui se passait…

— Je sais. Mais maintenant qu'on a chacun pris en main nos problèmes, on va pouvoir être présents l'un pour l'autre. Ça va aller beaucoup mieux.

Je hoche la tête. Je le crois.

80.

Cela fait au moins dix minutes que j'observe fixement l'assiette de spaghettis posée devant moi afin d'analyser toutes les pensées et les émotions qui me traversent avant que je commence à manger.

Enfin, j'attrape mon stylo et je remplis mon tableau.

Pensées : je veux ces pâtes, mais je n'en veux pas. Je suis terrifiée à l'idée qu'elles me fassent grossir. Je ne veux pas me sentir grosse. Je ne veux pas me sentir lourde. J'en ai assez de me sentir si lourde. J'ai peur de manger. Je ne veux pas vomir ce plat après.

Émotions : Appréhension, 8/10. Anxiété, 8/10. Peur, 7/10. Désir, 6/10.

Après une grande inspiration, je prends une bouchée. D'autres pensées me viennent. D'autres émotions. Elles m'arrivent en masse, elles ne s'arrêtent jamais et m'épuisent. Je reprends mon tableau et écris la suite.

Pensées pendant le repas : Maman disait toujours que le sodium me rendait bouffie. J'ai peur d'avoir le visage bouffi demain. Maman serait fâchée si elle me voyait manger ça. Maman serait déçue. Je suis nulle.

Émotions : Tristesse, 8/10. Déception, 8/10.

Je pleure. Comme me l'a préconisé Jeff, je repose le stylo et je laisse couler mes larmes.

Je vois Jeff depuis trois mois et, si mes progrès ne sont pas rapides, ils ont le mérite d'être constants. Nous avons tant avancé que j'ai du mal à énumérer chaque détail de mon évolution.

Pour commencer, j'ai dû jeter tous les aliments de régime – les plats surgelés WeightWatchers, les boissons diététiques, le thé glacé light, etc. – ainsi que tous mes vêtements de sport. Pendant cette période de mon traitement, le sport est interdit. Je peux m'étirer et aller marcher, dans la limite du raisonnable, mais fini les semi-marathons. Tout ce qui avait trait à la perte de poids – poubelle.

Puis on m'a demandé de consigner pendant deux semaines chaque phase d'hyperphagie et de purge, ainsi que tout ce que je mangeais et à quelle heure. La première partie me semblait logique – Laura aussi m'avait dit de noter les fois où je me faisais vomir – et je m'y attendais. Cependant, je ne comprenais pas la seconde partie. Il me semblait que surveiller sa consommation de nourriture était un comportement malsain. Ce genre de suivi obsessionnel n'était-il pas justement un symptôme de trouble alimentaire ?

— Oui, m'a confirmé Jeff, le fait de surveiller ce que vous mangez est un comportement que nous voudrons éliminer, à terme. D'ailleurs, à terme, je vous demanderai de noter chaque jour les fois où vous aurez envie de noter ce que vous mangez, afin que nous essayions de faire descendre ce chiffre à zéro.

— Donc je ferai un suivi… de mon suivi ?

Petit rire bref. Retour au mode sérieux.

— Exact.

— D'accord. Mais dans ce cas-là, pourquoi voulez-vous que je consigne ce que je mange maintenant ?

— Je voudrais me faire une idée de la relation que vous entretenez avec la nourriture, et appréhender ce que vous ingérez et quand vous l'ingérez sera un outil important.

Après deux semaines de suivi, je suis de retour devant Jeff, qui étudie mes notes avec attention tout en se caressant la barbe.

— Hmmm. Oui. Intéressant. Hmmm. Oui, oui.

Quoi ? Quoi, Jeff ? Quoi ?!

— Intéressant...

— Qu'est-ce qu'il y a d'intéressant ? je demande, n'y tenant plus.

— Eh bien, déjà, vous ne prenez presque jamais de petit-déjeuner. Ensuite, vers 14 ou 15 h, vous déjeunez. Enfin, si on peut dire – il ne s'agit pas d'un repas complet. Mardi, je vois huit bouchées de saumon. Très précis, d'ailleurs. Mercredi, une barre de céréales. Jeudi, deux œufs. Pourquoi avoir vomi les œufs ?

Je hausse les épaules.

— Nous y reviendrons. Après ces déjeuners trop légers et tardifs, nous passons au dîner, vers 20 h. Une nouvelle fois, un repas superficiel. C'est après que cela devient intéressant : vers 23 h, vous décrivez une crise d'hyperphagie. Là, par exemple, vous avez noté une portion entière de pad thaï accompagné de riz frit et d'un burrito de chez Del Taco. Et, ensuite, systématiquement, vous allez vous faire vomir.

Merci, Jeff, je sais. C'est moi qui l'ai écrit.

— Ah, d'accord, dis-je pour faire semblant que j'ai appris quelque chose.

— Voilà ce que j'en retire, Jennette. Pendant la première partie de la journée, vous vous privez de nourriture. Pas de petit-déjeuner, déjeuner et dîner peu substantiels... Arrivée à 23 h, vous êtes tellement affamée que vous DEVEZ manger parce que votre corps vous le réclame. Et ce que vous choisissez à ce moment-là est parfaitement logique : vous avez si faim que vous avez envie de quelque chose de consistant, de nourrissant et de réconfortant. Or, vous avez des opinions très négatives au sujet de ce type d'aliments et vous êtes victime d'un schéma de pensée destructeur mais fermement ancré en vous. Vous allez donc purger ce que vous avez ingurgité. Et le lendemain, le cycle se répète.

— Et pour être franche, c'était plutôt une bonne semaine, je précise. Je pense que je voulais bien faire pour « réussir » mon suivi.

— Cela se comprend, m'assure Jeff. Cependant, il n'est pas nécessaire de tout interpréter. Acceptez les choses comme elles sont. S'il s'agissait d'une bonne semaine, c'est donc un progrès.

Il hoche la tête, encourageant, puis baisse le menton et me regarde avec détermination.

— Mais je pense que nous pouvons faire mieux.

Je le crois. Il a l'air si sûr de lui, et un homme sans « euh » n'est pas du genre à se montrer sûr pour rien. Il doit être vraiment sûr.

— Voilà ce que nous allons faire : normaliser votre alimentation. À présent, vous mangerez trois repas et deux collations par jour, à heures fixes. Ces règles ne sont pas négociables. Avant de commencer le processus, nous allons identifier vos aliments à risques, ceux qui éveillent les opinions les plus négatives chez vous et qui vous rendent donc plus susceptible de vous purger.

Je n'ai pas besoin d'y réfléchir. Je me mets à débiter la liste :

— Les gâteaux, les tartes, la glace, les sandwichs, les frites, le pain, le fromage, le beurre, les chips, les cookies, les pâtes…

— Très bien, très bien, commente Jeff en retranscrivant.

Il se refuse à me demander de ralentir ou de répéter – c'est son côté compétiteur, ça se voit. Son stylo gratte furieusement le papier. Vas-y, champion ! Enfin, il met la barre au « t » de « pâtes » et relève la tête.

— Un de nos objectifs principaux ici est d'éliminer tout jugement moral autour de la nourriture. Nous souhaitons que les aliments deviennent neutres, pour vous. Un aliment est quelque chose que l'on mange et, en soi, il n'est ni bon, ni mauvais. Qu'il s'agisse d'une banane ou d'une tartelette.

— Qui sont aussi mauvais l'un que l'autre, je fais remarquer. Trop de sucre.

Jeff cligne des paupières.

— C'est donc là-dessus que nous allons travailler.

— D'accord.

— Je dois vous prévenir, Jennette, que normaliser vos habitudes alimentaires et neutraliser la nourriture ne sont pas des tâches faciles. Du tout. Elles vont requérir de lourds efforts émotionnels. Au fil des années, votre relation à l'alimentation n'a fait qu'empirer et elle est devenue… merdique.

Eh bien, Jeff ! Je ne m'attendais pas à ce changement de registre, mais j'apprécie ton implication.

— Vous vous lancez dans un processus intense, Jennette. Mais je serai à vos côtés.

Aujourd'hui, me voilà donc devant mon assiette, avec mes larmes salées qui tombent dans les spaghettis et diluent la sauce tomate. Jeff avait raison. Normaliser mes habitudes et neutraliser la nourriture exigent un immense effort émotionnel.

Mes pleurs redoublent, au point que ma poitrine est secouée de sanglots. Je m'en veux de pleurer, je me trouve ridicule. Je n'aime pas me sentir incapable de me contrôler.

Les larmes tombent sur mes tableaux soigneusement remplis. Putain. J'essaie de tamponner là où l'encre s'étale, mais une goutte de morve vient aggraver la situation. Je chiffonne la feuille et la balance vers la poubelle de l'autre côté de la pièce ; elle rate sa cible d'un bon mètre. Putain.

J'en ai marre. Je me lève, me précipite à la salle de bains et vomis.

81.

— Il est tout à fait normal de commettre des écarts. Dans le cadre des thérapies, nous les appelons des chutes. Vous ne vous résumez pas à cette chute, et elle n'est pas synonyme d'échec. Le plus important, c'est que cette chute ne se transforme pas en rechute, m'explique Jeff.

Sur ces mots, il me tend un petit dossier intitulé « Pour que la chute ne devienne pas une rechute » – quelque chose me dit qu'il avait répété ce moment chez lui : « Tu dis la phrase et tu lui tends le dossier ; là, ça va faire mouche. »

J'ai un dossier de ce genre chaque semaine, avec Jeff. À la fin de nos séances, il m'en remet un, qui contient en général un fascicule avec un article, un ou deux questionnaires, et des feuilles à remplir. Les sujets varient de « Établir des relations saines et évaluer les relations existantes » à « Reconstruire son identité en dehors de son trouble du comportement alimentaire » en passant par « Apprendre à prendre soin de soi ».

Je suis toujours ravie de m'attaquer à ces dossiers. J'aime pouvoir m'examiner noir sur blanc. Quand mes pensées sont coincées dans ma tête, tout se mélange de manière chaotique. Mais quand je me vois apparaître sur une feuille au travers de mots, de récapitulatifs et de graphiques, tout s'éclaire.

Les dossiers consolident toujours le thème de notre séance, je devine donc celui du jour.

— Jennette, nous abordons à présent une des parties les plus importantes du chemin vers la guérison : accepter les chutes et tourner la page.

J'acquiesce.

— Les gens susceptibles de souffrir de troubles du comportement alimentaire sont en général des gens qui s'appesantissent sur leurs erreurs et peinent à s'en détacher. Bref, des perfectionnistes. Est-ce que cela vous parle ?

— Oui…, je concède – je n'aime pas les étiquettes, mais je dois reconnaître que celle-ci colle.

— Le souci, c'est que s'autoflageller après une erreur ne fait qu'ajouter de la honte à ce qu'on ressent déjà – le plus souvent, de la culpabilité et de la frustration. Si ces deux émotions peuvent être des moteurs dans notre progression, ce n'est pas le cas de la honte. Cette dernière est une émotion paralysante. Elle déclenche un cercle vicieux : quand elle apparaît, on a tendance à reproduire les erreurs qui l'avaient engendrée en premier lieu…

— … et la chute se transforme en rechute, je complète.

Jeff pointe son index vers moi avec fierté.

— Bingo !

J'aurais pu me passer de son « Bingo » mais en dehors de ça, son explication est une véritable illumination. Je me rends compte que le cercle vicieux de la honte joue un rôle primordial dans mon fonctionnement. Je suis tellement épuisée de jurer encore et encore que « Cette fois, c'est vraiment terminé ». Peut-être qu'il faudrait que j'apprenne à accepter les écarts pour évoluer. Peut-être que, si je dois à nouveau chuter, je peux me contenter d'accepter ma déception et ma frustration sans mettre le doigt dans l'engrenage de la honte. Sans la laisser m'entraîner vers une autre chute, puis une autre, et puis une autre, jusqu'à ce qu'on ne puisse plus parler que d'une rechute. Peut-être qu'un écart pourrait n'être qu'un écart. Et rien de plus.

82.

Merde, je suis en retard. J'attrape mon sac et dévale les escaliers. Dans le salon, je l'aperçois assis devant la fenêtre, qui entortille une mèche de cheveux autour de son index. Le regard dans le vide, il affiche une expression catatonique, comme souvent ces dernières semaines. Je suis toujours inquiète quand je le vois dans cet état. La première fois, j'ai cru qu'on lui avait prescrit trop de lithium. Mais après qu'on lui a ajusté son dosage une bonne dizaine de fois sans que cela améliore sa léthargie, j'ai compris qu'il s'agissait d'autre chose.

— Salut, toi, je lui lance d'un ton aussi naturel que possible. Ça va ?

Il ne m'entend pas.

— Steven ?

Rien. Je me mordille la lèvre.

— Euh, je dois aller à une réunion. Tu veux m'accompagner ? Tu pourrais te balader dans le coin en m'attendant. Je ne devrais pas en avoir pour plus d'une heure.

Depuis quelque temps, dès que j'ai un rendez-vous, un tournage ou autre, je propose systématiquement à Steven de venir avec moi. Sinon, je crains qu'il ne sorte plus jamais de la maison.

Steven a complètement arrêté d'aller au travail et semble décidé à ne plus y retourner. Il prétend que « le travail est une perte de temps ». Il n'a aucun passe-temps et n'a pas envie de voir ses amis. Non, tout ce qu'il fait en ce moment, c'est fumer. Dès qu'il ouvre les yeux le matin, il se roule un joint et il les enchaîne le restant de la journée. Il est continuellement défoncé. Trop, d'ailleurs : je ne savais même pas qu'on pouvait être défoncé au point d'en devenir catatonique.

Au début, je ne me suis pas inquiétée plus que cela. Je pensais que c'était pour échapper à tout ce que son diagnostic de schizophrénie lui provoquait sur le plan émotionnel. Je voulais le soutenir. Je l'ai même aidé à trouver un dealer qui saurait lui fournir la quantité d'herbe dont il avait besoin – une sacrée quantité, au final.

Mais maintenant, voilà où on en est. Et ce n'est pas que je ne comprends pas, au contraire, je ne comprends que trop bien le besoin d'anesthésier le monde qui nous entoure. Sauf que moi, je ne le fais plus, et c'est peut-être de là que vient le problème. De mon côté, je fais d'énormes progrès avec ma boulimie : j'ai cessé de martyriser mon corps jusqu'à ses dernières limites et j'essaie chaque jour d'affronter mes difficultés. Les résultats ne sont pas toujours immédiats, mais je persévère.

Plus j'avance dans mon rétablissement, plus Steven s'enfonce dans sa drogue de prédilection. Et plus on s'éloigne.

Il y a quelques semaines, j'ai donc eu une brillante idée. J'ai décrété que j'allais tout faire pour nous remettre d'aplomb. Steven avait essayé de m'aider à vaincre ma boulimie, j'allais essayer de l'aider à vaincre sa dépendance.

J'ai imprimé une série d'articles sur divers moyens d'arrêter le cannabis. Je me suis renseignée sur les groupes de parole du quartier. Je lui ai suggéré d'aller voir un psychologue spécialisé dans les addictions. Je nous ai organisé des sorties pour qu'on s'aère régulièrement et qu'il ait moins l'occasion de fumer. Je me suis mise à l'inviter partout où j'allais afin de le tenir à l'œil. Je lui ai proposé plusieurs activités pour s'occuper. J'ai jeté son stock d'herbe.

En vain. Il n'a pas lu les articles. Il n'est pas allé rencontrer les groupes de parole. Il n'a pas voulu trouver un psychologue spécialisé et a même cessé de consulter celui qu'il avait. Il n'a pas envie d'une nouvelle activité. Il a racheté de l'herbe.

Je suis désemparée. Je ne peux le forcer à rien, mais je l'aime et je veux que nous restions ensemble. Alors je ne relâcherai pas mes efforts.

— Tu m'accompagnes ? je répète.

— Hein… ? Oh, non, Jenny. Je vais rester ici. Mais merci.

Et il continue de jouer avec sa mèche de cheveux.

83.

— T'as entendu, Bob ? glapit Mamie. Elle a dépensé tout son argent, elle a plus rien !

Elle enfouit le visage dans l'épaule de Papy et sanglote – sans une larme, bien sûr. Je n'ai jamais vu Mamie pleurer, pas même avoir les yeux humides.

— Ce n'est pas ce qu'elle a dit, chérie, la rassure Papy avec une patience qui me sidère.

Mes grands-parents et moi sommes assis dans le salon de ma maison. Je n'ai toujours pas débloqué le numéro de Mamie, mais Papy n'a pas le droit de venir me rendre visite sans elle, ils sont donc là tous les deux. Je viens de leur annoncer que j'allais vendre ma maison et Mamie digère mal la nouvelle.

— Qu'est-ce que je vais bien pouvoir dire à Linda ? Ou à Joanie ? Ou Louise ? s'écrie-t-elle en levant les bras au ciel de désespoir.

— La vérité ? je suggère.

— Que ma petite-fille, que j'aime plus que tout sur cette planète, a décidé sur un coup de tête de quitter sa belle maison pour s'installer dans un deux-pièces minable ?

— Si tu veux.

— Non !

— Ça va aller, chérie, dit Papy en lui tapotant la main.

Pendant mes séances avec Jeff, nous abordons régulièrement les sources de stress dans ma vie quotidienne. Le sujet de ma maison est revenu assez souvent pour qu'il me demande un jour pourquoi je ne la vendais pas.

— Eh bien, j'y pense depuis un bout de temps, mais je ne peux pas faire ça.

— Pourquoi ?

— Parce que ce n'est... pas prudent.

— Pourquoi pas ?

— Parce qu'une maison, c'est un bon investissement.

— Mmmh. Dites-moi ce qu'il y a d'anxiogène, dans votre maison.

— Déjà, elle tombe en ruines. Une semaine sur deux, on découvre un nouveau truc à réparer. J'ai un maître d'œuvre qui vient presque tous les jours. Je ne m'étais pas rendu compte qu'être propriétaire représentait un tel boulot, et non seulement je n'ai pas de temps à y consacrer mais, en plus, ça ne m'intéresse pas du tout.

— Autre chose ?

— Je m'y sens seule. Et pas très bien. Elle est trop grande, ça me fait peur, parfois. Et je n'aime pas le quartier. Et depuis qu'on a divulgué mon adresse sur Internet, j'ai eu deux ou trois visites de gens bizarres qui me laissent des petits mots flippants. Oh, et une fois, il y en a un qui m'a déposé un bouquet de roses couvertes de sang...

— Cela fait beaucoup d'éléments stressants.

— Ouais.

— Et pourtant, vous ne voulez pas vendre parce que ce serait un bon investissement ?

— Voilà.

— Qu'est-ce qui en fait un bon investissement ?

— Je ne suis pas sûre... C'est ce que j'ai entendu dire. Une maison, c'est un bon investissement, non ?

— Pas forcément pour tout le monde.

— D'accord.

— Et votre investissement dans votre bien-être, alors ? Il est important pour votre équilibre psychologique que vous soyez bien chez vous, or vous avez mentionné que vous ne vous sentiez pas en sécurité.

— Non, mais… Je ne sais pas. Je ne crois pas que je puisse vendre.

Jeff me dévisage longuement, sans ciller.

— Je pourrais acheter des plantes…, je finis par suggérer.

Je ne compte plus le nombre de fois où je me suis persuadée qu'acheter des plantes allait changer radicalement ma vie.

— Vous avez une autre idée ? demande Jeff.

— Je pourrais partir plus souvent en vacances.

— Cela n'aurait pas d'impact sur votre environnement quotidien, celui qui influence le plus votre bien-être. Restons donc concentrés sur la question de votre maison.

— Donc c'est non pour les plantes ?

— Essayez de voir plus grand que des plantes.

— Je pourrais… embaucher un décorateur ?

— D'accord, mais en quoi cela réduirait-il votre stress ?

— Eh bien, la maison est plutôt vide. Elle fait vide. Et triste.

— Et vous pensez que ça irait mieux avec un ou deux tapis par terre ?

— Peut-être, je rétorque, piquée – calmos sur le dédain, Jeff.

— Très bien, dit-il simplement. Commençons par là, alors.

En rentrant, j'appelle mon agent immobilier pour lui demander s'il aurait le contact d'un bon décorateur d'intérieur. Il a pile celle qu'il me faut.

Liz entre chez moi vêtue d'un haut noir fluide et d'un legging imprimé léopard. J'aurais dû me méfier sur-le-champ. Il n'existe qu'une personne au monde autorisée à porter un imprimé léopard, et c'est Shania Twain. Pas Liz.

— Déjà, comment décririez-vous votre style à vous ? demande Liz.

Elle vient de s'asseoir à la table du salon et y pose son énorme sac pour en sortir des échantillons de tissu, des classeurs de matériaux et d'épais magazines de décoration.

J'examine la pièce, dubitative.

— Euh… Je n'en sais rien. Je partais du principe que j'allais vous laisser la main.

— Ouuuh, parfait ! s'extasie Liz. J'ai une tonne d'idées ! En tête de liste, je vois… glamour chic et élégance avec une touche d'imprimés peau de bête.

Je dois sérieusement prendre sur moi pour ne pas regarder son legging.

— Je ne suis pas une fan des imprimés.

— Oh, dit Liz, un peu vexée. Mais vous savez, ce serait très subtil. On pourrait partir sur du léopard, de la vache… ou du zèbre ! Tout le monde adore le zèbre, en ce moment.

Pourquoi tu tiens tant à me refourguer tes zèbres, Liz ?! Je ne veux pas de zèbre sur mes coussins, mes plaids ou mes rideaux. Je n'ai jamais compris pourquoi il fallait absolument rendre ces objets « super fun » avec des motifs ou des imprimés. Je n'ai pas besoin qu'ils soient super fun, j'ai besoin qu'ils soient pratiques. Tout ce que je demande, c'est une déco sobre, unie et assortie.

— Non, non, ça ira, dis-je aussi délicatement que possible. Je voudrais partir sur plus simple. Je n'ai pas l'œil pour ces choses-là, mais je sais que je préfère plus simple.

— Mais vous êtes jeune ! Vous êtes cool ! Vous ne voulez pas que votre chez-vous soit un reflet de cette personnalité ?

Non.

— Euh…

— On n'a qu'à essayer, d'accord ? On part là-dessus, je vous envoie mes sélections et je rapporterai en magasin tout ce qui ne vous plaira pas – sauf si c'est non remboursable, bien sûr.

Personne n'aime être un paillasson. Mais il y a pire : être un paillasson récalcitrant. Le premier laisse gentiment les autres lui marcher sur les pieds ; le second laisse aussi les autres lui marcher sur les pieds mais, intérieurement, il ronchonne et fait la tête. Je suis un paillasson récalcitrant.

— D'accord, je réponds avec politesse, en boudant intérieurement.

Trois jours plus tard, on dépose devant ma porte un colis contenant des rideaux à imprimé léopard vert menthe et écru, accompagnés d'une facture d'un montant de 14 742 dollars. Liz a sûrement l'habitude de travailler pour des gens qui n'y réfléchissent pas à deux fois avant de lâcher le prix d'une voiture pour abriter leur salon du soleil, mais je ne fais pas partie de ces gens-là.

Motifs et tarif mis à part, je commence à accepter que changer mes plaids, mes rideaux ou mes coussins n'améliorera pas ma situation. Une nouvelle décoration ne suffira pas à compenser la solitude, les interminables travaux ni les fans tordus avec leurs roses ensanglantées. Je ne peux pas rester dans cette maison.

J'appelle Liz pour l'informer que je n'aurai plus besoin de ses services.

— Quel dommage, dit-elle. Eh bien, bonne continuation, j'espère que vous trouverez un style qui vous plaît.

— Merci, mais je crois que je vais vendre, finalement.

— Ah oui ?

— Oui, oui. Et sinon, vous me direz où je peux vous déposer les rideaux pour que vous puissiez les rapporter ?

— Oh, ce modèle-là est non remboursable.

Quelque temps plus tard, me voilà donc à essayer de réconforter Mamie.

— Je vais simplement vendre ma maison, je ne comprends pas pourquoi tu réagis de cette manière !

— PARCE QUE ! crie Mamie.

J'oublie toujours que raisonner avec quelqu'un de déraisonnable n'est pas très… raisonnable.

— C'est la meilleure solution pour moi. Et je serais vraiment soulagée que tu soutiennes ma décision.

— Hors de question. Je ne peux pas ! s'exclame-t-elle avant d'enfouir la tête sous l'aisselle de Papy.

— Voyons, chérie, ça va aller, murmure celui-ci.

— Et où tu vas bien pouvoir vivre, maintenant, ma puce ? me demande Mamie en reniflant.

— J'ai trouvé un appartement au-dessus de l'Americana.

— L'Americana ?

Mamie se redresse pour me regarder. Elle ne renifle plus.

— Le centre commercial un peu chic ? Celui avec la fontaine, qui passe toujours du Frank Sinatra ?

— Celui-là.

Elle hésite.

— Bon, ce ne sera peut-être pas si mal, en fin de compte. Et puis, il y a un magasin d'usine Ann Taylor, là-bas…

84.

— On dirait que j'en fais des tonnes, non ? je demande à Colton et Miranda, qui m'aident à choisir ce que je vais porter pour le grand soir.

— Je laisserais tomber la jupe, acquiesce Colton. Elle fait un peu… *too much*.

Je lui suis reconnaissante de sa franchise. J'attrape un jean et repars dans la salle de bains pour me changer.

— Et si je ne lui plais pas ? je leur crie.

— Tu vas lui plaire, me répond fermement Miranda.

Je suis tellement nerveuse. Je n'ai jamais été aussi nerveuse avant un premier rendez-vous, mais il faut dire que ce n'est pas n'importe quel premier rendez-vous : je vais rencontrer mon père biologique.

Nous grimpons dans la Porsche de Miranda pour prendre le chemin de Newport Beach, à quelques kilomètres au sud de Los Angeles. C'est là qu'aura lieu le concert, dans un hôtel.

— Et donc, ton père joue de la trompette ? s'enquiert Colton pendant que nous roulons sur la route 405.

— Du trombone, je corrige.

— C'est pareil.

Je sais bien qu'il s'efforce de faire la conversation pour me distraire. Plus on approche de notre destination, plus l'ambiance se fait lourde dans la voiture, et il y a de quoi :

je vais débarquer sans prévenir au concert de jazz que donne mon père biologique, qui ignore peut-être mon existence.

Si je n'ai pas réussi à soutirer beaucoup d'informations à Papa-Mark au sujet de toute cette histoire, il a tout de même pu me donner le nom complet de mon géniteur et sa profession. Une rapide recherche Google m'a menée à son site Internet, qui répertoriait ses participations à de nombreuses bandes originales – dont *Jurassic World*, plusieurs *Star Wars*, la série *Lost* et un paquet d'autres. J'y ai aussi trouvé une liste de dates de concerts à venir pour son groupe de jazz, une activité parallèle qui semble lui tenir à cœur. J'ai choisi d'aller assister à la toute dernière de la région de Los Angeles, parce que je voulais un maximum de temps pour me préparer.

Maintenant, à quelques minutes de ce moment et des mois après avoir pris cette décision, je me rends compte que je ne suis toujours pas prête.

Andrew sait-il qu'il est mon père ? Ou celui de Dustin et de Scott ? Nous a-t-il déjà vus quand nous étions petits ? Comment s'est terminée sa relation avec Maman ? Est-il resté en contact avec elle ? Est-ce qu'il sait qu'elle est décédée ? Est-ce qu'il a une famille, à présent ? Cette famille connaît-elle notre existence ?

J'ai énormément de questions auxquelles il existe une myriade de réponses, et l'ampleur de l'inconnu me déstabilise. J'ai aussi envisagé que, s'il a une famille, ses enfants seront peut-être là ce soir. Or, dans le cas où ils ignoreraient tout de la situation, je ne veux pas être celle qui chamboulera leur vie entière. J'ai donc décidé que j'aborderai Andrew à la fin du concert, dès qu'il sortira de scène, et seulement s'il est seul.

D'autres possibilités se bousculent dans ma tête. Peut-être qu'il va nier en bloc. M'envoyer me faire foutre. Peut-être qu'il n'est même pas au courant.

Bref, je n'ai pas la moindre idée de ce qui m'attend.

Miranda s'arrête au stand du voiturier. Lorsque nous descendons de la Porsche, Colton me prend par le bras pour me réconforter. Pas Miranda. Les amitiés entre femmes semblent beaucoup se reposer sur le toucher – et que ça se tient la main, et que ça s'étreint, et que ça se caresse les cheveux... Notre amitié à Miranda et moi n'est pas totalement dénuée de contact physique, mais presque. Entre nous, les étreintes sont d'autant plus significatives qu'elles restent rares.

Nous entrons dans l'hôtel et je fais un détour par les toilettes pour aller faire pipi. Miranda m'accompagne, pour s'assurer que je ne vomis pas, je pense. Elle ne me l'a jamais dit directement, mais je le sais. Elle ne m'accompagne pas à chaque fois non plus ; elle est plus fine que ça.

En temps normal, ce genre d'attitude m'énerve, comme quand Steven essaie de m'empêcher d'aller me purger. Mais pas là, car je n'ai pas prévu de vomir. De toute façon, j'ai l'estomac vide : je suis patraque, je n'ai rien pu avaler depuis hier. Je me suis promis de le mentionner demain, en thérapie. L'important, aujourd'hui, c'est de tenir le coup.

Je me lave les mains pendant de longues minutes dans l'espoir qu'elles soient moins moites, puis j'applique une nouvelle couche de mascara et un peu de blush. Mon apparence m'a préoccupée toute la journée. Pourquoi est-ce que je tiens tant à être jolie pour mon père biologique ? Je range mon maquillage et nous ressortons pour nous diriger vers la cour intérieure, où jouera le groupe. À moins qu'on appelle ça un « ensemble », dans le jazz ? Bref, là où aura lieu le concert.

Colton, Miranda et moi nous installons à une table dans le fond. L'assistance est composée de quarantenaires et cinquantenaires visiblement aisés. On se croirait dans un catalogue Gucci.

À la table d'à côté, une femme avec un collier de perles et un verre de vin, déjà un peu éméchée, nous interpelle :

— Qu'est-ce qui vous amène ici, les enfants ?

Je songe à répondre : « Eh bien, mon père biologique que je n'ai jamais rencontré joue du trombone dans ce groupe, alors je vais l'aborder à l'improviste à la fin du concert pour essayer d'obtenir des réponses sur mon enfance dysfonctionnelle », mais je me retiens.

— On est des fans de jazz, finit par lâcher Colton quand il se rend compte que la pauvre dame n'obtiendra rien de moi.

— Oh, tant mieux. Si seulement il y avait plus de jeunes gens comme vous, qui savent apprécier la bonne musique ! Quels sont vos artistes préférés ?

— Tous, affirme Colton. Tous les musiciens du, euh… de jazz.

— Formidable ! s'extasie Collier-de-Perles, satisfaite de cette non-réponse. Ouuh, les voilà ! ajoute-t-elle en applaudissant avec énergie.

Nous nous tournons comme un seul homme vers la scène pour voir le groupe faire son entrée. Aussitôt, je distingue mon père avec son trombone. Je ne vois pas vraiment de ressemblance. Peut-être que je suis trop loin. Ou que j'ai surtout hérité des gènes de Maman.

Le concert démarre. De temps en temps, Colton me presse le bras, tandis que Miranda me surveille du coin de l'œil. J'ai l'impression d'être en transe.

Au bout d'une heure, le saxophoniste annonce qu'ils sont rendus à la dernière chanson. Ma bouche devient sèche, mes mains sont moites, mon cœur bat la chamade.

— On y va, déclare Colton en me prenant la main.

Nous nous levons pour nous diriger vers l'accès aux coulisses.

— Où vous allez, les jeunes ?

Pas maintenant, Collier-de-Perles.

Nous approchons des mesures finales et nous ne sommes pas encore arrivés, alors nous accélérons, mais un vigile nous bloque le passage.

— Accès interdit.

— Désolé, réplique Colton, elle a juste un petit truc à faire.

Il s'est exprimé avec l'assurance de quelqu'un qui vient de donner une explication tout à fait valable et le vigile, confus, s'écarte. En relevant la tête, je l'aperçois : mon père biologique traverse la scène.

— Dépêche-toi ! me presse Miranda.

Je franchis les quelque trente mètres qui nous séparent au pas de course et je le rejoins au moment où il pose le pied au sol. Il sent ma présence et me regarde. Il a l'air surpris, peut-être même un peu inquiet.

J'ouvre la bouche et parle sans réfléchir.

— Je crois que nous avons quelque chose en commun, vous et moi.

Ses yeux s'emplissent de larmes. Les miens aussi.

S'ensuit un tourbillon de questions-réponses. Je lui demande s'il était au courant de mon existence. Il me dit que oui. Et pour mes frères ? Il explique qu'il attendait que nous fassions le premier pas, qu'il ne voulait pas nous contacter tant qu'il n'était pas sûr de ce que l'on savait. Il me demande comment je l'ai appris, je lui raconte rapidement, et il me révèle que les choses se sont très mal terminées entre Maman et lui. Il ajoute qu'il s'est même battu pour obtenir notre garde quand on était petits, mais que Maman a prétendu que c'était un homme violent – il m'assure que c'est faux – et qu'elle a gagné la garde exclusive. Je lui demande s'il sait que Maman est morte. Il dit que oui, qu'il l'a découvert par hasard en regardant *E ! News* à la télé. Je me fais la réflexion que c'est vraiment une phrase étrange.

Au bout d'une dizaine de minutes, des techniciens commencent à nous faire signe de libérer le passage, alors mon père biologique me donne son numéro de téléphone et m'invite à lui écrire. On s'embrasse et on se dit au revoir.

Miranda et Colton s'approchent de moi. Je suis assaillie par une multitude d'émotions et, pourtant, je suis capable de les identifier. Je fais des progrès.

Je suis contente qu'il ait été au courant de notre existence. Je suis soulagée que cette entrevue soit derrière moi. Je suis déçue qu'elle ait été si brève. Je suis triste qu'il n'ait pas tenté de me contacter plus tôt, et un peu perdue – je ne saurai jamais avec certitude s'il avait vraiment envie de me rencontrer ou s'il s'est senti obligé de me dire ça.

Pour un premier rendez-vous, celui-ci était sacrément étrange. J'ignore encore s'il y en aura un deuxième.

85.

Je marche lentement pour gagner du temps, la machine lourde et froide entre les mains. J'en ai déjà jeté sept ou huit. Immanquablement, le lendemain, je sors en acheter une autre. Pour le moment, je n'ai pas encore été capable de tenir vingt-quatre heures sans la remplacer mais, aujourd'hui, j'ai bon espoir. J'en fais une occasion spéciale : cet acte est mon cadeau d'anniversaire à moi-même pour mes vingt-quatre ans. Peut-être que, grâce à ça, je vais parvenir à la quitter pour de bon.

Ma balance me définit depuis si longtemps. Le nombre qu'elle affiche m'indique si j'ai réussi ou si j'ai échoué, si j'ai travaillé assez dur ou pas, si je suis quelqu'un de bien ou non. Je sais qu'il n'est pas sain de conférer un tel pouvoir à un objet, de le laisser déterminer à ma place l'amour-propre que je suis censée m'accorder, mais j'ai beau me battre pour sortir de cet état d'esprit, je persiste à ne voir de moi qu'un nombre sur un écran. Peut-être que, dans un sens, c'est une question de facilité. Se connaître soi-même est un exercice complexe ; or, quand un nombre suffit à nous définir, la complexité disparaît. Les chiffres sont simples, directs, concrets.

Je me résume à ce qui apparaît sur le cadran – 45 kilos, 50, 55, 60, voilà qui je suis.

Ou plutôt, qui j'étais. J'ai décidé que je ne voulais plus me réduire à cela. Je suis prête à franchir une nouvelle étape : balancer ma balance.

J'entends bien le ridicule de cette formule tout droit sortie d'un forum d'entraide pour TCA, qui exprime pourtant avec honnêteté mon plus gros problème actuel. Mais j'ai honte que mon plus gros problème soit aussi pathétique. Peut-être que cette honte aussi est un progrès.

Dans le local poubelle de mon étage, j'ouvre le vide-ordures et lâche la balance dans le vide. Je l'entends glisser, cogner les parois dans sa chute et atterrir. Je m'en vais.

La journée du lendemain se déroule sans heurts. Je ne rachète pas de balance.

86.

Nous sommes assis dans un pédalo en forme de cygne sur le lac d'Echo Park – oui, un affreux pédalo, kitsch à souhait. Aucun de nous ne dit mot depuis cinq minutes et, quand on est seuls au milieu d'un plan d'eau, cinq minutes, c'est long.

J'observe Steven à la dérobée. Il a le regard dans le vague, mi-songeur, mi-déprimé. Ces jours-ci, il est très souvent perdu dans ses pensées, mais ses pensées ne mènent nulle part. Elles ne font que tourner et tourner en boucle dans sa tête sans jamais rien débloquer. Ses réflexions sont au point mort.

Cela fait si longtemps que j'essaie d'aider Steven. Ou de le contrôler, peut-être – j'ai du mal à faire la différence. Il y a quelques mois, j'ai abandonné.

Le coup d'envoi a été donné par Jeff : il m'a confié des articles et des livres qui traitaient de codépendance. Tout ce que je découvrais faisait un peu trop écho en moi et, à force, j'ai dû admettre que Steven et moi entretenions une relation profondément codépendante. Jeff m'a ensuite suggéré de me concentrer sur mes propres problèmes.

— Je suis là, non ? Ça prouve bien que je suis concentrée sur mes problèmes.

— Et vous vous en tirez à merveille, a approuvé Jeff, toujours prompt à m'encourager. Cependant, je pense que pourriez faire encore plus de progrès en consacrant l'énergie que vous employez à vous occuper de la vie de Steven à vous occuper de la vôtre.

Après cette discussion, la transition s'est faite rapidement. Suivant les conseils de Jeff, j'ai intensifié mon programme thérapeutique hebdomadaire, en y ajoutant des thérapies de groupe et en m'imposant la lecture de nombreux ouvrages sur le combat contre les troubles du comportement alimentaire. Plus je passais de temps sur mes problématiques, moins j'en avais pour celles de Steven ; et moins j'avais de temps pour celles de Steven, plus on s'est éloignés.

Il m'a fallu admettre, malgré ma peine, que ce besoin de réparer l'autre était un des fondements de notre couple, qu'il s'agisse de Steven lorsqu'il voulait « réparer » ma boulimie, ou de moi qui voulait « réparer » son addiction ou accompagner son traitement. Nous étions unis par ce besoin. Sans cet aspect fondamental de notre relation, je me suis rendu compte que nous n'avions plus grand-chose à nous dire. Comme en ce moment.

— Steven, dis-je enfin.

Le son de ma voix le sort de sa torpeur. Il se tourne vers moi. Je n'ai pas besoin de prononcer un seul mot, il sait ce que je vais dire. Il se met à pleurer ; moi aussi. En larmes, nous nous prenons dans les bras. Et nous continuons de pédaler sur cette monstruosité en forme de piaf.

87.

— Jennette, j'ai toute l'équipe en ligne pour toi, m'informe l'assistante d'un de mes agents.

J'en conclus qu'il ne peut s'agir que d'une très bonne nouvelle, ou d'une très mauvaise. Quand « toute l'équipe » se retrouve pour une téléconférence, c'est soit pour sabrer le champagne, soit pour me tendre les mouchoirs. Il n'y a pas d'entre-deux. Un par un, les membres rejoignent l'appel. Moi, j'attends.

— Tout le monde est là ? demande une voix.

— On est là, confirme une autre.

— Bien, Jennette…

Mauvaise nouvelle, donc. Ce genre de pause précède toujours une mauvaise nouvelle.

— … ta série Netflix a été annulée.

Un blanc. C'est peut-être une mauvaise nouvelle dans leur tête mais, dans la mienne, c'est… une nouvelle.

— D'accord.

— D'accord ? répète une des voix, perplexe.

— Oui, d'accord. Merci pour le message.

— Alors… d'accord, commente une autre voix d'un ton soulagé. Bien, euh… Le bon côté des choses, c'est que tu n'es plus sous contrat avec Netflix, on va donc pouvoir recommencer à envoyer ton profil pour des castings.

— En fait…

Je perçois de la tension dans le silence qui suit – je peux presque les entendre paniquer à l'autre bout du fil : « Est-ce qu'elle va se mettre à pleurer ? Pitié, faites que l'actrice ne se mette pas à pleurer… »

— … j'ai beaucoup réfléchi pendant qu'on attendait la décision du studio. J'avais décidé que, si on était repêchés pour une troisième saison, je la ferais mais que, sinon, j'allais arrêter de tourner pendant quelque temps.

Pas de réponse.

— Oh, lâche enfin une voix. Très bien, euh… Très bien. Tu es sûre de toi ?

— Oui.

— Sûre-sûre ? intervient quelqu'un d'autre.

— Doublement sûre, j'affirme.

— Très bien. Bon… Préviens-nous si tu changes d'avis. Nous serons ravis de reprendre le processus pour te trouver de nouveaux rôles.

— Je vous préviendrai.

Après quelques formules de politesse gênées, nous raccrochons. Et c'est aussi simple que ça : une carrière de dix-huit ans qui s'achève avec un coup de fil de deux minutes.

Je suis en paix avec cette décision, mais ça n'a pas été chose facile. Je la ressasse depuis plus d'un an avec Jeff, un an de tergiversations. Pourtant, j'ai toujours su que ma relation à mon métier était compliquée – et, au fond, pas très différente de ma relation à mon alimentation.

Toutes deux ne m'apportent que du stress et des angoisses, toutes deux consistent en une lutte contre moi-même et mes instincts. Par le biais de la boulimie ou des tournages, j'essaie désespérément de recevoir une approbation et une affection que je n'obtiendrai jamais. Quoi que je fasse, je ne suis jamais assez bien.

Ce combat perpétuel m'épuise, j'en ai assez.

Je commence enfin à reprendre la main sur mon rapport à la nourriture et plus il s'améliore, plus ce choix de carrière m'apparaît désastreux. J'ai bien conscience que, dans tout métier, il existe beaucoup de choses incontrôlables, mais il me semble que c'est sensiblement pire pour les acteurs.

Un acteur ignore quel agent aura envie de le représenter ; il n'a aucun contrôle sur les rôles pour lesquels cet agent le recommandera, sur l'audition qu'il obtiendra, sur le déroulement de cette audition, sur le choix qui sera fait ; il n'a pas son mot à dire au sujet de ses répliques, de ses costumes, de la manière dont le réalisateur dirige le tournage, ou des choix de montage de ses propres scènes ; il doit croiser les doigts pour qu'une chaîne achète sa série ou pour que son film trouve son public ; il ignore s'il accédera un jour à la gloire et, dans le cas où cela se produit, il se retrouve à la merci des critiques et des médias. J'éprouve un respect infini pour celles et ceux qui parviennent à tolérer une telle incertitude dans leur quotidien, mais j'ai compris que je n'en étais plus capable.

Pendant trop longtemps, j'ai eu le sentiment de n'avoir aucun contrôle sur mon existence. C'est terminé.

À présent, ma vie sera entre mes mains. Pas entre celles d'une maladie, pas entre celles d'un directeur de casting, d'un agent ou de ma maman. Les miennes.

88.

— Génial ! je m'exclame en découvrant mon cadeau – et, ce n'est pas le « génial » hypocrite du jour où j'ai déballé mon pyjama Razmoket pour mes six ans.

Non, celui-là est sincère : je suis ravie.

J'ai le même sac à dos depuis trois ans et, avec le temps, il montre de sacrés signes de fatigue. Cela fait des mois que je me plains de ne pas en trouver un nouveau, mais Miranda a réussi. Elle a déniché un superbe sac à dos Tumi noir avec fermeture dorée. Il est parfait.

La seule chose que Miranda réussit mieux que ses cadeaux, c'est le petit mot qui les accompagne. Je m'empresse de lire celui-ci. De son écriture appliquée, elle m'a composé plusieurs phrases simples mais bienveillantes, agrémentées de traits d'humour bien placés. Elle signe chaque fois nos échanges « Alec Baldwin ». Je ne me souviens même plus d'où vient cette blague entre nous, mais elle me fait toujours autant rire.

— On va faire un tour dans le parc ou on va d'abord manger ? me demande-t-elle.

C'est mon vingt-sixième anniversaire et on est à Disneyland. Papy n'y travaille plus mais, comme il y a été employé pendant plus de quinze ans, il a droit à des entrées illimitées et à diverses réductions. J'ai ainsi pu bénéficier de 40 % de remise sur cette chambre avec vue sur cour au Grand Californian Hotel pour Miranda et moi. Merci Papy !

— Allons dans le parc.

Je n'ai pas hésité une seconde, et pas uniquement parce que j'adore Disneyland. Si on me donne le choix entre un repas et autre chose, je choisis toujours autre chose.

Cela fait désormais plusieurs années que je combats mes troubles du comportement alimentaire, mais la route reste semée d'embûches. Il y a des semaines où je ne me purge pas ; d'autres, si. Pour entrer dans les critères de diagnostic de la boulimie, il faut une séquence hyperphagie-vomissement au moins une fois par semaine pendant trois mois. Bien que je dépasse parfois la fréquence hebdomadaire, le rythme global de mes purges demeure assez inégal pour que je ne sois plus considérée comme boulimique par mon médecin. D'après Jeff, je ne suis plus qu'une « personne qui adopte occasionnellement un comportement boulimique ». Une conclusion qui ne me satisfait pas.

Lorsqu'il m'arrive de faire un écart, la chute ne se transforme plus en rechute et je sais qu'il s'agit d'une avancée colossale. Pourtant, je ne cesse de répéter à Jeff que je ne veux pas être une « personne qui adopte occasionnellement un comportement boulimique ». Je veux aller plus loin. Être plus forte. Plus assurée. Je veux pouvoir dire que j'ai vaincu mes troubles alimentaires et qu'ils sont derrière moi. Hélas, je n'y suis pas encore.

La nourriture continue d'occuper mon espace mental : le manque, l'envie, le désir, la crainte… Chaque mention d'un repas, même vague, suffit à me glacer d'angoisse.

Voilà pourquoi, si j'ai le choix entre manger et autre chose, je choisirai toujours la seconde option. J'ai besoin de reporter au plus tard possible la torture mentale du repas.

J'attrape ma perruque auburn déstructurée et mes lunettes de soleil sur ma table de nuit, le déguisement que j'ai pris l'habitude d'enfiler dès que je vais quelque part où je risque d'être reconnue. Avec Miranda, on entre dans Disneyland et on commence les festivités par un tour de Space Mountain, puis un passage sur les montagnes russes du Matterhorn – aucune de nous n'est très fan du Matterhorn, mais il est juste à côté. Après cela, on file au parc voisin, Disney California Adventure, pour profiter de l'attraction des *Gardiens de la Galaxie* et arpenter l'Animation Academy, où on apprend à dessiner Simba. Nous venons de récupérer nos croquis quand l'inévitable se produit : mon estomac gargouille. Nous éclatons de rire et décidons d'aller manger.

Miranda n'ignore rien de mes problèmes de santé. Je lui en ai parlé dès le début de ma thérapie, quand on m'a suggéré de me confier à quelques amis proches. Depuis, elle se montre d'un soutien sans faille.

Si je lui en suis bien sûr reconnaissante, parfois, ce soutien me pèse. Avant qu'elle soit au courant, quand la boulimie était mon secret, je traversais ses hauts et ses bas dans mon coin. Je ne rendais de comptes à personne, et j'étais la seule que je risquais de décevoir si j'échouais. Maintenant que Miranda sait tout, elle se montre hypervigilante vis-à-vis de mon alimentation. Je vois bien qu'elle me surveille constamment. Quand je fais un écart, c'est aussi elle que je déçois.

— Tu veux aller où ? me demande-t-elle.

— Quelque part où on ne devra pas faire la queue.

Tout ce qui m'importe, c'est de me débarrasser de la partie « repas » pour affronter l'avalanche d'émotions qui suivra et tenir le coup face à leurs assauts pour ne pas aller vomir. J'espère.

Nous marchons jusqu'à Downtown Disney, l'immense centre commercial rattaché aux parcs, et optons pour Tortilla Joe car c'est souvent là qu'il y a le moins de monde. On nous installe sur des banquettes dans un coin et nous passons commande : des chips et du guacamole à partager en entrée, des tacos pour Miranda, du saumon et de la salade pour moi. Malgré les années d'expérience qui m'ont prouvé que j'avais tort, je reste persuadée qu'en choisissant un plat léger, j'ai de meilleures chances de ne pas le vomir après. En théorie, on a moins honte de manger un filet de saumon qu'un hamburger. En théorie.

J'ai tellement faim à présent que j'enchaîne les chips au guacamole. Je me dis que je vais arrêter à une, deux, quatre, six, mais je ne m'arrête pas à une, deux, quatre, ni six, je continue. Je pense que j'arrive à garder l'air détendu en dépit de ce qui se passe en moi.

Je déteste ce pan de ma maladie, le « cerveau-TCA ». Chaque fois que je discute avec quelqu'un autour d'un repas, une autre conversation a lieu en même temps dans ma tête. Elle est faite de critiques moralisatrices et dénigrantes qui m'écrasent de tout leur poids, et constitue une distraction qui m'empêche d'être tout à fait présente. Mon attention est toujours focalisée sur la nourriture plutôt que sur la personne qui m'accompagne.

On m'a assuré que ce combat intérieur, cette manière de penser dans un « cerveau-TCA » finirait par s'estomper. Nous verrons bien.

Le serveur nous apporte nos plats. À la manière dont Miranda m'observe, je comprends qu'elle a perçu mon anxiété. Je me force donc à ne pas mâcher trop vite, à paraître calme et à me comporter normalement. Puis je lui dis que je dois aller faire pipi.

Dans les toilettes, je regarde sous toutes les portes – un réflexe adopté trois ans plus tôt lors d'un autre séjour à Disneyland. En descendant de l'attraction Jungle Cruise, j'avais foncé droit aux WC d'Adventureland pour vomir mon déjeuner. J'étais en pleine purge quand, de sous la paroi qui séparait ma cabine de sa voisine, une main miniature a surgi et m'a tendu un carnet d'autographes. Je n'ai pas pu signer : je suis droitière et, vu ce que j'étais occupée à faire, j'avais des résidus de vomi sur le bras. S'ils avaient fini sur le joli cahier *Mickey & Friends* de la petite Bailey, elle en aurait été traumatisée à vie.

Heureusement, aujourd'hui, la pièce est vide. Je dois faire vite. J'entre dans la plus grande cabine, je m'enfonce deux doigts dans la gorge et je vomis jusqu'à ce que plus rien ne ressorte, avant d'essuyer mon bras avec du papier toilette. Je déteste le papier chez Disney, il est tellement fin qu'il s'effrite autour du vomi, alors je dois frotter les petites crottes de papier-vomi avec de nouvelles feuilles, ce qui rajoute d'autres petites crottes de papier-vomi, que je dois frotter, etc.

Je suis encore penchée sur la cuvette quand me revient en tête une phrase qu'a prononcée Jeff.

— Vous vous voyez à quarante-cinq ans, avec trois enfants et un prêt immobilier, vous faufiler aux toilettes pendant la fête de Noël du bureau pour aller vomir deux toasts au tarama ?

D'accord, je n'ai pas quarante-cinq ans. Et je n'aime pas le tarama. Mais je fête mon vingt-sixième anniversaire. Les années passent.

Je pense à Maman. Je ne veux pas devenir comme elle. Je ne veux pas vivre de barres de céréales et de légumes vapeur. Je ne veux pas passer ma vie à me priver et à annoter chaque nouveau régime miracle qui apparaît dans les pages de *Woman's World*. Maman n'a jamais pu guérir. Moi, je vais guérir.

89.

Brentwood, quartier chic de Los Angeles. Je me tiens debout dans le jardin en pente d'une maison – d'un château, plutôt. Mes talons aiguilles se sont enfoncés dans la terre. Je n'aurais jamais dû porter des stilettos pour une garden-party, mais j'ai toujours été nulle pour choisir une tenue et les stylistes de Nickelodeon ne sont plus là pour me dire quoi mettre.

Il fait nuit. Tout autour de moi, des guirlandes clignotent et des célébrités bavardent. Nous sommes à une sorte de fête de fin d'année pour les gens du milieu à laquelle m'a invitée mon nouveau manager, celui qui me représente pour mes projets d'écriture (mes agents m'ont virée dès qu'ils ont compris que ma « pause » dans le métier d'actrice allait durer indéfiniment).

J'arrache mes talons du sol et me dirige vers le buffet quand, ô surprise, que vois-je apparaître devant mes yeux émerveillés ? Des mini-cheeseburgers ! Mais… je n'ai pas envie de viande et de fromage. Là, j'ai envie de sucré. Et ces temps-ci, j'écoute mes envies. Je repère un gros cookie aux pépites de chocolat, encore tout chaud. Parfait.

Alors que je mastique, je me rends compte de plusieurs choses. Ce cookie, je ne me serais jamais autorisée à l'ingérer pendant ma période anorexique, et je ne me serais jamais autorisée à le garder dans l'estomac pendant ma période boulimique. Ce cookie, je n'ai pas compté ses calories avant de le choisir, et je n'ai pas ressenti de bouffée d'angoisse en le regardant. Et je songe que cela fait plus d'un an que je n'ai pas vomi après un repas, et plusieurs mois que je parviens même à éprouver du plaisir à manger.

Par certains aspects, ma nouvelle vie s'avère aussi complexe que l'époque où j'étais dans les affres de la boulimie et de l'alcool car, pour la première fois, j'affronte mes problèmes plutôt que de les enterrer sous des troubles du comportement alimentaire ou des verres trop remplis. J'apprends à faire le deuil de ma mère, mais aussi le deuil de mon enfance, de mon adolescence, et de ma jeunesse. Tant d'années que je n'ai pas pu vivre pleinement pour moi. Alors, oui, c'est difficile, mais j'en suis fière.

Derrière moi, j'entends une grosse voix familière. En me retournant, j'aperçois Dwayne Johnson, The Rock en personne. Il a l'air si gentil avec sa tête de Dwayne Johnson et son grand sourire. Quel charisme, cet homme.

Je me demande si je peux aller le voir et me présenter, lui rappeler ce prix qu'on a décerné ensemble, il y a des années. Est-ce qu'il avait deviné à quel point j'étais malheureuse, à l'époque ? Est-ce qu'il parviendrait à percevoir la différence, aujourd'hui ? Dwayne Johnson est-il capable de comprendre les obstacles et les triomphes que représente ce cookie dans ma main ? Dwayne Johnson est-il Dieu ?

J'essaie de trouver quelque chose de drôle, d'original ou d'intéressant à dire. En vain. Les interactions sociales ont tendance à faire disjoncter mon cerveau, et c'est encore pire si les interactions en question incluent Notre Seigneur Dwayne Johnson. Trop tard : il s'éloigne et disparaît dans la foule. Je retourne à mon cookie. Et je le savoure.

90.

Un soir, chez moi, je suis en train de manger quand mon téléphone sonne. Miranda. Un appel de sa part devrait me surprendre, car nous nous sommes éloignées depuis quelque temps – un phénomène tristement récurrent alors que j'approche de la trentaine. À vingt ans, je pensais que mes amis proches seraient toujours à mes côtés, je n'imaginais pas ne pas les voir chaque jour. Puis il y a eu la vie. Les amours. Les peines. Tout le monde n'évolue pas au même rythme et, parfois, les chemins se séparent. Cette fatalité me bouleverse. J'essaie d'y penser le moins possible.

Ce soir, cet appel ne me surprend pas. J'en connais la raison, j'ignorais simplement à quel moment précis il surviendrait.

— Allô ? dis-je en me levant pour enfiler mes baskets.

— Salut.

On se met aussitôt à rire. Je ne me souviens pas de la dernière fois qu'on s'est parlé et, pourtant, à la seconde où on se retrouve en ligne, on rit déjà.

Je sors me dégourdir les jambes dans le quartier tandis que nous bavardons. On se raconte les derniers potins de nos familles dysfonctionnelles respectives, on se donne les nouvelles marquantes, puis vient la pause. L'hésitation qui précède le véritable sujet de cette conversation. Je prends les devants.

— Miranda, je ne veux pas participer au reboot. Il n'y a rien que tu puisses dire pour me convaincre.

— Ça ne va pas m'empêcher d'essayer ! s'esclaffe-t-elle, et je ris encore.

Elle m'explique que, d'après elle, nous avons là une chance de revenir « sur le devant de la scène », une chance qui pourrait générer d'autres opportunités dans la foulée. Bref, le même discours que m'a déjà servi un cadre de chez Nickelodeon il y a quelques mois, quand on m'a contactée pour me parler du reboot d'*iCarly*.

Je sais que Miranda et lui sont sincères, mais je ne suis pas d'accord avec eux. Je ne pense pas que rejouer dans *iCarly* puisse « générer d'autres opportunités » pour les acteurs concernés car, si ces derniers ne sont apparus dans rien de très significatif depuis la fin de la série originale, la nouvelle saison ne fera que souligner cet échec. Elle continuera de les enfermer dans le rôle qui les a fait connaître une bonne décennie plus tôt, et qui est probablement la raison pour laquelle leur carrière n'a jamais décollé depuis.

Le show-business est un milieu cruel. Il ne considère pas un reboot comme un nouveau départ, mais comme un terminus.

— Mais ce sera très bien payé, insiste Miranda. J'ai demandé aux représentants de la chaîne s'ils accepteraient de te rémunérer autant que moi, et ils m'ont dit oui.

Elle a raison : la chaîne m'a fait une offre généreuse. Et c'était très attentionné de la part de Miranda de l'y avoir encouragée.

— Je sais, je réponds. Mais il existe des choses plus importantes que l'argent, et mon équilibre psychologique et mon bien-être en font partie.

Un silence. C'est un de ces rares moments où je n'ai pas le sentiment d'en avoir trop dit, ou pas assez. Non, j'ai le sentiment d'avoir décrit précisément le fond de ma pensée, et je ne regrette pas un mot de ma phrase. Je suis fière de moi. Encore quelques échanges et nous concluons la conversation sur la promesse de nous donner plus de nouvelles. Je raccroche, et je rentre finir mon dîner.

91.

— Coucou, Maman.

J'ai failli parler à voix haute, mais je me suis retenue – je ne veux pas que les autres gens présents dans le cimetière me prennent pour une cinglée. En fait de gens, il n'y a qu'une seule personne, un type que je vois chaque fois que je viens. Assis sur une chaise de jardin sous un parasol, il écoute des ballades de rock sur un poste radio en gardant les yeux fixés sur une pierre tombale. Celle de sa femme, j'imagine.

J'examine la pierre tombale de Maman. On y trouve une bonne vingtaine d'adjectifs car tous les membres de la famille en ont suggéré et personne n'était prêt à renoncer à ses idées.

— Il faut absolument dire « espiègle », insistait Papy.

— Pourquoi personne ne veut de mon « courageuse » ? geignait Mamie. C'est un bon mot, « courageuse » !

Au final, on a entassé tout ce qu'on a pu mettre. Même la dernière demeure de Maman est un fatras sans nom.

C'est la première fois que je me rends au cimetière depuis son anniversaire, en juillet dernier. Au fil des années, mes visites se sont espacées. Pourtant, j'avais promis à Maman – à sa demande – de venir me recueillir sur sa tombe tous les jours. Au début, j'y allais une fois par semaine et je culpabilisais beaucoup parce que ce n'était pas assez. Puis, avec le temps, avec la réalité du quotidien, la fréquence s'est réduite. Ma culpabilité aussi.

Je m'assois en tailleur devant la sépulture pour examiner plus longuement le chapelet d'épithètes gravé dans le marbre.

Courageuse, douce, loyale, gentille, aimante, gracieuse, forte, attentionnée, drôle, authentique, optimiste, espiègle, réfléchie...

Est-ce vrai ? Est-ce qu'un seul de ces adjectifs la décrit vraiment ? Je sens ma colère enfler devant ces mots et je détourne le regard.

Pourquoi idéalise-t-on les morts ? Pourquoi ne peut-on pas être honnête à leur sujet ? Surtout les mères. Elles sont plus idéalisées que n'importe qui.

Les mères sont des saintes. Des anges de par leur simple existence. PERSONNE ne peut comprendre ce que c'est que d'être maman. Les hommes ne le comprendront jamais, les femmes sans enfants ne le comprendront jamais. Non, elles seules connaissent l'abnégation que représente la maternité, et nous autres non-mères ne pouvons que nous prosterner devant leur gloire. Après tout, nous ne sommes que de pauvres mortels devant ces déesses.

Peut-être que cette opinion est un héritage de mon passé : pendant longtemps, j'ai placé ma mère sur ce même piédestal, et je sais que cette image faussée a été terriblement néfaste pour mon bien-être, pour ne pas dire mon existence tout entière. Cette image m'a empêchée de grandir et de développer mes émotions ; elle m'a fait vivre dans la peur et m'a rendue incapable d'indépendance ; elle m'a placée dans un état d'angoisse et d'anxiété quasi constantes, sans me donner les armes nécessaires pour identifier ce mal-être et l'apprivoiser.

Ma mère n'a pas mérité ce piédestal. C'était une femme égocentrique et manipulatrice qui n'a jamais voulu admettre qu'elle avait le moindre problème, en dépit des ravages que ces problèmes causaient à l'ensemble de notre famille. Ma mère m'a maltraitée émotionnellement, mentalement et physiquement et j'en subirai toute ma vie les conséquences.

Elle m'a imposé des palpations mammaires et vaginales jusqu'à mes dix-sept ans. Lors de ces actes prétendument « médicaux », j'étais tétanisée. J'avais le sentiment qu'on enfreignait les limites de mon corps, mais je ne disposais d'aucun moyen d'exprimer ce que je ressentais. On m'avait conditionnée à croire que poser une limite à ma mère équivalait à la trahir, alors je ne disais rien. Je suis restée muette. Obéissante.

Quand j'ai eu six ans, ma mère m'a propulsée dans une carrière dont je ne voulais pas. Si je suis reconnaissante de la stabilité financière que cette carrière m'a apportée, je n'en retire pas grand-chose d'autre de positif. Je n'étais pas préparée à affronter le milieu du show-business et son lot de compétition, d'échecs, d'enjeux toujours plus importants. Je n'étais pas préparée à affronter les dures réalités de la célébrité. J'avais surtout besoin d'une enfance. J'avais besoin de ces années pour grandir, pour me construire, pour évoluer. Ces années que je ne récupérerai jamais.

Quand j'ai eu onze ans, ma mère m'a enseigné mon premier trouble du comportement alimentaire, et il m'a dérobé ce qui me restait de gaieté enfantine et d'innocence.

Ma mère ne m'a jamais dit que mon père n'était pas mon père.

Sa mort m'a laissé plus de questions que de réponses, plus de douleur que d'apaisement, et un deuil infiniment complexe. Le deuil de sa disparition, bien sûr, mais aussi le deuil d'un passé embelli, lorsque j'ai dû accepter l'ampleur de ce qu'elle m'avait fait subir. Enfin, demeure ce deuil qui surgit à présent quand je me rappelle qu'elle me manque et que je me mets à pleurer – car oui, il m'arrive de repenser à elle et de me mettre à pleurer.

Je repense à ses discours d'encouragement, si efficaces. Maman avait le don de trouver les mots justes pour remonter le moral de quelqu'un et l'aider à reprendre confiance.

Je repense à son enthousiasme. Maman était quelqu'un d'énergique, une énergie entraînante, envoûtante, même.

Je repense à ses moments de bonheur, trop rares à mon goût – et bien trop rares en dépit de mes efforts pour les provoquer. Mais quand elle était heureuse, c'était communicatif.

Parfois, quand elle me manque, je me surprends à imaginer à quoi ressemblerait ma vie si elle était encore là. Et si elle s'était excusée ? Et si nous avions fondu en larmes dans les bras l'une de l'autre en nous promettant de reprendre de zéro ? Peut-être qu'elle m'aurait encouragée à développer une identité propre, à découvrir mes espoirs, mes rêves et mes désirs à moi.

Puis je me rends compte que je fais exactement ce que je reproche aux autres : j'idéalise les morts.

Maman n'avait aucune intention de changer, elle était on ne peut plus claire à ce sujet. Si elle était encore là, elle ferait encore tout son possible pour me manipuler, pour me façonner à l'image qui lui convient. Je continuerais probablement de me purger, de m'affamer ou de me gaver – ou un mélange des trois – et ce, avec son soutien. Je me forcerais encore à poursuivre une carrière d'actrice, à jouer mécaniquement dans des sitcoms colorées en traînant mon désespoir derrière moi. Combien de fois peut-on rejouer un gag idiot ou réciter avec conviction une réplique médiocre avant que toute étincelle ne s'éteigne dans nos yeux ? J'aurais probablement déjà fait au moins une crise de nerfs, un gros scandale en public. Je serais encore profondément malheureuse et dans un état psychologique déplorable.

Je relis les mots sur le marbre. *Courageuse, douce, loyale, gentille, aimante, gracieuse…*

Je secoue la tête. Je ne pleure pas. Alors que les premières notes de « What a Fool Believes » des Doobie Brothers s'élèvent du poste radio du veuf inconsolable, je me relève, j'époussette mon jean et je tourne les talons. Je ne reviendrai pas.

Remerciements

À mon éditeur, Sean Manning : merci pour tout ce que tu as donné à ce livre. Merci d'avoir compris ma voix et de m'avoir aidée à la consolider.

Merci à mon manager, Norm Aladjem – tes encouragements et ton soutien dès la première heure ont énormément compté pour moi. Merci pour tes conseils avisés, ta bienveillance et ton calme inébranlable.

Merci à Peter McGuigan, Mahdi Salehi et Derek Van Pelt pour leur talent et leur sens de l'humour, et merci au merveilleux Stephen Fertelmes pour son aide précieuse.

Merci à Jill Fritzo et à ses collaborateurs, qui m'ont fait bénéficier de leurs compétences et de leur expérience.

Merci à Erin Mason et Jamie C. Farquhar de m'avoir accompagnée dans mon rétablissement et de m'avoir fourni les outils dont j'avais besoin.

Enfin, merci à toi, Ari. Merci pour ton amour infini, pour ton soutien indéfectible et pour tes encouragements constants. Je t'aime tant. Tu es mon meilleur ami, et je suis tellement heureuse de l'équipe qu'on forme. *harmonie à deux voix* *On est là pour tous les deuuuux.*

Cet ouvrage a été composé par Nord Compo

Imprimé en France par
CPI BRODARD & TAUPIN (72200 La Flèche)
en janvier 2024

pour le compte des Éditions J.-C. LATTÈS
17, rue Jacob – 75006 Paris

PAPIER À BASE DE FIBRES CERTIFIÉES

JC Lattès s'engage pour l'environnement en réduisant l'empreinte carbone de ses livres. Celle de cet exemplaire est de : 650 g éq. CO_2
Rendez-vous sur www.jclattes-durable.fr

N° d'édition : 01 – N° d'impression : 3055171
Dépôt légal : février 2024
Imprimé en France